庐隐文集

海滨故人

庐隐 ◎ 著

吉林出版集团股份有限公司

图书在版编目（CIP）数据

海滨故人 / 庐隐著. —长春：吉林出版集团股份有限公司，2017.9（2021.5 重印）
（昨日芳菲：近现代名家经典作品丛刊）
ISBN 978-7-5581-2920-9

Ⅰ.①海… Ⅱ.①庐… Ⅲ.①长篇小说—中国—现代 Ⅳ.① I246.5

中国版本图书馆 CIP 数据核字（2017）第 194934 号

海滨故人

著　　者	庐　隐
策划编辑	杜贞霞
责任编辑	齐　琳　史俊南
封面设计	老　刀
开　　本	650mm×960mm　1/16
字　　数	300 千字
印　　张	21
版　　次	2017 年 10 月第 1 版
印　　次	2021 年 5 月第 2 次印刷
出　　版	吉林出版集团股份有限公司
电　　话	总编办：010-63109269
	发行部：010-69584388
印　　刷	三河市京兰印务有限公司

ISBN 978-7-5581-2920-9　　　定价：52.00 元

版权所有　侵权必究

目 录

海滨故人 …………………………………… 1
春的警钟 …………………………………… 55
秋　声 ……………………………………… 57
星　夜 ……………………………………… 59
最后的命运 ………………………………… 61
美丽的姑娘 ………………………………… 63
花瓶时代 …………………………………… 65
男人和女人 ………………………………… 67
吹牛的妙用 ………………………………… 69
父　亲 ……………………………………… 72
秋风秋雨愁煞人 …………………………… 99
房　东 ……………………………………… 104
憔悴梨花 …………………………………… 113
风欺雪虐 …………………………………… 119
一个女教员 ………………………………… 124
邮　差 ……………………………………… 137
傍晚的来客 ………………………………… 140
寄波微 ……………………………………… 143
寄天涯一孤鸿 ……………………………… 146

寄梅窠旧主人	156
蓬莱风景线	160
愁情一缕付征鸿	163
我愿秋常驻人间	167
窗外的春光	169
或人的悲哀	173
前　途	189
狂风里	196
曼　丽	201
灵海潮汐致梅姊	213
月下的回忆	223
夏的歌颂	227
丁玲之死	229
丽石的日记	231
血泊中的英雄	242
人生的梦的一幕	247
雷峰塔下	252
东京小品	255
水　灾	298
异国秋思	304
月色与诗人	308
红玫瑰	313
秋光中的西湖	319
寄燕北故人	327

海滨故人

一

呵！多美丽的图画！斜阳红得象血般，照在碧绿的海波上，露出紫蔷薇般的颜色来，那白杨和苍松的荫影之下，她们的旅行队正停在那里，五个青年的女郎，要算是此地的熟客了，她们住在靠海的村子里；只要早晨披白绡的安琪儿，在天空微笑时，她们便各拿着书跳舞般跑了来。黄昏红裳的哥儿回去时，她们也必定要到。

她们到是什么来历呢，有一个名字叫露沙，她在她们五人里，是最活泼的一个。她总喜欢穿白纱的裙子，用云母石作枕头，仰面睡在草地上默默凝思。她在城里念书，现在正是暑假期中，约了她的好朋友——玲玉，莲裳，云青，宗莹住在海边避暑，每天两次来赏鉴海景。她们五个人的相貌和脾气都有极显著的区别，露沙是个很清瘦的面庞和体格，但却十分刚强。她们给她的赞语是"短小精悍"，她的脾气很爽快，但心思极深，对于世界的谜仿佛已经识破，对人们交接，总是诙谐的。玲玉是富于情感，而体格极瘦弱，她常常喜欢人们的赞美和温存。她认定世界的伟大和神秘，只是爱的作用，她喜欢笑，更喜欢哭，她和云青最要好。云青是个智理比感情更强的人。有时她不耐烦了，不能十分温慰玲玉，玲玉一定要背人偷拭泪。有时竟至放声痛哭了。莲裳为人最周到，无论和什么人都交际得来，而且到处都被人欢迎，她和云青很好，宗莹在她们里头，是最娇艳的一个，她极喜欢艳妆，也喜欢向人夸耀她的美和她的学识，她常常说过分的话。露沙和她很好，但露沙也极反对她思想的近俗，不过觉得她人很温和，待人很好，时时的牺牲了自己的偏见，来附和她，她们样样不同的朋友，而能比一切同学亲热，就在她们都是很有抱负的人，和那醉生梦死的不同。所以她们就在一切同学的中间，筑起高垒来隔绝了。

有一天朝霞罩在白云上的时候，她们五个人又来了，露沙睡在海崖上，宗莹蹲在她的身旁，莲裳、玲玉、云青站在海边听怒涛狂歌，看碧波闪映，宗莹和露沙低低地谈笑，远远忽见一缕白烟从海里腾起。玲玉说："船来了！"大家因都站起来观看，渐渐看见烟筒了，看见船身了，不到五分钟整个的船都可以看得清楚，船上许多水手都对她们望着，直到走到极远才止。她们因又团团坐下，说海上的故事。

开始露沙述她幼年时，随她的父母到外省作官去，也是坐的这样的海船，有一天因为心里烦闷极了，不住声的啼哭，哥哥拿许多糖果哄她，也止不住哭声，妈妈用责罚来禁止她的哭声，也是无效。这时她父亲正在作公文,被她搅得急起来,因把她抱起来要往海里抛。她这时惧怕那油碧碧的海心,才止住哭声。

宗莹插言道露沙小时的历史,多着呢,我都知道。因我妈妈和她家认识,露沙生的那天,我妈妈也在那里。玲玉说你既知道,讲给我们听听好不好?宗莹看着露沙微笑,意思是探她许可与否,露沙说:"小时的事情我一概不记得,你说说也好,叫我也知道知道。"

于是宗莹开始说了:"露沙出世的时候,亲友们都庆贺她的命运,因为露沙的母亲已经生过四个哥儿了。当孕着露沙的时候,只盼望是个女儿。这时露沙正好出世。她母亲对这嫩弱的花蕊,十分爱护,但同时意外的事情发生了,不免妨碍露沙的幸运,就是生露沙的那一天,她的外祖母死了。并且曾经派人来接她的母亲,为了露沙的出世,终没去成,事后每每思量,当露沙闭目恬适睡在她臂膀上时,她便想到母亲的死,晶莹的泪点往往滴在露沙的颊上。后来她忽感到露沙的出世有些不祥,把思量母亲的热情,变成憎厌露沙的心了!

"还有不幸的,是她母亲因悲抑的结果,使露沙没有乳汁吃,稚嫩的哀哭声,便从此不断了。有一天夜里,露沙哭得最凶,连她的小哥哥都吵醒了。他母亲又急又痛,止不住倚着床沿垂泪,她父亲也叹息道:'这孩子真讨厌!明天雇个奶妈,把她打发远点,免得你这么受罪!'她母亲点点头,但没说什么。

"过了几天,露沙已不在她母亲怀抱里了,那个新奶妈,是乡下来的,她梳着奇异像蝉翼般的头,两道细缝的小眼,上唇撅起来,露着牙龈。露沙初次见她,似乎很惊怕,只躲在娘怀里不肯仰起头来,后来那奶妈拿了许多糖果和玩物,才勉强把她哄去。但到了夜里,她依旧要找娘去,奶妈只把她搂在怀里,轻轻拍着,唱催眠歌儿,才把她哄睡了。

"露沙因为小时吃了母亲忧抑的乳汁,身体十分孱弱,况且那奶妈又非常的粗心,她有时哭了,奶妈竟不理她,这时她的小灵魂,感到世界的孤寂和冷酷了。她身体健康更一天不如一天。到三岁了她还不能走路和说话,并且头上还生了许多疮疥。这可怜的小生命,更没有人注意她了。

"在那一年的春天,鸟儿全都轻唱着,花儿全都含笑着,露沙的小哥哥都在绿草地上玩耍,那时露沙得极重的热病,关闭在一间厢房里。当她病势沉重的时候,她母亲绝望了,又恐怕传染,她走到露沙的小床前,看着她瘦弱的面庞说:'唉!怎变成这样了!……奶妈!我这里孩子多,不如把她抱到你家里去治吧!能好再抱回来,不好就算了!'奶妈也正想回去看看她的小黑,当时就收拾起来,到第二天早晨,奶妈抱着露沙走了。她母亲不免伤心流泪。露沙搬到奶妈家里的第二天,她母亲又生了个小妹妹,从此露沙不但不在她母亲的怀里,并且也不在她母亲的心里了。

"奶妈的家,离城有二十里路,是个环山绕水的村落。她的屋子,是用茅草和黄泥筑成的,一共四间,屋子前面有一座竹篱笆,篱笆外有一道小溪,溪的隔岸,是一片田地,碧绿的麦秀,被风吹着如波纹般涌漾。奶妈的丈夫是个农夫,天天都在田地里作工。家里有一个纺车,奶妈的大女儿银姊,天天用它纺线,奶妈的小女儿小黑和露沙同岁。露沙到了奶妈家里,病渐渐减轻,不到半个月已经完全好了,便是头上的疮也结了痂,从前那黄瘦的面孔,现在变成红黑了。

"露沙住在奶妈家里,整整过了半年,她忘了她的父母,以为奶妈便是她的亲娘,银姊和小黑是她的亲姊姊。朝霞幻成的画景,成了她灵魂的安慰者,斜阳影里唱歌的牧童,是她的良友,她这时精神身体都十分焕发。

"露沙回家的时候,已经四岁了。到六岁的时候,就随着她的父母作官去,以后的事情我就不知道了。"

宗莹说到这里止住了。露沙只是怔怔地回想,云青忽喊道:"你看那海水都放金光了,太阳已经到了正午,我们回去吃饭吧!"她们随着松荫走了一程已经到家了。

在这一个暑假里,寂寞的松林,和无言的海流,被这五个女孩子点染得十分热闹,她们对着白浪低吟,对着激潮高歌,对着朝霞微笑,有时竟对着海月垂泪。不久暑假将尽了,那天夜里正是月望的时候,她们黄昏时拿着箫笛等来了。露沙说:"明天我们就要进城去,这海上的风景,只有这一次的赏受了。今晚我们一定要看日落和月出……这海边上虽有几家人家,但和我们也混熟了,纵晚点回去也不要紧,今天总要尽兴才是。"大家都极同意。

西方红灼灼地光闪烁着,海水染成紫色,太阳足有一个脸盆大,起初盖着黄红色的云,有时露出两道红来,仿佛火神怒睁两眼,向人间狠视般,但没有几分钟那两道红线化成一道,那彩霞和彗星般散在西北角上,那火盆般的太阳已到了水平线上,一霎眼那太阳已如狮子滚绣球般,打个转身沉向海底去了。天上立刻露出淡灰色来,只在西方还有些五彩余辉闪烁着。

海风吹拂在宗莹的散发上,如柳丝轻舞,她倚着松柯低声唱道:

> 我欲登芙蓉之高峰兮,
> 白云阻其去路。
> 我欲攀绿萝之俊藤兮
> 惧颓岩而踟躇。
> 伤烟波之荡荡兮,

伊人何处？
叩海神久不应兮，
唯漫歌以代哭！

接着歌声，又是一阵箫韵，其声嘤嘤似蜂鸣群芳丛里，其韵溶溶似落花轻逐流水，渐提渐高激起有如孤鸿哀唳碧空，但一折之后又渐转和缓恰似水渗滩底呜咽不绝，最后音响渐杳，歌声又起道：

临碧海对寒素兮，
何烦纡之萦心！
浪滔滔波荡荡兮，
伤孤舟之无依！
伤孤舟之无依兮，
愁绵绵而永系！

大家都受了歌声的催眠，沉思无言，便是那作歌的宗莹，也只有微叹的余音，还在空中荡漾罢了。

二

她们搬进学校了。暑假里浪漫的生活，只能在梦里梦见，在回想中想见。这几天她们都是无精打采的。露沙每天只在图书馆，一张长方桌前坐着，拿着一枝笔，痴痴地出神，看见同学走过来时，她便将人家慢慢分析起来，同学中有一个叫松文的从她面前走过，手里正拿着信，含笑的看着，露沙等她走后，便把她从印象中提出，层层地分析，过了半点钟。便抽去笔套，在一册小本子上写道："一个很体面的女郎，她时时向人微笑，多美丽呵！只有含露的荼蘼能比拟她。但是最真诚和甜美的笑容，必定当她读到情人来信时才可以看见！这时不止像含露的荼蘼了。并且象斜阳薰醉的玫瑰。又柔媚又艳丽呢！"她写到这里又有一个同学从她面前走过。她放下她的小本子，换了宗旨不写那美丽含笑的松文了！她将那个后来的同学照样分析起来。这个同学姓郦在她一级中年纪最大。——大约将近四十岁了——她拿着一堆书，皱着眉走过去。露沙望着她的背影出神。不禁长叹一声，又拿起笔来写道："她是四十岁的母亲了，——她的儿已经十岁——当她拿着先生发的讲义——二百余页的讲义，细细的理解时，她不由得想起她的儿来了。她那时皱紧眉头，合上两眼，任那眼泪把讲义湿透，也仍不能止住她的伤心。"

"先生们常说：'她是最可佩服的学生。'我也只得这么想，不然她那紧皱的眉峰，便不时惹起我的悲哀：我必定要想到：'人多么傻呵！因为不相干什么知识——甚至于一张破纸文凭，把精神的快活完全牺牲了……'"咣咣一阵吃饭钟响，她才放下笔，从图书馆出来，她一天的生活大约如是，同学们都说她有神经病，有几个刻薄的同学给她起个绰号，叫"著作家"，她每逢听见人们嘲笑她的时候，只是微笑说："算了吧！著作家谈何容易？"说完这话，便头也不回的跑到图书馆去了。

宗莹最喜欢和同学谈情。她每天除上课之外，便坐在讲堂里，和同学们说："人生的乐趣，就是情，"她们同级里有两个人，一个叫作兰馨，一个叫作孤云，她们两人最要好。然而也最爱打架。她们好的时候，手挽着手，头偎着头，低低地谈笑。或商量两个人作一样衣服，用什么样花边，或者作一样的鞋，打一样的别针，使无论什么人一见她们，就知道她们是顶要好的朋友，有时预算星期六回家，谁到谁家去，她们说到快意的时候，竟手舞足蹈，合唱起来。这时宗莹必定要拉着玲玉说："你看她们多快乐呵！真是人若没有感情，就不能生活了。情是滋润草木的甘露，要想开美丽的花，必定要用情汁来灌溉，"玲玉也悄悄地谈论着，我们级里谁最有情，谁有真情，宗莹笑着答她道："我看你最多情，——最没情就是露沙了。她永远不相信人，我们对她说情，她便要笑我们。其实她的见地实在不对。"玲玉便怀疑着笑说道："真的吗？……我不相信露沙无情，你看她多喜欢笑，多喜欢哭呀。没情的人，感情就不应当这么易动。"宗莹听了这话，沉思一回，又道："露沙这人真奇怪呀！……有时候她闹起来，比谁都活泼，及至静起来，便谁也不理的躲起来了。"

她们一天到晚，只要有闲的时候，便如此的谈论，同学们给她们起了绰号，叫"情迷"。她们也笑纳不拒。

云青整天理讲义，记日记。云青的姊妹最多。她们家庭里因组织了一个娱乐会。云青全份的精神都集中在这里，下课的时候，除理讲义，抄笔录，和记日记外，就是作简章，和写信。她性情极圆和，无论对于什么事，都不肯吃亏，而且是出名的拘谨。同级里每回开级友会，或是爱国运动，她虽热心帮忙，但叫她出头露面，她一定不答应。她唯一的推辞只说："家里不肯。"同学们能原谅她的，就说她家庭太顽固，她太可怜。不能原谅她，就冷笑着说："真正是个薛宝钗。"她有时听见这种的嘲笑，便呆呆坐在那里。露沙若问她出什么神？她便悲抑着说："我只想求人了解真不容易！"露沙早听惯看惯她这种语调态度，也只冷冷地答道："何必求人了解？老实说便是自己有时也不了解自己呢！"云青听了露沙的话，就立刻安适了，仍旧埋头作她的工作。

莲裳和她们四人不同级，她学的是音乐。她每日除了练琴室里弹琴，便是操场上唱歌。她无忧无虑，好像不解人间有烦恼事，她每逢听见云青、露沙谈人无味一类的话，她必插嘴截住她们的话说："唉呀！你们真讨厌。竟说这些没意思的话，有什么用处呢？来吧！来吧！操场玩去吧！"她跑到操场里，跳上秋千架，随风上下翻舞，必弄得一身汗她才下来，她的目的，只是快乐。她最憎厌学哲理的人，所以她和露沙她们不能常常在一处，只有假期中，她们偶然聚会几次罢了。

她们在学校里的生活很平淡，差不多没有什么意外的事情发现。到了第三个年头，学校里因为爱国运动，常常罢课。露沙打算到上海读书。开学的时候，同学们都来了，只短一个露沙，云青、玲玉、宗莹都感十分怅惘，云青更抑抑不能耐，当日就写了一封信给露沙道：

露沙：

　　赐书及宗莹书，读悉一是，离愁别恨，思之痛，言之更痛，露沙！千丝万缕，从何诉说？知惜别之不免，悔欢聚之多事矣！悠悠不决之学潮，至兹告一结束，今日已始行补课，同堂相见，问及露沙，上海去也。局外人已不胜为吾四人憾，况身受者乎？吾不欲听其问，更不忍笔之于此以增露沙愁也！所幸吾侪之以志行相契，他日共事社会，不难旧雨重逢，再作昔日之游，话别情，倾积愫，且喜所期不负，则理想中乐趣，正今日离愁别恨有以成之；又何惜今日之一别，以致永久之乐乎？云素欲作积极语，以是自慰，亦勉以是为露沙慰，知露沙离群之痛，总难恝然于心。姑以是作无聊之极想，当耐味之榆柑可也。

　　今日校中之开学式，一种萧条气象，令人难受，露沙！所谓"别时容易见时难"。吾终不能如太上之忘情，奈何！得暇多来信，余言续详，顺颂康健！

云　青

云青写完信，意绪兀自懒散，在这学潮后，杂乱无章的生活里，只有沉闷烦纡，那守时刻司打钟的仆人，一天照样打十二回钟，但课堂里零零落落，只有三四个人上堂。教员走上来，四面找人，但窗外一个人影都没有。院子里只有垂杨对那孤寂的学生教员，微微点头。玲玉、宗莹和云青三个人，只是在操场里闲谈，这时正是秋凉时候，天空如洗，黄花满地，西风爽辣。一群群雁子都往南飞。更觉生趣索然。她们起初不过谈些解决学潮的方法，已觉前途的可怕，后来她们又谈到露沙了，玲玉说："露沙走了，与她的前途未始不好。只是想到人生聚散，如此易易，太没意思了，现在我们都是作学生的时代，肩上没有重大的责任，尚且要受种种环境支配，将来投身社会，岂不更成了机械吗？……"云青说："人生有限的精力。消磨完了就结束了，看透了到不值得愁前虑后呢！"宗莹这时正在葡萄架下，看累累酸子，忽接言道："人生都是苦恼，但能不想就可以不苦了！"云青说："也只有作如此想。"她们说着都觉倦了，因一齐回到讲堂去。宗莹的桌上忽放着一封信，是露沙寄来的，她忙忙撕开念道：

　　人寿究竟有几何？穷愁潦倒过一生；未免不值得！我已决定日内北上，以后的事情还讲不到，且把眼前的快乐享受了再说。

　　宗莹！云青！玲玉！从此不必求那永不开口的月姊——传我们心弦之音了！呵！再见！

海滨故人

  宗莹喜欢得跳起来。玲玉、云青也尽展愁眉,她们并且忙跑去通知莲裳,预备欢迎露沙。

  露沙到的那天,她们都到火车站接她。把她的东西交给底下人拿回去。她们五个人一齐走到公园里。在公园里吃过晚饭,便在社稷坛散步,她们谈到暑假分别时曾叮嘱到月望时,两地看月传心曲,谁想不到三个月,依旧同地赏月了!在这种极乐的环境里,她们依旧恢复她们天真活泼的本性了。

  她们谈到人生聚散的无定。露沙感触极深,因述说她小时的朋友的一段故事:"我从九岁开始念书,启蒙的先生是我姑母,我的书房,就在她寝室的套间里。我的书桌是红漆的,上面只有一个墨盒,一管笔,一本书,桌子面前一张木头椅子。姑母每天早晨教我一课书,教完之后,她便把书房的门倒锁起来,在门后头放着一把水壶,念渴了就喝白开水,她走了以后,我把我的书打开。忽听见院子里妹妹唱歌,哥哥学猫叫,我就慢慢爬到桌上站在那里,从窗眼往外看,妹妹笑,我也由不得要笑。哥哥追猫,我心里也象帮忙一块追似的,我这样站着两点钟也不觉倦,但只听见姑母的脚步声,就赶紧爬下来,很规矩的坐在那里,姑母一进门,正颜厉色的向我道:'过来背书,'我那里背得出。便认也不曾认得。姑母怒极,喝道:'过来!'我不禁哀哀地哭了,她拿着皮鞭抽了几鞭。然后狠狠的说:'十二点再背不出,不用想吃饭呵!'我这时恨极这本破书了。但为要吃午饭,也不能不拼命的念,侥幸背出来了,混了一顿午饭吃。但是念了一年,一本三字经还不曾念完。姑母恨极了,告诉了母亲把我狠狠责罚了一顿,从此不教我念书了。我好像被赦的死囚,高兴极了。

  "有一天我正在同妹妹作小衣服玩,忽听见母亲叫我说:'露沙!你一天在家里不念书,竟顽皮,把妹妹都引坏了。我现在送你上学校去，你若不改，被人赶出来，我就不要你了。'我听了这话，又怕又伤心，不禁放声大哭。后来哥哥把我抱上车，送我到东城一个教会学堂里，我才迈进校长室，心里便狂跳起来。在我的小生命里，是第一次看见蓝眼睛、高鼻子的外国人，况且这校长满脸威严。我哥哥和她说：'这小孩是我的妹妹，她很顽皮，请你不用客气的管束她。那是我们全家所感激的。'那校长对我看了半天说：'哦！小孩子！你应当听话，在我的学校里，要守规矩，不然我这里有皮鞭，它能责罚你。'她说着话，把手向墙上一捺。就听见'铃铃！'一阵铃响，不久就走进一个中国女人来，年纪二十八九，这个人比校长温和得多，她走进来和校长鞠了个躬，并不说话，只听见校长叫他道：'魏教习！这个女孩是到这里读书的，你把她带去安置了吧！'那个魏教习就拉着我的手说：'小孩子！跟我来！'我站着不动，两眼望着我的哥哥，好似求救似的，我哥哥也似了解我的意思，因安慰我说：'你好好在这里念书，我过几天来看你。'我知道无望了，只得勉勉强强跟着魏教习到里边去。

"这学校的学生，都是些乡下孩子，她们有的穿着打补钉的蓝布褂子，有的头上扎着红头绳，见了我都不住眼的打量，我心里又彷徨，又凄楚。在这满眼生疏的新环境里，觉得好似不系之舟，前途命运真不可定呵。迷糊中不知走了多少路，只见魏教习领我走到楼下东边一所房子前站住了，用手轻轻敲了几下门，那门便'呀'的一声开了。一个女郎戴着蔚蓝眼镜，两颊娇红，眉长入鬓，身上穿着一件月白色的长衫，微笑着对魏教习鞠了躬说：'这就是那新来的小学生吗？'魏教习点点头说：'我把她交给你，一切的事情都要你留心照应，'说完又回头对我说：'这里的规矩，小学生初到学校，应受大学生的保护和管束。她的名字叫秦美玉，你应当叫她姐姐，好好听她的话，不知道的事情都可以请教她.'说完站起身走了。那秦美玉拉着我的手说：'你多大了？你姓什么？叫什么？……这学校的规矩很利害，外国人是不容情的，你应当事事小心，'她正说着，已有人将我的铺盖和衣物拿进来了。我这时忽觉得诧异，怎么这屋子里面没有床铺呵？后来又看她把墙壁上的木门推开了。里头放着许多被褥，另外还有一个墙橱，便是放衣服的地方，她告诉我这屋里住五个人，都在这木板上睡觉，此外，有一张长方桌子，也是五个人公用的地方，我从来没看见过这种简陋的生活，仿佛到了一个特别的所在，事事都觉得不惯。并且那些大学生，又都正颜厉色的指挥我打水扫地，我在家从来没作过，况且年龄又太幼弱，怎么能作得来。不过又不敢不作，到烦难的时候，只有痛哭，那些同学又都来看我，有的说'这孩子真没出息！'有的说：'管管她就好了。'那些没有同情的刺心话，真使我又羞又急，后来还是秦美玉有些不过意，抚着我的头说：'好孩子！别想家，跟我玩去。'我擦干了眼泪，跟她走出来，院子里有秋千架，有荡木，许多学生在那里玩耍，其中有一个学生，和我差不多大，穿着藕合色的洋纱长衫，对我含笑的望，我也觉得她和别的同学不同，很和气可近的，我不知不觉和她熟识了，我就别过秦美玉和她牵着手，走到后院来，那里有一棵白杨树，底下放着一块捣衣石，我们并肩坐在那里，这时正是黄昏的时候，柔媚的晚霞，缀成幔天红罩，金光闪射，正映在我们两人的头上，她忽然问我道：'你会唱圣诗吗？'我摇头说'不会，'她低头沉思半响说：'我会唱好几首，我教你一首好不好？'我点头道：'好！'她便轻轻柔柔地唱了一首，歌词我已记不得了。只是那爽脆的声韵，恰似娇莺低吟、春燕轻歌，到如今还深刻脑海，我们正在玩得有味，忽听一阵铃响，她告诉我吃晚饭了。我们依着次序，走进膳堂，那膳堂在地窖里，很大的一间房子，两旁都开着窗户，从窗户外望，平地上所种的杜鹃花正开得灿烂娇艳，迎着残阳，真觉爽心悦目。屋子中间排着十几张长方桌，桌的两旁放着木头板凳，桌上当中放着一个绿盆，盛着白木头筷子和黑色粗碗，此外排着八碗茄子煮白水，每两人共吃一碗，在桌子东头，放着一筐箩棒子面的窝窝头，黄腾腾好似金子的颜色，这又是我从来没吃过的，秦美玉替我拿了两块放在面前。我拿起来咬了一口，有点甜味，但是嚼在嘴里，粗糙非常，至于那碗茄子，更不知道是什么味道，又涩又苦。想来既没有油，盐又放多了，我肚子其实很饿，但我拿起筷子勉强吃了两口，实在咽不下，心里一急，那眼泪点点滴滴都洒在窝窝头上了，那些同学见我这种情形，有的诽笑我，有的谈论我，我仿佛听见她们说：'小姐的派头倒十足，但为什么不吃小厨房的饭呢？'我那时不知道这学校的饭是分等第的，有钱的吃小厨房饭，没钱就吃大厨房的饭，我只疑疑惑惑不知道她们说什么，只怔怔地看着饭菜垂泪，直等大家都吃完，才一齐散了出来。我自从这一顿饭后，心里更觉得难受了，这一夜翻来覆去，无论如何睡不着，看那清碧的月光，从树杪上移到我屋子的窗棂上，又移到我的枕上，直至月光充满了全屋，我还不曾入梦，只听见那四个同学呼声雷动，更感焦躁，那眼泪又不由自主的流下来了。直到天快亮，我才迷迷忽忽睡了一觉。

"第二天的饭菜，依旧是不能下箸。那个小朋友知道这消息，到吃饭的时候，特把她家里送来的菜，拨了一半给我，我才得吃了一顿饱饭，这种苦楚直挨了两个星期，才略觉习惯些，我因为这个小朋友待我极好，因此更加亲热，直到光复那一年，我家里搬到天津去，我才离开这学校，我的小朋友也回通州去了。到光复以后我已经十三岁了，我的小朋友十二岁，我们一齐都进公立某小学校，后来她因为想学医到别处去，我们五六年不见，想不到前年她又到北京来，我们因又得欢聚，不过现在她又走了——

听说她已和人结婚——很不得志,得了肺病,将来能否再见,就说不定了。"

"你们说人生聚散有一定吗?"露沙说完,兀自不住声的叹息,这时公园游人已渐渐散尽,大家都有倦意。因趁着光慢慢步出园来,一同雇车回学校去。

露沙自从上海回来后,宗莹和云青、玲玉,都觉格外高兴,这时候她们下课后,工作的时候很少,总是四个人拉着手,在芳草地上,轻歌快谈。说到快意时,便哈天扑地的狂笑,说到凄楚时便长呼短叹,其实都脱不了孩子气,什么是人生!什么是究竟!不过嘴里说说,真的苦趣还一点没尝到呢!

三

光阴快极了,不觉又过了半年,不解事的露沙、玲玉、云青、宗莹、莲裳,不幸接二连三都卷入愁海了。

第一个不幸的便是露沙,当她幼年时饱受冷刻环境的薰染,养成孤僻倔强的脾气,而她天性又极富于感情,所以她竟是个智情不调和的人。当她认识那青年梓青时,正在学潮激烈的当儿。天上飘着鹅毛片般的白雪,空中风声凛冽,她奔波道途,一心只顾怎么开会,怎么发宣言,和那些青年聚在一起,讨论这一项,解决那一层,她初不曾预料到这一点的,因而生出绝大的果来。

梓青是个沉默孤高的青年,他的议论最彻底,在会议的席上,他不大喜欢说话,但他的论文极多,露沙最喜欢读他的作品,在心流的沟里,她和他不知不觉已打通了,因此不断的通信,从泛泛的交谊,变为同道的深契,这时露沙的生趣勃勃,把从前的冷淡态度,融化许多,她每天除上课外,便是到图书馆看书,看到有心得,她或者作短文,和梓青讨论,或者写信去探梓青的见解，在这个时期里，她的思想最有进步，并且她又开始研究哲学，把从前懵懵懂懂的态度都改了。

有一天正上哲学课，她拿着一枝铅笔记先生口述的话，那时先生正讲人生观的问题，中间有一句说："人生到底作什么？"她听了这话，忽然思潮激涌，停了手里的笔，更听不见先生继续讲些什么？只怔怔的盘算，"人生到底作什么？……牵来牵去，忽想到恋爱的问题上去，——青年男女，好像是一朵含苞未放的玫瑰花，美丽的颜色足以安慰自己，诱惑别人，芬芳的气息，足以满足自己，迷恋别人。但是等到花残了，叶枯了，人家弃置，自己憎厌，花木不能躲时间空间的支配，人类也是如此，那末人生到底作什么？……其实又有什么可作？恋爱不也是一样吗？青春时互相爱恋，爱恋以后怎么样？……不是和演剧般，到结局无论悲喜，总是空的呵！并且爱恋的花，常常衬着苦恼的叶子，如何跳出这可怕的圈套，清净一辈子呢？……"她越想越玄，后来弄得不得主意，吃饭也不正经吃，有时只端着饭碗拿着筷子出神，睡觉也不正经睡，半夜三更坐了起来发怔，甚至于痛哭了。

这一天下午，露沙又正犯着这哲学病，忽然梓青来了一封信，里头有几句话说："枯寂的人生真未免太单调了！……唉！什么时候才得甘露的润泽，在我空漠的心田，开朵灿烂的花呢？……恐怕只有膜拜'爱神'，求她的怜悯了！"这话和她的思想，正犯了冲突。交战了一天，仍无结果，到了这一天夜里，她勉勉强强写了梓青的回信，那话处处露着彷徨矛盾的痕迹，到第二天早起重新看看，自己觉得不妥，因又撕了，结果只写几个字道："来信收到了，人生不过尔尔，苦也罢，乐也罢，几十年全都完了，管他呢！且随遇而安罢！"

活泼泼地露沙，从此憔悴了！消沉了！对于人间时而信，时而疑，神经越加敏锐，闲步到中央公园，看见鸭子在铁栏里游泳，她便想到，人生和鸭子一样的不自由，一样的愚钝，人生到底作什么？听见鹦鹉叫，她便想到人们和鹦鹉一样，刻板的说那几句话。一样的不能跳出那笼子的束缚，看见花落叶残便想到人的末路——死——仿佛天地间只有愁云满布，悲雾迷漫，无一不足引起她对世界的悲观，弄得精神衰颓。

露沙的命运是如此。云青的悲剧同时开演了，云青向来对于世界是极乐观的，她目的想作一个完美的教育家，她愿意到乡村的地方——绿山碧水，——的所在，招集些乡村的孩子，好好的培植他们，完成甜美的果树，对于露沙那种自寻苦恼的态度，每每表示反对。

这天下午她们都在学校园葡萄架下闲谈，同级张君，拿了一封信来，递给露沙，她们都围拢来问"这是谁的信，我们看得吗？"露沙说"这是蔚然的信，有什么看不得的。"她说着因把信撕开抽出来念道：

露沙君：

不见数月了！我近来很忙。没有写信给你，抱歉得很！你近状如何？念书有得吗？我最近心绪十分恶劣，事事都感到无聊的痛苦，一身一心都觉无所着落，好像黑夜中，独架扁舟，漂泊于四无涯际，深不见底的大海汪洋里，彷徨到底点了呵！日前所云事，曾否进行，有效否，极盼望早得结果，慰我不定的心。别的再谈。

蔚　然

宗莹说，"这个人不就是我们上次在公园遇见的吗？……他真有趣，抱着一大捆讲义，睡在椅子上看，……他托你什么事？……露沙！"

露沙沉吟不语，宗莹又追问了一句，露沙说："不相干的事，我们说我们的吧！时候不早，我们也得看点书才对，"这时玲玉和云青正在那唧唧哝哝商量星期六照像的事，宗莹招呼了她们，一齐来到讲堂。玲玉到图书室找书预备作论文，她本要云青陪她去，被露沙拦住说："宗莹也要找书，你们俩何不同去，"玲玉才舍了云青，和宗莹去了。

露沙叫云青道："你来！我有话和你讲。"云青答应着一同出来，她们就在柳荫下，一张凳子上坐下了。露沙说："蔚然的信你看了觉得怎样？"云青怀疑着道："什么怎么样？我不懂你的意思？"露沙说："其实也没有什么！……我说了想你也不至于恼我吧？"云青说："什么事？你快说就是了。"露沙说："他信里说他十分苦闷，你猜为什么？……就是精神无处寄托，打算找个志同道合的女朋友，安慰他灵魂的枯寂！他对于你十分信任，从前和我说过好几次，要我先说，我怕碰钉子，直到如今不曾说过，今天他又来信，苦苦追问，我才说了，我想他的人格，你总信得过，作个朋友，当然不是大问题是不是？"云青听了这话，一时没说什么，沉思了半天说："朋友原来不成问题，……但是不知道我父亲的意思怎样？等我回去问问再说吧！"……露沙想了想答道："也好吧！但希望快点！"她们谈到这里，听见玲玉在讲堂叫她们，便不再往下说，就回到讲堂去。

露沙帮着玲玉找出《汉书·艺文志》来，混了些时，玲玉和宗莹都伏案作文章，云青拿着一本《唐诗》，怔怔凝思，露沙叉着手站在玻璃窗口，听柳树上的夏蝉不住声的嘶叫，心里只觉闷闷地，无精打采的坐在书案前，书也懒看，字也懒写。孤云正从外头进来，抚着露沙的肩说："怎么又犯了毛病啦！眼泪汪汪是什么意思呵！"露沙满腔烦闷悲凉，经她一语道破，更禁不住，爽性伏在桌上呜咽起来，玲玉、宗莹和云青都急忙围拢来，安慰她，玲玉再三问她为什么难受，她只是摇头，她实在说不出具体的事情来，这一下午她们四个人都沉闷无言，各人叹息各人的，这种的情形，绝不是头一次了。

冬天到了，操场里和校园中没有她们四人的影子了，这时她们的生活只在图书馆或讲堂里，但是图书馆是看书的地方，她们不能谈心，讲堂人又太多，到不得已时，她们就躲在栉沐室里，那里有顶大的洋炉子，她们围炉而谈，毫无妨碍。

最近两个星期，露沙对于宗莹的态度，很觉怀疑。宗莹向来是笑容满面，喜欢谈说的，现在却不然了，镇日坐在讲堂，手里拿着笔在一张破纸上，画来画去，有时忽向玲玉说："作人真苦呵！"露沙觉得她这种形态，绝对不是无因，这一天的第二课正好教员请假，露沙因约了宗莹到栉沐室谈心，露沙说："你有什么为难的事吗？"她沉吟了半天说："你怎么知道？"露沙说："自然知道，……你自己不觉得，其实诚于中形于外，无论谁都瞒不了呢！"宗莹低头无言，过了些时，她才对露沙说："我告诉你，但请你守秘密。"露沙说："那自然啦，你说吧！"

"我前几个星期回家，我母亲对我说有个青年，要向我求婚，据父亲和母亲的意思，都很欢喜他，他的相貌很漂亮，学问也很好，但只一件他是个官僚，我的志趣你是知道的，和官僚结婚多讨厌呵！而且他的交际极广，难保没有不规则的行动，所以我始终不能决定，我父亲似乎很生气，他说：'现在的女孩子，眼里那有父母呵，好吧！我也不能强迫你，不过我觉得这是个好机会，我作父亲的有对你留意的责任，你若自己错过了，那就不能怨人，……据我看那个青年，实在是不可多得的人才，将来至少也有科长的希望……'我被他这一番话说得真觉难堪，我当时一夜不曾合眼，我心里只恨为什么这么倒霉？若果始终要为父母牺牲，我何必念书进学校。只过我六七年前小姐式的生活，早晨睡到十一二点起来，看看不相干的闲书，作两首滥调的诗，满肚皮佳人才子的思想，三从四德的观念，那末父母之命，媒妁之言，我自然遵守，也没有什么苦恼了！现在既然进了学校，有了知识，叫我屈伏在这种顽固不化的威势下，怎么办得到！我牺牲一个人不要紧，其奈良心上过不去，你说难不难？……"宗莹说到伤心时，泪珠儿便不断的滴下来，露沙倒弄得没有主意了，只得想法安慰她说："你不用着急，天下没有不爱子女的父母，她绝不忍十分难为你……"

宗莹垂泪说："为难的事还多呢！岂止这一件。你知道师旭常常写信给我吗？"露沙诧异道："师旭！是不是那个很胖的青年？"宗莹道："是的……""他头一封信怎么写的？"露沙如此的问，宗莹道，"他提出一个问题和我讨论，叫我一定须答覆，而且还寄来一篇论文叫我看完交回，这是使我不能不回信的原因。"露沙听完，点头叹道："现在的社交，第一步就是以讨论学问为名，那招牌实在是堂皇得很，等你真真和他讨论学问时，他便再进一层，和你讨论人生问题，从人生问题里便渲染上许多愤慨悲抑的感情话，打动了你，然后恋爱问题就可以应运而生了。……简直是作戏，所幸当局的人总是一往情深，不然岂不味同嚼蜡！"宗莹说："什么事不是如此？……作人只得模糊些罢了。"

她们正谈着，玲玉来了，她对她们作出娇痴的样子来，似笑似恼的说："啊哟！两个人象煞有介事，……也不理人家，"说着歪着头看她们笑，宗莹说："来！来！……我顶爱你！"一壁说，一壁走，过来拉着她的手，她就坐在宗莹的旁边，将头靠在她的胸前说："你真爱我吗？……真的吗？"……"怎么不真！"宗莹应着便轻轻在她手上吻了一吻。露沙冷冷地笑道："果然名不虚传，情迷碰到一起就有这么些做作！"玲玉插嘴道："咦！世界上你顶没有爱，一点都不爱人家。"露沙现出很悲凉的形状道："自爱还来不及，说得爱人家吗？"玲玉有些恼了。两颊绯红说："露沙顶忍心，我要哭了！我要哭了！"说着当真眼圈红了，露沙说："得啦！得啦！和你闹着玩呵！……我纵无情，但对于你总是爱的，好不好？"玲玉虽是哈哈地笑，眼泪却随着笑声滚了下来。正好云青找到她们处来，玲玉不容她开口，拉着她就走说："走吧！去吧！露沙一点不爱人家，还是你好，你永永爱我！"云青只迟疑的说："走吗？……真是的！"又回头对她们笑道："这是怎么回事？……你们不走吗……"宗莹说："你先走好了，我们等等就来。"玲玉走后，宗莹说："玲玉真多情，……我那亲戚若果能娶她，真是福气！"露沙道："真的！你那亲戚现在怎么样？你这话已对玲玉说过吗？"宗莹说："我那亲戚不久就从美国回来了，玲玉方面我约略说过，大约很有希望吧！""哦！听说你那亲戚从前曾和另外一个女子订婚，有这事吗？"露沙又接着问，宗莹叹道："可不是吗？现在正在离婚，那边执意不肯，将来麻烦的日子有呢！"露沙说："这恐怕还不成大问题，……只是玲玉和你的亲戚有否发生感情的可能，倒是个大问题呢！……听说现在玲玉家里正在介绍一个姓胡的，到底也不知什么结果？"宗莹道："慢慢地再说吧！现在已经下堂了。底下一课文学史，我们去听听吧！"她们就走向讲堂去。

　　她们四个人先后走到成人的世界去了。从前的无忧无愁的环境，一天一天消失。感情的花，已如荼如火的开着，灿烂温馨的色香，使她们迷恋，使她们尝到甜蜜的爱的滋味，同时使她们了解苦恼的意义。

　　这一年暑假，露沙回到上海去，玲玉回到苏州去。云青和宗莹仍留在北京，她们临别的末一天晚上，约齐了住在学校里，把两张木床合并起来，预备四个人联床谈心，在傍晚的时候，她们在残阳的余辉下，唱着离别的歌儿道：

> 潭水桃花，故人千里，
> 离歧默默情深悬，
> 两地思量共此心！
> 何时重与联襟？
> 愿化春波送君来去，
> 天涯海角相寻。

歌调苍凉，她们的声音越来越低，直至无声，露沙叹道："十年读书，得来只是烦恼与悲愁，究竟知识误我？我误知识？"云青道："真是无聊！记得我小的时候，看见别人读书，十分羡慕，心想我若能有了知识，不知怎样的快乐，若果知道越有知识，越与世不相容，我就不当读书自苦了，"宗莹说："谁说不是呢？就拿我个人的生活说吧！我幼年的时候，没有兄弟姊妹，父母十分溺爱，也不许进学校，只请了一位老学究，教我读《毛诗》《左传》，闲时学作几首诗。一天也不出门，什么是世界我也不知道，觉得除依赖父母过我无忧无虑的生活外，没有一点别的思想，那时在别人或者看我很可惜，甚至于觉得我很可怜，其实我自己倒一点不觉得。后来我有一个亲戚，时常讲些学校的生活，及各种常识给我听，不知不觉中把我引到烦恼的路上去，从此觉得自己的生活，样样不对不舒服，千方百计和父母要求进学校，进了学校，人生观完全变了。不容于亲戚，不容于父母，一天一天觉得自己孤独，什么悲愁，什么无聊，逐件发明了。……岂不是知识误我吗？"她们三人的谈话，使玲玉受了极深的刺激，呆呆地站在秋千架旁，一语不发，云青无意中望见。因撇了露沙、宗莹走过来，拊在她的肩上说："你怎样了？……有什么不舒服吗？"玲玉仍是默默无言，摇摇头回过脸去，那眼泪便扑朔朔滚了下来，她们三人打断了话头，拉着她到栉沐室里，替她拭干了泪痕，谈些诙谐的话，才渐渐恢复了原状。

到了晚上，她们四人睡在床上，不住的讲这样说那样，弄到四点多钟才睡着了。第二天下午露沙和玲玉乘京浦的晚车离开北京，宗莹和云青送到车站，当火车头转动时，玲玉已忍不住呜咽起来，露沙生性古怪，她遇到伤心的时候，总是先笑，笑够了，事情过了，她又慢慢回想着独自垂泪，宗莹虽喜言情，但她却不好哭，云青对于什么事，好像都不足动心的样子，这时对着渐去渐远的露沙玲玉，只是怔怔呆望，直到火车出了正阳门，连影子都不见了，她才微微叹着气回去了。

在这分别的期中，云青有一天接到露沙的一封信说：

云青：

人间譬如一个荷花缸，人类譬如缸里的小虫，无论怎样聪明，也逃不出人间的束缚，回想临别的那天晚上，我们所说的理想生活——海边修一座精致的房子，我和宗莹开了对海的窗户，写伟大的作品；你和玲玉到临海的村里，教那天真的孩子念书，晚上回来，便在海边的草地上吃饭，谈故事，多少快乐——但是我恐怕这话，永久是理想的呵！你知道宗莹已深陷于爱情的漩涡里，玲玉也有爱剑卿的趋势。虽然这都是她们俩的事，至于我们呢？蔚然对于你陷溺极深，我到上海后，见过他几次，觉得他比从前沉闷多了，每每仰天长叹，好像有无限隐忧似的。我屡次问他，虽不曾明说什么，但对于你的渴慕仍不时流露出来。云青！你究竟怎么对付他呢？你向来是理智胜于感情的，其实这也是她们不到的观察，对于蔚然的诚挚，能始终不为所动吗？况且你对于蔚然的人格曾表示相信，那末你所以拒绝他的，岂另有苦衷吗？……

　　按说我的为人，在学校里，同学都批评我极冷淡寡情，其实人间的虫子，要想作太上的忘情，只是矫情罢了！不过有的人喜欢用情——即世上所谓的多情——有的不喜欢用情，一旦若是用了，更要比多情的深挚得多呢！我相信你不是无情，只是深情，你说是不是？

　　你前封信曾问我梓青的事，在事实上我没有和他发生爱情的可能，但爱情是没有条件的。外来的桎梏，正未必能防范得住呢！以后的结果，实不可预料，只看上帝的意旨如何罢了。

　　　　　　　　　　　　　　　露　沙

　云青接到这封信，受了极大的刺激，用了两天两夜的思维，仍不能决定，她只得打电话叫宗莹来商量，宗莹问她对于蔚然本身有无问题，云青答道："我向来没有和男子们交接，我觉得男子可以相信的很少，至于蔚然的人格，我始终信仰，不过我向来理智强于感情，这事的结果，若是很顺当的，那末倒也没什么，若果我父母以为不应当……或者亲戚们有闲话，那我宁可自苦一辈子，报答他的情义，叫我勉强屈就是作不到的。"

　宗莹听完这话，沉想些时说："我想你本身若是没有问题，那末就可以示意蔚然，叫他托人对你父母提出，岂不妥当吗？"云青懒懒道："大约也只有这么办了，……唉！真无聊……"她们商量妥当，宗莹也就回去了。

　傍晚的时候，兰馨来找云青，谈话之间，便提到露沙，兰馨说："我前几天听见人说，露沙和梓青已发生恋爱了，但梓青已经结婚了，这事将来怎么办呢？"

云青怔怔地看着墙上的风景画出神，歇了半天说："这或者是人们的谣传吧！……我看露沙不至于这么糊涂！"

"咦！你也不要说这话，……固然露沙是极明白，不至于上当，但梓青的婚姻是父母强迫的，本没有爱情可言，他纵对于露沙要求情爱，按真理说并不算大不道，不过社会上一般人，未免要说闲话罢了。……露沙最近有信吗？"

"有信，对于这事，她也曾说过，但她的主张，怕不至于就会随随便便和梓青结婚吧？她向来主张精神生活的，就是将来发生结婚的事情，也总得有相当的机会。"

"其实她近年来，在社会上已很有发展的机会，还是不结婚好，不然埋没了未免可惜……你写信还是劝她努力吧！"

她们正谈着，一阵电话铃响，原来是孤云找兰馨说话，因打断了她们的话头，兰馨接了电话。孤云要约她公园玩去，她于是辞了云青到公园去。

云青等她走后，便独自坐在廊子底下，默默沉思："觉得人生真是有限，象露沙那种看得破的人，也不能自拔？宗莹更不用说了……便是自己也不免宛转因物！"云青正在遐想的时候，只见听差走进来说有客来找老爷，云青因急急回避了，到屋里看了几页书，倦上来就收拾睡下。

第二天早晨。云青才起来，她的父亲就叫她去说话，她走进父亲的书房，只见她父亲皱着眉道："你认得赵蔚然吗？"云青听了这话，顿时心跳血涨，嗫嚅半天说："听见过这人的名字，"她父亲点头道："昨天伊秋先生来，还提起他，我觉得这个人太懦弱了，而且相貌也不魁武，"一壁说着，一壁看着云青，云青只是低头无言，后来她父亲又道："我对于你的希望很大，你应当努力预备些英文，将来有机会，到外国走走才是。"说到这里才慢慢站起来走了。

云青怔怔望着窗外柳丝出神,觉有无限怅惘的情绪,萦绕心田,因到书案前,申纸染毫写信给露沙道:

露沙:

前信甫发,接书一慰,因连日心绪无聊,未能即覆,抱歉之至!来书以处世多磨,苦海无涯为言,知露沙感喟之深,子固生性豪爽者,读到"雄心壮志早随流水去"之句,令人不忍为设地深思也。"不享物质之幸福,亦不愿受物质之支配。"诚然!但求精神之愉快,闭门读书,固亦云唯一之希望,然岂易言乎?

宗莹与师旭定婚有期矣,闻宗莹因此事,与家庭冲突,曾陪却不少眼泪。究竟何苦来?所谓"有情人都成眷属"亦不过霎时之幻影耳,百年容易,眼见白杨萧萧,荒冢累累,谁能逃此大限?此诚"天下本无事庸人自扰之也。"渠结婚佳期闻在中秋,未知确否,果确,则一时之兴尚望露沙能北来,共与其盛,未知如愿否?

玲玉事仍未能解决,而两方爱情则与日俱增,可怜!有限之精神,怎经如许消磨,玲玉为此事殊苦,不知冥冥之运命将何以处之也!嗟!嗟!造化弄人!

最后一段,欲不言而不得不言,此即蔚然之事,云自幼即受礼教之薰染。及长已成习惯,纵新文化之狂浪,汨没吾顶,亦难洗前此之遗毒,况父母对云又非恶意,云又安忍与抗乎?乃近闻外来传言,又多误会,以为家庭强制,实则云之自身愿为家庭牺牲,何能委责家庭,愿露沙有以正之!至于蔚然处,亦望露沙随时开导,云诚不愿陷人滋深,且愿终始以友谊相重,其他问题都非所愿闻，否则只得从此休矣！

　　思绪不宁，言失其序，不幸！不幸！不知无常之天道，伊于胡底也，此祝

　　健康！

　　　　　　　　　　　　　云　　青

云青写完信后，就到姑妈家找表姊妹们谈话去了。

四

　　露沙由京回到上海以后，和玲玉虽隔得不远，仍是相见苦稀，每天除陪了母亲兄嫂姊妹谈话，就是独坐书斋，看书念诗，这一天十时左右，邮差送信来，一共有五六封，有一封是梓青的信，内中道：

露沙吾友：

　　又一星期不接你的信了！我到家以来，只觉无聊，回想前些日子在京时，我到学校去找你，虽没有一次不是相对无言，但精神上已觉有无限的安慰，现在并此而不能，怅惘何极！

　　上次你的信说，有时想到将来离开了学校生活，而踏进恶浊的社会生活，不禁万事灰心，我现虽未出校，已无事不灰心了！平时有说有笑，只是把灰心的事搁起，什么读书，什么事业，只是于无可奈何中聊以自遣，何尝有真乐趣！——我心的苦，知者无人——然亦未始非不幸中之幸，免得他们更和我格格不入了。

我于无意中得交着你,又无意于短时间中交情深刻这步田地!这是我最满意的事,唉!露沙!这是我们一线的生机!有无上的价值!

　　说到"人生不幸",我是以为然而不敢深思的,我们所想望的生活;并不是乌托邦,不可能的生活,都是人生应得的生活;若使我们能够得到应得的生活,虽不能使我们完全满意,聊且满意,于不幸的人生中,我们也就勉强自足了!露沙!我连这一层都不敢想到,更何敢提及根本的"人生不幸"!

　　你近来身体怎样,务望自重,有工夫多来信吧!此祝快乐!

梓青书

　　露沙接到信后,只感到万种凄伤,把那信翻来覆去,看了无数遍,直到能背诵了,她还是不忍收起——这实在是她的常态,她生平喜思量,每逢接到朋友们的来信,总是这种情形——她闷闷不语,最后竟滴下泪来,本想即刻写回信,恰巧蔚然来找,露沙才勉强拭干眼泪,出来相见。

　　这时已是黄昏了,西方的艳阳余辉,正射在玻璃窗上,由玻璃窗反折过来,正照在蔚然的脸上,微红而黑的两颊边,似有泪痕,露沙很奇异的问道"现在怎么样?"蔚然凄然说:"不知道为什么?这几天心绪恶劣,要想到西湖,或苏州跑一趟,又苦于走不开,人生真是枯燥极了!"露沙只叹了一声,彼此缄默约有五分钟,蔚然才问露沙道:"云青有信吗?……我写了三封信去,她都没有回我,不知道怎样,你若写信时,替我问问吧!"露沙说:"云青前几天有信来,她曾叫我劝你另外打主意,她恐怕终久叫你失望……她那个人作事十分慎重，很可佩服，不过太把自己牺牲了！……你对她到底怎样呢？"蔚然道："我对于她当然是始终如一，不过这事也并不是勉强得来的，她若不肯，当然作罢，但请她不要以此介介，始终保持从前的友谊好了，"露沙说："是呀！这话我也和她谈过，但是她说为避嫌疑起见，她只得暂时和你疏远，便是书信也拟暂时隔绝，等到你婚事已定后，再和你继续前此友谊……我想云青的心也算苦了。她对于你绝非无情，不过她为了父母的意见，宁可牺牲她的一生幸福……说到这里，我又想起今年春假云青、玲玉、宗莹、莲裳，我们五个人，在天津住着，有一天夜里，正是月色花影，互相厮并，红浪碧波，掩映斗媚，那时候我们坐在日本的神坛的草地上，密谈衷心，也曾提起这话，云青曾说对于你无论如何，终觉抱歉，因为她固执的缘故，不知使你精神上受多少创痕，……但是她也绝非木石，所以如此的原因，不愿受人訾议罢了。后来玲玉就说：这也没有什么訾议，现在比不得从前，婚姻自由本是正理，有什么忌讳呢？云青当时似乎很受了感动，说道：'好吧！我现在也不多管了。叫他去进行，能成也罢，不成也罢！我只能顺事之自然，至于最后的奋斗，我没有如此大魄力——而且闹起来，与家庭及个人都觉得说来不好听……'当日我们的谈话虽仅此而止，但她的态度可算得很明确。我想你如果有决心非她不可，你便可稍缓以待时机。"蔚然点头道："暂且不提好了。"

蔚然走后，玲玉恰好从苏州来，邀露沙明天陪她到吴淞去接剑卿去，露沙就留她住在家里，晚饭后闲谈些时，便睡下了，第二天早晨才五点多钟玲玉就从睡中惊醒，悄悄下了床，梳好了头。这时露沙也起来了，她们都收拾好了，已经到六点半，因乘车到火车站，距开车才有十分钟，忙忙买了车票，幸喜车上还有坐位，玲玉脸向车窗坐着，早晨艳阳射在她那淡紫色的衣裙上，娇美无比，衬着她那似笑非笑的双靥，好像浓绿丛中的紫罗兰，露沙对她怔怔望着。好像在那里猜谜似的。玲玉回头问道："你想什么？你这种神情，衬着一身雪般的罗衣，直象那宝塔上的女石像呢！"露沙笑道："算了吧！知道你今天兴头十足，何必打趣我呢？"玲玉被露沙说得不好意思了，仍回过头去，佯为不理。

半点钟过去了，火车已停在吴淞车站。她们下了车，到泊船码头打听，那只美国来的船，还有两三个钟头才进口。她们便在海边的长堤上坐下，那堤上长满了碧绿的青草。海涛怒啸，绿浪澎湃，但四面寂寥。除了草底的鸣蛩，抑抑悲歌外，再没有其他的音响和怒浪骇涛相应和了。

两点多钟以后，她们又回到码头上。只见许多接客的人，已挤满了，再往海面一看，远远的一只海船，开着慢车冉冉而来，玲玉叫道"船到了！船到了！"她们往前挤了半天，才站了一个地位，又等半天，那船才拢了岸。鼓掌的欢声，和呼唤的笑声，立刻充溢空际。玲玉只怔怔向船上望着，望来望去终不见剑卿的影子，十分彷徨。只等到许多人都下了船，才见剑卿提着小皮包，急急下船来，玲玉走向前去，轻轻叫道"陈先生！"剑卿忙放下提包，握着玲玉的手道："哦！玲玉！我真快活极了！你几时来的？那一位是你的朋友吗？……"玲玉说"是的！让我给你介绍介绍。"因回过头对她道："这位是陈剑卿先生。"又向陈先生道："这位是露沙女士。"彼此相见过，便到火车站上等车。玲玉问道："陈先生的行李都安置了吗？"剑卿道："已都托付一个朋友了，我们便可一直到上海畅谈竟日呢！"玲玉默默无言，低头含笑，把一块绢帕叠来叠去。露沙只听剑卿缕述欧美的风俗人情。不久到了上海，露沙托故走了，玲玉和剑卿到半淞园去，到了晚上，玲玉仍回到露沙家里，住了一夜，第二天早上就回苏州。

过了几天,玲玉寄来一封信,邀露沙北上,这时候已经是八月的天气,风凉露冷,黄花遍地,她们乘八月初三早车北上。在路上玲玉告诉露沙,这次剑卿向她求婚,已经不能再坚执了。现在已双方求家庭的通过,露沙因问她剑卿离婚的手续已办没有?玲玉说:"据剑卿说,已不成问题,因为那个女子已经有信应允他。不过她的家人故意为难,但婚姻本是两方同意的结合,岂容第三者出来勉强,并且那个女子已经到英国留学去了。……不过我总觉得有些对不住那个女子罢了!"露沙沉吟道:"你倒没什么对不住她。不过剑卿据什么条件一定要和这女子离婚呢?"玲玉道:"因为他们订婚的时候,并不是直接的,其间曾经第三者的介绍,而那个介绍人又不忠实,后来被剑卿知道了,当时气得要死,立刻写信回家,要求家里替他离婚,而他的家庭很顽固,去信责备了他一顿,他想来想去没有办法,只有自己出马,当时写了一封信给那个女子,陈说利害。那个女子倒也明白,很爽快就答应了他,并且写了一封信给她的家人,意思是说,婚姻大事,本应由两个男女,自己作主,父母所不能强逼,现在剑卿既觉得和她不对,当然由他离异,等语,不过她的家人,十分不快,一定不肯把订婚的凭证退还,所以前此剑卿向我求婚,我都不肯答应。……但是这次他再三的哀求,我真无法了,只得答应了他。好在我们都有事业的安慰,对于这些事都可随便。"露沙点头道:"人世的祸福正不可定,能游嬉人间也未尝不是上策呢?"

　　玲玉同露沙到北京之后,就在中学里担任些钟点,这时她们已经都毕业了。云青、宗莹、露沙、玲玉都在北京,只有莲裳到天津女学校教书去了。莲裳在天津认识了一个姓张的青年,不久她们便发生了恋爱,在今年十月十号结婚,她们因约齐一同到天津去参与盛典。

　　莲裳随遇而安的天性,所以无论处什么环境,她都觉得很快活，结婚这一天，她穿着天边彩霞织就的裙衫，披着秋天白云网成的软绡，手里捧着满蓄着爱情的玫瑰花，低眉凝容，站在礼堂的中间。男女来宾有的啧啧赞好，有的批评她的衣饰，只有玲玉、宗莹、云青、露沙四个人，站在莲裳的身傍，默默无言。仿佛莲裳是胜利者的所有品，现在已被胜利者从她们手里夺去一般，从此以后，往事便都不堪回忆！海滨的联袂情影，现在已少了一个。月夜的花魂不能再听见她们五个人一齐的歌声。她们越思量越伤心，露沙更觉不能支持，不到礼完她便悄悄地走了。回到旅馆里伤感了半天，直至玲玉她们回来了，她兀自泪痕不干，到第二天清早便都回到北京了。

　　从天津回来以后，露沙的态度，更见消沉了。终日闷闷不语，玲玉和云青常常劝她到公园散心去，露沙只是摇头拒绝。人们每提到宗莹，她便泪盈眼帘，凄楚万状！有一天晚上，月色如水，幽景绝胜，云青打电话邀她家里谈话，她勉强打起精神，坐了车子，不到一刻钟就到了。这时云青正在她家土山上一块云母石上坐着，露沙因也上了山，并肩坐在那块长方石上，云青说："今夜月色真好，本打算约玲玉、宗莹我们四个人，清谈竟夜，可恨剑卿和师旭把她们俩伴住了不能来——想想朋友真没交头，起初情感浓挚，真是相依为命，到了结果，一个一个都风流云散了，回想往事，只恨多余！怪不得我妹妹常笑我傻。我真是太相信人了！"露沙说："世界上的事情，本来不过尔尔，相信人，结果固然不免孤零之苦，就是不相信人，何尝不是依然感到世界的孤寂呢？总而言之，求安慰于善变化的人类，终是不可靠的，我们还是早些觉悟，求慰于自己吧！"露沙说完不禁心酸，对月怔望，云青也觉得十分凄楚，歇了半天，才叹道："从前玲玉老对我说：同性的爱和异性的爱是没有分别的，那时我曾驳她这话不对，她还气得哭了，现在怎么样呢？"露沙说："何止玲玉如此？

便是宗莹最近还有信对我说：'十年以后同退隐于西子湖畔呢！'那一句是可能的话，若果都相信她们的话，我们的后路只有失望而自杀罢了！"

她们直谈到夜深更静，仍不想睡。后来云青的母亲出来招呼她们去睡，她们才勉强进去睡了。

露沙从失望的经验里，得到更孤僻的念头，便是对于最信仰的梓青，也觉淡漠多了。这一天正是星期六，七点多钟的时候，梓青打电话来邀她看电影，她竟拒绝不去，梓青觉得她的态度变得很奇怪。当时没说什么，第二天来了一封信道：

露　沙：

我在世界上永远是孤零的呵！人类真正太惨刻了！任我流涸了泪泉；任我粉碎了心肝，也没有一个人肯为我叫一声可怜！更没有人为我洒一滴半滴的同情之泪！便是我向日视为一线的光明，眼见得也是暗淡无光了！唉！露沙！若果你肯明明白白告诉我说："前头没有路了！"那末我决不再向前多走一步，任这一钱不值的躯壳，随万丈飞瀑而去也好；并颓岩而同堕于千仞之深渊也好；到那时我一切顾不得了。就是残苛的人类，打着得胜鼓宣布凯旋，我也只得任他了……唉！心乱不能更续，顺祝

康健！

梓　青

露沙看完这封信，心里就象万弩齐发，痛不可忍，伏在枕上呜咽悲哭，一面自恨自己太怯弱了！人世的谜始终打不破，一面

又觉得对不住梓青，使他伤感到这步田地，知情交战，苦苦不休，但她天性本富于感情，至于平日故为旷达的主张，只不过一种无可如何的呻吟。到了这种关头，自然仍要为情所胜了，况她生平主张精神的生活，她有一次给莲裳一封信，里头有一段说：

"许多聪明人，都劝我说：'以你的地位和能力，在社会上很有发展的机会，为什么作茧自束呢？'这话出于好意者的口里，我当然是感激他，但是一方我却不能不怪他，太不谅人了！……若果人类生活在世界上，只有吃饭穿衣服两件事，那末我早就葬身狂浪怒涛里了，岂有今日？……我觉得宛转因物，为世所称，倒不如行我所适，永垂骂名呢？干枯的世界，除了精神上，不可制止情的慰安外，还有别的可滋生趣吗？……"

露沙的志趣，既然是如此，那末对于梓青十二分恳挚的态度，能不动心吗？当时拭干了泪痕，忙写了一封信，安慰梓青道：——

梓青：

你的信来，使我不忍卒读！我自己已是世界上最不幸的人了！何忍再拉你同入漩涡？所以我几次三番，想使你觉悟，舍了这九死一生的前途，另找生路，谁知你竟误会我的意思，说出那些痛心话来！哎！我真无以对你呵！

我也知道世界最可宝贵，就是能彼此谅解的知己，我在世上混了二十余年，不遇见你，固然是遗憾千古，既遇见你，也未尝不是凤孽呢？……其实我生平是讲精神生活的，形迹的关系有无，都不成问题，不过世人太苛毒了！对于我们这种的行径，排斥不遗余力，以为这便是大逆不道，含沙射影，使人难堪，而我们又都是好强的人,谁能忍此?因而我的态度常常若离若即,并非对你信不过,谁知竟使你增无限苦楚。唉!我除向你诚恳的求恕外,还有什么话可说!愿你自己保重吧!何苦自戕过甚呢?祝你

　　精神愉快!

露　沙

　　梓青接到信后,又到学校去会露沙,见面时,露沙忽触起前情,不禁心酸,泪水几滴了下来,但怕梓青看见,故意转过脸去,忍了半天,才慢慢抬起头来,梓青见了这种神情,也觉十分凄楚,因此相对默默,一刻钟里一句话也没有。后来还是露沙问道:"你才从家里来吗?这几天蔚然有信没有?"梓青答道:"我今天一早就出门找人去了,此刻从于农那里来,蔚然有信给于农,我这里有两三个礼拜没接到他的信了。"露沙又问道:"蔚然的信说些什么?"梓青道:"听于农说,蔚然前两个星期,接到云青的信,拒绝他的要求后,苦闷到极点了,每天只是拼命的喝酒。醉后必痛哭,事情更是不能做,而他的家里,因为只有他一个独子,很希望早些结婚,因催促他向他方面进行,究竟怎么样还说不定呢!不过他精神的创伤也就够了。……云青那方面,你不能再想法疏通吗?"

　　"这事真有些难办,云青又何尝不苦痛?但她宁愿眼泪向里流,也绝不肯和父母说一句硬话。至于她的父母又不曾十分了解她,以为她既不提起,自然并不是非蔚然不嫁。那末拿一般的眼光,来衡量蔚然这种没有权术的人,自难入他们的眼,又怎么知道云青对他的人格十分信仰呢?我见这事,蔚然能放下,仍是放下吧!人寿几何?容得多少磨折?"

梓青听见露沙的一席话，点头道："其实云青也太懦弱了！她若肯稍微奋斗一点，这事自可成功……若果她是坚持不肯，我想还是劝蔚然另外想法子吧！不然怎么了呢？"说到这里，便停顿住了。后来梓青又向露沙说："……你的信我还没覆你，……都是我对不住你，请你不要再想吧！"说到这里眼圈又红了。露沙说："不必再提了，总之不是冤家不聚头！……你明天若有工夫，打电话给我，我们或者出去玩，免得闷着难受。"梓青道："好！我明天打电话给你，现在不早了，我就走吧。"说着站起来走了。露沙送他到门口，又回学校看书去了。

宗莹本来打算在中秋节结婚，因为预备来不及，现在改在年底了。而师旭仿佛是急不可待，每日下午都在宗莹家里直谈到晚上十点，才肯回去，有时和宗莹携手于公园的苍松荫下，有时联舞于北京饭店跳舞场里，早把露沙和云青诸人丢在脑后了。有时遇到，宗莹必缕缕述说某某夫人请宴会，某某先生请看电影，简直忙极了，把昔日所谈的求学著书的话，一概收起。露沙见了她这种情形，更觉格格不入，有时觉得实在忍不住了，因苦笑对宗莹说："我希望你在快乐的时候，不要忘了你的前途吧！"宗莹听了这话，似乎很能感动她。但她确不肯认她自己的行动是改了前态，她必定说："我每天下午还要念两点钟英文呢！"露沙不愿多说，不过对于宗莹的情感，一天淡似一天，从前一刻不离的态度，现在竟弄到两三个星期不见面，纵见了面也是相对默默，甚至于更引起露沙的伤感。

宗莹结婚的上一天晚上，露沙在她家里住下，宗莹自己绣了一对枕头，还差一点不曾完工，露沙本不喜欢作这种琐碎的事，但因为宗莹的原故，努力替她绣了两个玫瑰花瓣。这一夜她们家里的人忙极了，并且还来了许多亲戚，来看她试妆的。露沙嫌烦，一个人坐在她父亲的书房，替她作枕头。后来她父亲走了进来，和她谈话之间，曾叹道："宗莹真没福气呵！我替她找一个很好的丈夫她不要，唉！若果你们学校的人，有和那个姓祝的结婚，真是幸福！不但学问好，而且手腕极灵敏，将来一定可以大阔的。……他待宗莹也不算薄了，谁知宗莹竟看不上他！"露沙不好回答什么，只是含笑唯诺而已。等了些时她父亲出去了，宗莹打发老妈子来请露沙吃饭，露沙放下针线，随老妈子到了堂屋，许多艳装丽服的女客，早都坐在那里，露沙对大家微微点头招呼了，便和宗莹坐在一处。这时宗莹收拾得额覆卷发，凸凹如水上波纹，耳垂明亮，灿烂与灯光争耀，身上穿着玫瑰紫的缎袍，手上戴着订婚的钻石戒指，锐光四射。露沙对她不住的端相，觉得宗莹变了一个人。从前在学校时，仿佛是水上沙鸥，活泼清爽。今天却像笼里鹦鹉，毫无生气，板板地坐在那里，任人凝视，任人取笑，她只低眉默默，陪着那些钗光鬓影的女客们吃完饭。她母亲来替她把结婚时要穿的礼服，一齐换上。祖宗神位前面点起香烛，铺上一块大红毡子，叫人扶着宗莹向上叩了三个头。后来她的姑母们，又把她父母请出来，宗莹也照样叩了三个头。其余别的亲戚们也都依次拜过。又把她扶到屋里坐着。露沙看了这种情形，好像宗莹明天就是另外一个人了，从前的宗莹已经告以结束，又见她的父母都凄凄悲伤。更禁不住心酸，但人前不好落泪，仍旧独自跑到书房去，痛痛快快流了半天眼泪，后来客人都散了，宗莹来找她去睡觉。她走进屋子，一言不发，忙忙脱了外头衣服，上床脸向里睡下。宗莹此时也觉得有些凄惶，也是一言不发的睡下，其实各有各的心事，这一夜何曾睡得着。第二天天才朦胧，露沙回过脸来，看见宗莹已醒，她似醉非醉，似哭非哭的道："宗莹！从此大事定了！"说着涕泪交流，宗莹也觉得从此大事定了的一句话，十分伤心，不免伏枕呜咽。后来还是露沙怕宗莹的母亲忌讳，忙忙劝住宗莹。到七点钟大家全都起来了，忙忙地收拾这个，寻找那个，乱个不休，到十二点钟，迎亲的军乐已经来了，那种悲壮的声调，更搅得人肝肠裂碎，露沙等宗莹都装饰好了，握着她的手说："宗莹！愿你前途如意！我现在回去了，礼堂上没什么意思，我打算不去，等过两天我再来看你吧！"宗莹只低低应了一声，眼圈已经红润了，露沙不敢回头，一直走了。

　　露沙回到家里，怏怏似病，饮食不进，闷闷睡了两天，有一天早起家里忽来一纸电报，说她母亲病重，叫她即刻回去。露沙拿着电报，又急又怕，全身的血脉，差不多都凝注了，只觉寒战难禁。打算立刻就走，但火车已开过了，只得等第二天的早车，但这一下半天的光阴，真比一年还难挨。盼来盼去，太阳总不离树梢头，再一想这两天一夜的旅程，不独凄寂难当，更怕赶不上与慈母一面，疑怕到这里，心头阵阵酸楚，早知如此，今年就不当北来？

　　好容易到了黄昏。宗莹和云青都闻信来安慰她，不过人到真正忧伤的时候，安慰决不生效果，并且相形之下，更触起自己的伤心来。

　　夜深了，她们都回去，露沙独自睡在床上，思前想后，记得她这次离家时，母亲十分不愿意，临走的那天早起，还亲自替她收拾东西，叮嘱她早些回来，——如果有意外之变，将怎样？她越思量越凄楚！整整哭了一夜，第二天早起，匆匆上了火车，莲裳这时也在北京，她到车站送她，莲裳怆然的神情，使露沙陡怀起，距此两年前，那天正是夜月如水的时候，她到莲裳家里，问候她母亲的病，谁知那时她母亲正断了气，莲裳投在她怀里，哀哀地哭道："我从今以后没有母亲了！"呵！那时的凄苦，已足使她泪落声咽。今若不幸，也遭此境遇，将怎么办？觉得自己的身世真是可怜，七岁时死了父亲，全靠阿母保育教养。有缺憾的生命树，才能长成到如今，现在不幸的消息，又临到头上。……若果再没有母亲，伶仃的身世，还有什么勇气和生命的阻碍争斗呢？她越想越可怕，禁不住握着莲裳的手，呜咽痛哭。莲裳见景伤情，也不免怀母陪泪，但她还极诚挚的安慰她说："你不要伤心，伯母的病或者等你到家已经好了，也说不定……并且这一路上，你独自一个，更须自己保重，倘若急出病来，岂不更使伯母悬心吗？"露沙这时却不过莲裳的情，遂极力忍住悲声。

　　后来云青和永诚表妹都来了。露沙见了她们，更由不得伤心，想每回南旋的时候，虽说和她们总不免有惜别的意思，但因抱着极大的希望——依依于阿母肘下，同兄嫂妹妹等围绕于阿母膝前如何的快活？自然便把离愁淡忘了，旅程也不觉凄苦了。但这一次回去，她总觉得前途极可怕，恨不得立时飞到阿母面前。而那可恨的火车，偏偏迟迟不开，等了好久，才听铃响，送客的人纷纷下车，宗莹莲裳她们也都和她握手言别，她更觉自己伶仃得可怜，不免又流下泪来。

　　在车上只是昏昏恹恹，好容易盼到天黑，又盼天亮，念到阿母病重，就如堕身深渊，混身起栗，泪落不止。

　　不久车子到了江边，她独自下了车，只觉混身疲软，飘飘忽忽上了渡船，在江里时，江风尖利，她的神志略觉清爽，但望着那奔腾的江浪，只觉到自己前途的孤零和惊怕，唉！上帝！若果这时明白指示她母亲已经不在人间了，她一定要藉着这海浪缀成的天梯，去寻她母亲去……

　　过了江上了沪宁车，再有六七个钟头到家了，心里似乎有些希望，但是惊惧的程度，更加甚了，她想她到家时，或者阿母已经不能说话了，她心里要怎样的难受？……但她又想上帝或不至如此绝人——病是很平常的事，何至于一病不起呢？

　　那天的车偏偏又误点了，到上海已经十二点半钟，她急急坐上车奔回家去，离家门不远了，而急迫和忧疑的程度，也逐层加增，只有极力嘘气，使她的呼吸不至壅塞。车子将转湾了，家门可以遥遥望见，母亲所住的屋子，楼窗紧闭，灯火全熄，再一看那两扇黑门上，糊着雪白的丧纸，她这时一惊，只见眼前一黑，便昏晕在车上了，过了五分钟才清醒过来，等不得开门，她已失声痛哭了，等到哥哥出来开门时，麻衣如雪，涕泪交下，她无力的扑在灵前，哀哀唤母，但是桐棺三寸，已隔人天，露沙在灵前哭了一夜，第二天更不支，竟寒热交作卧病一星期，才渐渐好了。

　　露沙在母亲的灵前守了一个月，每天对着阿母的遗照痛哭，朋友们来函劝慰，更提起她的伤心。她想她自己现在更没牵挂了，把从前朋友们写的信，都从书箱里拿出来，一封封看过，然后点起一把火烧了。觉得眼前空明，心底干净。并且决心任造物的播弄，对于身体毫不保重，生死的关头，已经打破。有一天夜里她梦见她的母亲来了，仿佛记起她母亲已死，痛哭起来，自己从梦中惊醒，掀开帐子一看星月依稀，四境凄寂，悄悄下了床把电灯燃着，对着母亲的照像又痛哭了一场。然后含泪写了一封信给梓青道：

梓青：

　　可怜无父之儿复抱丧母之恨，苍天何极，绝人至此——清夜挑灯，血泪沾襟矣！

　　人生朝露，而忧患偏多，自念身世，怆怀无限！阿母死后，益少生趣。沙非敢与造物者抗，特雨后梨花，不禁摧残，后此作何结局，殊不可知耳！

　　目下丧事已楚，友辈频速北上，沙亦不愿久居此地，盖触景伤情，悲愁益不胜也！梓青来函，责以大义，高谊可感。唯沙经此折磨，灰冷之心，有无复燃之望，实不敢必。此后惟飘泊天涯，消沉以终身，谁复有心与利禄征逐，随世俗浮沉哉，望梓青勿复念我。好自努力可也。

　　沙已决明旦行矣。申江云树，不堪回首，嗟乎？冥冥天道，安可论哉？……

露　沙

　　露沙写完信后，天已发亮。因把行李略略检楚，她的哥哥妹妹都到车站送她。临行凄凉，较昔更甚，大家洒泪而别。露沙到京时，云青曾到车站接她，并且告诉她，宗莹结婚后不到一个月，便患重病，现在住在医院里，露沙觉得人生真太无聊了！黄金时代已过，现在好像秋后草木，只有飘零罢了！

　　玲玉这时在上海，来信说半年以内就要结婚，露沙接信后，不象前此对于宗莹、莲裳那种动心了，只是淡淡写了一封贺她成功的信。这时露沙昔日的朋友，一个个都星散了。北京只剩了一个云青和久病的宗莹，至于孤云和兰馨，虽也在北京，但露沙轻易不和她见面，所以她最近的生活，除了每天到学校里上课外，回来只有昏睡。她这时住在舅舅家里，表妹们看见她这样，都觉得很可忧的。想尽种种方法，来安慰她，不但不能止她的愁，而且每一提起，她更要痛哭。她的表妹知道她和梓青极好，恐怕能安慰她的只是他了，因给梓青写了一封信道：

梓青先生：

　　我很冒昧给你写信，你一定很奇怪吧？你知道我表姊近来的状况怎样吗？她自从我姑母死后，更比从前沉默了!每天的枕头上的泪痕,总是不干的,我们再三的劝慰,终无益于事,而她的身体本来不好,那经得起此种的殷忧呢?你是她很好的朋友,能不能想个法子安慰她?我盼望你早些北来,或者可稍杀她的悲怀!

我们一家人,都为她担忧,因为她向来对于人世,多抱悲观,今更经此大故,难保没有意外的事情发生。……要说起她,也实在可怜,她自幼所遇见的事,已经很使她感觉世界的冷苛,现在母亲又弃她而去,一个人四海飘泊,再有勇气的人,也不禁要志馁心灰呵!你有方法转移她的人生观吗?盼望得很,再谈吧!此祝

康乐!

　　　　　　　　　　　露沙的表妹上

露沙这一天早起,觉得头脑十分沉闷,因走到院子里站了半响,才要到屋里去梳头,听差的忽进来告诉她说,有一个姓朱的来访,她想了半天,不知道是谁,走到客厅,看见一个女子,面上微麻,但神情眼熟得很,好像见过似的,凝视了半天,才骇然问道:"你是心悟吗?我们三年多不见了!……你从那里来?前些日子竹荪有信来,说你去年出天花,很危险,现在都康全了?"心悟惜然道:"人事真不可料,我想不到活到二十几岁,还免不了出这场天灾,我早想写信给你,但我自病后心情灰冷,每逢提笔写信,就要触动我的伤感。人们都以我病好了,来称贺我!其实能在那时死了,比这样活着强得多呢?"露沙说:"灾病是人生难免的,好了自然值得称贺,你为什么说出这种短气的话来?"心悟被露沙这么一问,仿佛受了极大的刺激般,低头哽咽,歇了半天,她才说:"我这病已经断送了我梦想的前途,还有什么生趣?"露沙不明白她的意思,只为不过她一时的感触,不愿多说,

因用别的话叉开，谈了些江浙的风俗，心悟也就走了。

过了几天，兰馨来谈，忽问露沙说："你知道你那朋友朱心悟已经解除婚约了吗？"露沙惊道："这是怎么一回事，怪道那天她那样情形呢？"兰馨因问什么情形，露沙把当日的谈话告诉她。兰馨叹道："作人真是苦多乐少，象心悟那样好的人，竟落到这步田地？真算可怜！心悟前年和一个青年叫王文义的订婚，两个人感情极好，已经结婚有期，不幸心悟忽然出起天花来，病势十分沉重，直病了四个多月才好。好了之后脸上便落了许多麻点，其实这也算不得什么，偏偏心悟古怪心肠，她说：'男子娶妻，没一个不讲究容貌的，王文义当日再三向她求婚，也不过因爱她的貌，现在貌既残缺，还有什么可说，王文义纵不好意思，提出退婚的话，而他的家人已经有闲话了。与其结婚后使王文义不满意，倒不如先自己退婚呢！'心悟这种的主张发表后，她的哥哥曾劝止她，无奈她执意不肯，无法只得照她的话办了。王文义起初也不肯答应，后来经不起家人的劝告，也就答应了。离婚之后心悟虽然达到目的，但从此她便存心逃世，现在她哥哥姊妹们都极力劝她。将来怎么样，还说不定呢？"兰馨说完了，露沙道："怎么年来竟是这些使人伤心的消息呵！心悟从前和我在中学同校时，是个极活泼勇进的人，现在只落得这种结果，唉！前途茫茫，怎能不使人望而生畏！"不久兰馨走了。露沙正要去看心悟，邮差忽送来一封信，是梓青寄的。她拆开看道：

露沙！露沙！
　　你真忍决心自戕吗？固然世界上的人都是残忍的，但是你要想到被造物所播弄的，不止你一个人呵，你纵不爱惜自己，也当为那同病的人，稍留余地！你若绝决而去，那同病者岂不更感孤零吗？

露沙！我唯有自恨自伤，没有能力使你减少悲怀，但是你曾应许我作你唯一的知己，那末你到极悲痛的时候，也当为我设想，若果你竟自绝其生路，我的良心当受何种酷责？唉！露沙！在形式上，我固没有资格来把你孤寂的生活，变热闹了。而在精神上，我极诚恳的求你容纳我，把我火热的心魂，伴着你萧条空漠的心田，使她开出灿烂生趣的花，我纵因此而受任何苦楚，都不觉悔的，露沙！你应允我吧！

我到京已两日，但事忙不能立时来会你，明天下午我一定到你家里来，请你不要出去。别的面谈，祝你快活！

梓　青

露沙看过信后，不免又伤感了一番，但觉得梓青待她十分诚恳，心里安慰许多，第二天梓青来看她，又劝她好些话，并拉她到公园散步，露沙十分感激他，因对梓青道："我此后的岁月，只是为你而生！"梓青极受感动，一方面觉得露沙引自己为知己，是极荣幸的，但一方面想到那不如意的婚姻，又万感丛集，明知若无这层阻碍，向露沙求婚，一定可操左券，现在竟不能。有一次他曾向露沙微露要和他妻子离婚的意思，露沙凄然劝道："身为女子，已经不幸！若再被人离弃，还有生路吗？况且因为我的缘故，我更何心？所谓我虽不杀伯仁，伯仁由我而死，不但我自己的良心无以自容，就是你也有些过不去，……不过我们相知相谅，到这步田地；申言绝交，自然是矫情。好在我生平主张精神生活，我们虽无形式的结合，而两心相印，已可得到不少安慰。况且我是劫后余灰，绝无心情，因结婚而委身他人，若果天不绝我们，我们能因相爱之故，在人类海里，翻起一堆巨浪，也就足以自豪了！"梓青听了这话，虽极相信露沙是出于真诚，但总觉得是美中不足，仍不免时时怅惘。

　　过了几个月，蔚然从上海寄来一张红帖，说他已与某女士订婚了，这帖子一共是两张，一张是请她转寄给云青的，云青接到帖子以后，曾作了一首诗贺蔚然道：

　　　　燕话莺歌，
　　　　不是赞美春光娇好，
　　　　是贺你们好事成功了！
　　　　祝你们前途如花之灿烂！
　　　　谢你们释了我的重担！

　　云青自得到蔚然订婚消息后，转比从前觉得安适了，每天努力读书，闲的时候，就陪着母亲谈话，或教弟妹识字，一切的交游都谢绝了，便是露沙也不常见，有时到医院看看宗莹的病，宗莹病后，不但身体孱弱，精神更加萎靡，她曾对露沙说："我病若好了，一定极力行乐，人寿几何？并且象我这场大病，不死也是侥幸！还有什么心和世奋斗呢！"露沙见她这种消沉，只有凄楚，也没什么话可说。

　　过了半年宗莹病虽好了，但已生了一个小孩子，更不能出来服务了。这时云青全家要回南，云青在北京教书，本可不回去，但因她的弟妹都在外国求学，母亲在家无人侍奉，所以她决计回去。当临走的前一天，露沙约她在公园话别，她们到公园时才七点钟，露沙拣了海棠荫下的一个茶座，邀云青坐下。这时园里游人稀少，晨气清新，一个小女娃，披着满肩柔发，穿着一件洋式水红色的衣服，露出两个雪白的膝盖，沿着荷池，跑来跑去，后来蹲在草地上，采了一大堆狗尾巴草，随身坐在碧绿的草上，低头凝神编玩意,露沙对着她怔怔出神,云青也仰头向天上之行云望着,如此静默了好久,云青才说:"今天兰馨原也说来的,怎么还不见到?"露沙说:"时候还早,再等些时大概就来了。……我们先谈我们的吧!"云青道:"我这次回去以后,不知我们什么时候再见呢?"露沙说:"我总希望你暑假后再来!不然你一个人回到孤僻的家乡,固然可以远世虑,但生气未免太消沉了!"云青凄然道:"反正作人是消磨岁月,北京的政局如此,学校的生活也是不安定,而且世途多难,我们又不惯与人征逐,倒不如回到乡下,还可以享一点清闲之福。闭门读书也未尝不是人生乐事!"她说到这里,忽然顿住,想了一想又问露沙道:"你此后的计划怎样?"露沙道:"我想这一年以内,大约还是不离北京,一方面仍理我教员的生涯,一方面还想念点书,一年以后若有机会,打算到瑞士走走;总而言之,我现在是赤条条无牵挂了。作得好呢,无妨继续下去,不好呢?到无路可走的时候,碧玉宫中,就是我的归局了。"云青听了这话,露出很悲凉的神气叹道:"真想不到人事变幻到如此地步,两年前我们都是活泼极的小孩子,现在嫁的嫁,走的走,再想一同在海边上游乐,真是作梦,现在莲裳、玲玉、宗莹都已有结果,我们前途茫茫,还不知如何呢?……我大约总是为家庭牺牲了。"露沙插言道:"还不至如是吧!你纵有这心,你家人也未必容你如此。"云青道:"那倒不成问题,只要我不点头,他们也不能把我怎样。"露沙道:"人生行乐罢了,也何必过于自苦!"云青道:"我并不是自苦……不过我既已经过一番磨折,对于情爱的路途,已觉可怕,还有什么兴趣再另外作起?……昨天我到叔叔家里,他曾劝我研究佛经,我觉得很好,将来回家乡后,一切交游都把她谢绝,只一心一意读书自娱,至于外面的事,一概不愿闻问。若果你们到南方的时候,有兴来找我,我们便可在堤边垂钓,月下吹箫,享受清雅的乐趣，若有兴致，作些诗歌，不求人知，只图自娱。至于对社会的贡献，也只看机会许我否，一时尚且不能决定。"

她们正谈到这里，兰馨来了，大家又重新入座，兰馨说："我今天早起有些头昏，所以来迟！你们谈些什么？"云青说："反正不过说些牢骚悲抑的话。"兰馨道："本来世界上就没有不牢骚的人，何怪人们爱说牢骚话！……但是我比你们更牢骚呢！你知道吗？我昨天又和孤云生了一大场气。孤云的脾气真可算古怪透了。幸亏是我的性子，能处处俯就她，才能维持这三年半的交谊，若是遇见露沙，恐怕早就和她绝交了！"云青道："你们昨天到底为什么事生气呢？"兰馨叹道："提起来又可笑又可气，昨天我有一个亲戚，从南边来，我请他到馆子吃饭，我就打电话邀孤云来，因为我这亲戚，和孤云家里也有来往，并且孤云上次回南时也曾会过他，所以我就邀她来，谁知她在电话里冷冷地道：'我一个人不高兴跑那么远去。'其实她家住在东城，到西城来也并不远，不过半点钟就到了！——我就说：'那末我来找你一同去吧！'她也就答应了，后来我巴巴从西城跑到东城，陪她一齐来，我待她也就没什么对不住她了。谁知我到了她家，她仍是作出十分不耐烦的样子说：'这怪热的天我真懒出去。'我说：'今天还不大热，好在路并不十分远，一刻就到了。'她听了这话才和我一同走了。到了饭馆，她只低头看她的小说，问她吃什么菜？她皱着眉头道：'随便你们挑吧，'那末我就挑了，吃完饭后，我们约好一齐到公园去。到了公园我们正在谈笑，她忽然板起脸来说：'我不耐烦在这里老坐着，我要回去，你们在这里畅谈吧！'说完就立刻嚷着'洋车！洋车！'我那亲戚看见她这副神气，很不好过，就说：'时候也不早了，我们一齐回去吧。'孤云说：'不必！你们谈得这么高兴，何必也回去呢？'我当时心里十分难过，觉得很对不住我那亲戚，使人家如此的难堪！……一面又觉得我真不值！我自和她交往以来，不知陪却多少小心！在我不过觉得朋友要好，就当全始全终……并且我的脾气，和人好了，就不愿和人坏，她一点不肯原谅我，我想想真是痛心！当时我不好发作，只得忍气吞声，把她招呼上车，别了我那亲戚，回学校去，这一夜我简直不曾睡觉，想起来就觉伤心，"她说到这里，又对露沙说："我真信你说的话，求人谅解是不容易的事！我为她不知精神受多少痛楚呢！"

云青道："想不到孤云竟怪僻到这步田地？"露沙道："其实这种朋友绝交了也罢！……一个人最难堪的是强不合而为合，你们这种的勉强维持，两方都感苦痛，究竟何苦来？"

兰馨沉思半天道："我从此也要学露沙了！……不管人们怎么样，我只求我心之所适，再不轻易交朋友了。云青走后可谈的人，除了你（向露沙说）也没有别人，我倒要关起门来，求慰安于文字中。与人们交接，真是苦多乐少呢！"云青说："世事本来是如此，无论什么事，想到究竟都是没意思的。"

她们说到这里，看看时候已不早，因一齐到来今雨轩吃饭，饭后云青回家，收拾行装，露沙、兰馨和她约好了，第二天下午三点钟车站见面，也就回去了。

云青走后，露沙更觉得无聊，幸喜这时梓青尚在北京。到苦闷时，或者打电话约他来谈，或者一同出去看电影。这时学校已放了暑假，露沙更闲了，和梓青见面的机会很多，外面好造谣言的人，就说她和梓青不久要结婚，并且说露沙的前途很危险，这话传到露沙耳里，十分不快，因写一封信给梓青说：

梓青！

吾辈夙以坦白自勉，结果竟为人所疑，黑白倒置，能无怅怅！其实此未始非我辈自苦，何必过尊重不负责任之人言，使彼喜含毒喷人者，得逞其伎俩，弄其狡狯哉？

沙履世未久，而怀惧已深！觉人心险恶，甚于蛇蝎！地球虽大，竟无我辈容身之地，欲求自全，只有去此浊世，同归于极乐世界耳！唉！伤哉！

沙连日心绪恶劣，盖人言啧啧；受之难堪！不知梓青亦有所闻否？世途多艰，吾辈将奈何？沙怯懦胜人，何况刺激频仍，脆弱之心房，有不堪更受惊震之忧矣！梓青其何以慰我？临楮凄惶，不尽欲言，顺祝

康健！

露沙上

梓青接到信后，除了极力安慰露沙外，亦无法制止人言，过了几个月，梓青因友人之约，将要离开北京，但是他不愿抛下露沙一个人，所以当未曾应招之前，和露沙商量了好几次，露沙最初听见他要走，不免觉得怅怅，当时和梓青默对至半点钟之久，也不曾说出一句话来。后来回到家里，独自沉沉想了一夜，觉得若不叫梓青去，与他将来发展的机会，未免有碍，而且也对不起社会，想到这里，一种激壮之情潮涌于心，第二天梓青来，露沙对他说："你到南边去的事情，你就决定了吧！我觉得这个机会，很可以施展你生平的抱负，……至于我们暂时的分别，很算不了什么！况我们的爱情也当有所寄托，若徒徒相守，不但日久生厌，而且也不是我们的夙心。"梓青听了这话，仍是犹疑不决道："再说吧！能不去我还是不去。"露沙道："你若不去，你就未免太不谅解我了！"说着凄然欲泣，梓青这才说"我去就是了！你不要难受吧！"露沙这才转悲为喜，和他谈些别后怎样消遣，并

约年假时梓青到北京来。他们直谈到日暮才别。

云青回家以后曾来信告诉露沙,她近来生活十分清静,并且已开始研究佛经了,出世之想较前更甚,将来当买田造庐于山青水秀的地方,侍奉老母,教导弟妹十分快乐。露沙听见这个消息,也很觉得喜慰,不过想到云青所以能达到这种的目的,因为她有母亲,得把全副的心情,都寄托在母亲的爱里,若果也象自己这样漂零的身世,……便怎么样?她想到这里不禁又伤感起来。

有一天露沙正在书房,看《茶花女遗事》,忽接到云青的来信里头附着一篇小说:露沙打开一看,见题目是《消沉的夜》,其内容是:

> 只见惨绿色的光华,充满着寂寞的小园,西北角的榕树上,宿着啼血的杜鹃,凄凄哀鸣,树荫下坐着个年约二十三四的女郎,凝神仰首。那时正是暮春时节,落花乱瓣,在清光下飞舞,微风吹皱了一池的碧水,那女郎沉默了半晌,忽轻轻叹了一口气,把身上的花瓣轻轻拂拭了,走到池旁,照见自己削瘦的容颜,不觉吃了一惊,暗暗叹道:"原来已憔悴到这步田地!"她如悲如怨,倚着池旁的树干出神,迷忽间,仿佛看见一个似曾相识的青年,对她苦笑,似乎说:"我赤裸裸的心,已经被你拿去了,现在你竟弄了我!唉!"那女郎这时心里一痛,睁眼一看,原来不是什么青年,只是那两竿翠竹,临风摇摆罢了。
>
> 这时月色已到中天,春寒兀自威凌逼人,她便慢慢踱进屋里去了,屋里的月光,一样的清凉如水,她便拥衾睡下,朦胧之间,只见一个女子,身披白绢,含笑对

她招手，她便跟了去，走到一所楼房前，楼下屋窗内，灯光亮极，她细看屋里，有一个青年的女子，背灯而坐，手里正拿着一本书，侧首凝神，好像听她旁边坐着的男子讲什么似的，她看那男子面容极熟，就是那个瘦削身材的青年，她不免将耳头靠在窗上细听，只听那男子说："……我早应当告诉你，我和那个女子交情的始末，她行止很端庄，性情很温和，若果不是因为她家庭的固执，我们一定可以结婚了。……不过现在已是过去的事，我述说爱她的事实，你当不至怒我吧！"那青年说到这里，回头望着那女子，只见那女子含笑无言……歇了半晌那女子才说："我倒不怒你向我述说爱她的事实，我只怒你为什么不始终爱她呢？"那青年似露着悲凉的神情说："事实上我固然不能永远爱她，但在我的心象里，却始终没有忘了她呢？……"她听到这里，忽然想起那人，便是从前向她求婚的人，他所说女子，就是自己，不觉想起往事，心里不免凄楚。因掩面悲泣，忽见刚才引她来的白衣女郎，又来叫她道："已往的事，悲伤无益，但你要知道许多青年男女的幸福，都被这戴紫金冠的魔鬼剥夺了！你看那不是他又来了！"她忙忙向那白衣女郎手指的地方看去，果见有一个青面獠牙的恶鬼，戴着金碧辉煌的紫金冠。那金冠上有四个大字是"礼教胜利"。她看到这里，心里一惊就醒了，原来是个梦，而自己正睡在床上，那消沉的夜已经将要完结了，东方已经发出青白色了。

露沙看完云青这篇小说，知道她对蔚然仍未能忘情，不禁为她伤感，闷闷枯坐无心读书，后来兰馨来了，才把这事忘怀，兰馨告诉她年假要回南,问露沙去不去,露沙本和梓青约好,叫梓青年假北来,最近梓青有一封信说他事情太忙,一时放不下,希望露沙南来,因此露沙就答应兰馨,和她一同南去。

到南方后,露沙回家,到父母的坟上祭扫一番,和兄妹盘桓几天,就到苏州看玲玉,玲玉的小家庭收拾得很好,露沙在她家里住了一星期。后来梓青来找她,因又回到上海。

有一天下午露沙和梓青在静安寺路一带散步,梓青对露沙说:"我有一件事要和你商量,不知肯答应我不?"露沙说:"你先说来再商量好了。"梓青说:"我们的事业,正在发轫之始,必要每个同志集全力去作,才有成熟的希望,而我这半年试验的结果,觉得能实心踢地作事的时候很少,这最大的原因,就是因为悬怀于你……所以我想,我们总得想一个解决我们根本问题的方法,然后才能谈到前途的事业,"露沙听了这话,呻吟无言,……最后只说了一句:"我们从长计议罢!"梓青也不往下说去,不久他们回去了。

过了几个月,云青忽接到露沙一封信道:

云青!

别后音书苦稀,只缘心绪无聊,握管益增怅惘耳,前接来函,借悉云青乡居清适,欣慰无状!沙自客腊南旋,依旧愁怨日多,欢乐时少,盖飘萍无根,正未知来日作何结局也!时晤梓青,亦郁悒不胜,唯沙生性爽宕,明知世路险峻,前途多难,而不甘踯躅歧路,抑郁瘐死。前与梓青计划竟日,幸已得解决之策,今为云青陈之。

曩在京华沙不曾与云青言乎?梓青与沙之情爱,成熟已久,若环境顺适,早赋于飞矣,乃终因世俗之梗,

海滨故人

凤愿莫遂！沙与梓青非不能铲除礼教之束缚，树神圣情爱之旗帜，特人类残苛已极，其毒焰足逼人至死！是可惧耳！

日前曾与梓青，同至吾辈昔游之地，碧浪滔滔，风响凄凄，景色犹是，而人事已非，怅望旧游，都作雨后梨花之飘零，不禁酸泪沾襟矣！

吾辈于海滨徘徊竟日，终相得一佳地，左绕白玉之洞，右临清溪之流，中构小屋数间，足为吾辈退休之所，目下已备价购妥，只待鸠工造庐，建成之日，即吾辈努力事业之始。以年来国事蜩螗，固为有心人所同悲，但吾辈则志不在斯，唯欲于此中留一爱情之纪念品，以慰此干枯之人生，如果克成，当携手言旋，同逍遥于海滨精庐，如终失败，则于月光临照之夜，同赴碧流，随三闾大夫游耳。今行有期矣，悠悠之命运，诚难预期，设吾辈卒不归，则当留此庐以飨故人中之失意者。

宗莹、玲玉、莲裳诸友，不另作书，幸云青为我达之。此牍或即沙之绝笔，盖事若不成，沙亦无心更劳楮墨以伤子之心也！临书凄楚，不知所云诸维珍重不宣！

露沙书

云青接到信后，不知是悲是愁，但觉世界上事情的结局，都极惨淡，那眼泪便不禁夺眶而出。当时就把露沙的信，抄了三份，寄给玲玉、宗莹、莲裳，过了一年，玲玉邀云青到西湖避暑。秋天的时候，她们便绕道，到从前旧游的海滨，果然看见有一所很精致的房子，门额上写着"海滨故人"四个字，不禁触景伤情，想起露沙已一年不通音信了，到底也不知道是成是败，屋迩人远，徒深驰想，若果竟不归来，留下这所房子，任人凭吊，也就太觉多事了！

她们在屋前屋后徘徊了半天，直到海上云雾罩满，天空星光闪烁，才洒泪而归，临去的一霎，云青兀自叹道："海滨故人！也不知何时才赋归来呵！"

春的警钟

不知哪一夜，东风逃出它美丽的皇宫，独驾祥云，在夜的暗影下，窥伺人间。

那时宇宙的一切正偃息于冷凝之中，东风展开它的翅儿向人间轻轻扇动，圣洁的冰凌化成柔波，平静的湖水唱出潺溅的恋歌！

不知哪一夜，花神离开了她庄严的宝座，独驾祥云，在夜的暗影下，窥伺人间。

那时宇宙的一切正抱着冷凝枯萎的悲伤，花神用她挽回春光的手段，剪裁绫罗，将宇宙装饰得嫣红柔绿，胜似天上宫阙，她悄立万花丛中，赞叹这失而复得的青春！

不知哪一夜，司钟的女神，悄悄的来到人间！

那时人们正饮罢毒酒，沉醉于生之梦中，她站在白云端里敲响了春的警钟。这些迷惘的灵魂,都从梦里惊醒,呆立于尘海之心,——风正跳舞,花正含笑,然而人类却失去了青春!

他们的心已被冰凌刺穿,他们的血已积成了巨澜,时时鼓起腥风吹向人间!

但是司钟的女神,仍不住声的敲响她的警钟,并且高叫道:

青春!青春!你们要捉住你们的青春!
它有美丽的翅儿,善于逃遁,
在你们踌躇的时候,它已逃去无踪!
青春!青春!你们要捉住你们的青春!

世界受了这样的警告,人心撩乱到无法医治。
然而,不知哪一夜,东风已经逃回它美丽的皇宫。
不知哪一夜,花神也躲避了悲惨的人间!
不知哪一夜,司钟的女神,也不再敲响她的警钟!
青春已成不可挽回的运命,宇宙从此归复于萧杀沉闷!

秋声

我曾酣睡于芬芳的花心，周围环绕着旖旎的花魂，和美丽的梦影，我曾翱翔于星月之宫，我歌唱生命的神秘，那时候正是芳草如茵，人醉青春！

不知几何年月，我为游戏来到人间，我想在这里创造更美丽的梦境，更和谐的人生。谁知不幸，我走的是崎岖的路程，那里没有花没有树，只有墙颓瓦碎的古老禅林，一切法相，也只剩了剥蚀的残身！

我踯躅于憧憧的鬼影之中，眷怀着绮丽的旧梦，忽然吹来一阵歌声，嘹栗而凄清，它似一把神秘的钥匙，掘起我心深处的伤痛。

我如荒山的一颗陨星，从前是有着可贵的光耀，而今已消失无踪！

我如深秋里的一片枯叶，从前虽有着可爱的青葱，而今只飘零随风！

可怕的秋声！世间竟有幸福的人，他们正期望着你的来临，但，请你千万莫向寒窗悲吟，那里面正昏睡着被苦难压迫的病人，他的一切都埋没于华年的匆匆，而今是更荷着一切的悲愁，正奔赴那死的途程。这阵阵的悲吟怕要唤起他葬埋了的心魂，徘徊于哀伤的荒冢！

呵！秋声！你吹破青春的忧境，你唤醒长埋的心魂——这原是运命的播弄，我何敢怒你的残忍！

星夜

  在璀灿的明灯下，华筵间，我只有悄悄的逃逝了，逃逝到无灯光，无月彩的天幕下。丛林危立如鬼影，星光闪烁如幽萤，不必伤繁华如梦，——只这一天寒星，这一地冷雾，已使我万念成灰，心事如冰！

  唉！天！运命之神！我深知道我应受的摆布和颠连，我具有的是夜莺的眼，不断的在密菁中寻觅，我看见幽灵的狞羡，我看见黑暗中的灵光！

  唉！天！运命之神！我深知道我应受的摆布与颠连，我具有的是杜鹃的舌，不断的哀啼于花荫。枝不残，血不干，这艰辛的旅途便不曾走完！

  唉！天！运命之神！我深知道我应受的摆布与颠连，我具有的是深刻惨凄的心情，不断的追求伤毁者的呻吟与悲哭——这便是我生命的燃料，虽因此而灵毁成灰，亦无所怨！

唉！天！运命之神！我深知道我应受的摆布与颠连，我具有的是血迹狼藉的心和身，纵使有一天血化成青烟。这既往的鳞伤，料也难掩埋！咳！因之我不能慰人以柔情，更不能予人以幸福，只有这辛辣的心锥时时刺醒人们绮丽的春梦，将一天欢爱变成永世的咒诅！自然这也许是不可避免的报复！

在璀灿的明灯下，华筵间，我只有悄悄逃逝了！逃逝到无灯光，无月彩的天幕下。丛林无光如鬼影，星光闪烁如幽萤，我徘徊黑暗中，我踯躅星夜下，我恍如亡命者，我恍如逃囚，暂时脱下铁锁和镣铐。不必伤繁华如梦——只这一天寒星，这一地冷雾，已使我万念成灰，心事如冰！

最后的命运

突如其来的怅惘，不知何时潜踪，来到她的心房，她默默无言，她凄凄似悲。那时正是微雨晴后，斜阳正艳，葡萄叶上滚着圆珠，荼蘼花儿含着余泪，凉飙呜咽正苦，好似和她表深刻的同情！

碧草舒齐的铺着，松荫沉沉的覆着；她含羞凝眸，望着他低声说："这就是最后的命运吗？"他看着她微笑道："这命运不好吗？"她沉默不答。

松涛慷慨激烈的唱着，似祝她和他婚事的成功。

这深刻的印象，永远留在她和他的脑里，有时变成温柔的安琪儿，安慰她干燥的生命；有时变成幽闷的微菌，满布在她的全身血管里，使她怅惘！使她烦闷！

她想"人们驾着一叶扁舟，来到世上，东边漂泊，西边流荡，没有着落固然是苦，但有了结束，也何尝不感到平庸的无聊呢?"

爱情如幻灯，远望时光华灿烂，使人沉醉，使人迷恋，一旦着迹，便觉味同嚼蜡，但是她不解，当他求婚时，为什么不由得就答应他了呢？她深憾自己的情弱，易动！回想到独立苍冥的晨光里，东望滚滚江流，觉得此心赤裸裸毫无牵扯，呵！这是如何的壮美呵！

现在呢！柔韧的密网缠着，如饮醇醪，沉醉着，迷惘着！上帝呵！这便是人们最后的命运吗？

她凄楚着，沉思着，不觉得把雨后的美景轻轻放过，黄昏的灰色幕，罩住世界的万有，一切都消沉在寂静里，她不久也被睡魔引入胜境了！

美丽的姑娘

  他捧着女王的花冠,向人间寻觅你——美丽的姑娘!

  他如深夜被约的情郎,悄悄躲在云幔之后,觑视着堂前的华烛高烧,欢宴将散。红莓似的醉颜,朗星般的双眸,左右流盼。但是,那些都是伤害青春的女魔,不是他所要寻觅的你——美丽的姑娘!

  他如一个流浪的歌者,手拿着铜钹铁板,来到三街六巷,慢慢的唱着醉人心魄的曲调,那正是他的诡计,他想利用这迷醉的歌声寻觅你。他从早唱到夜,惊动多少娇媚的女郎。她们如中了邪魔般,将他围困在街心,但是那些都是粉饰青春的野蔷薇,不是他所要寻觅的你——美丽的姑娘!

  他如一个隐姓埋名的侠客,他披着白羽织成的英雄氅,腰间挂着莫邪宝剑;他骑着嘶风啮雪的神驹,在一天的黄昏里,来到这古道荒林。四壁的山色青青，曲折的流泉冲激着沙石，发出悲壮的音韵，茅屋顶上萦绕着淡淡的炊烟和行云。他立马于万山巅。

陡然看见你独立于群山前，——披着红色的轻衫，散着满头发光的丝发，注视着遥远的青天，噢！你象征了神秘的宇宙，你美化了人间。——美丽的姑娘！

他将女王的花冠扯碎了，他将腰间的宝剑，划开胸膛，他掏出赤血淋漓的心，拜献于你的足前。只有这宝贵的礼物，可以献纳。支配宇宙的女神，我所要寻觅的你——美丽的姑娘！

那女王的花冠，它永远被丢弃于人间！

花瓶时代

这不能不感谢上苍，它竟大发慈悲，感动了这个世界上傲岸自尊的男人，高抬贵手，把妇女释放了，从奴隶阶级中解放了出来。现代的妇女，大可扬眉吐气的走着她们花瓶时代的红运，虽然花瓶，还只是一件玩艺儿，不过比起从前被锁在大门以内作执箕帚，和泄欲制造孩子的机器，似乎多少差强人意吧！

至少花瓶是一种比较精致的器具，可以装饰在堂皇富丽的大厅里，银行的柜台畔，办公室的桌子上，可以引起男人们超凡入圣的美感，把男人们堕落的灵魂，从十八层地狱中，提上人世界；有时男人们工作疲倦了，正要咒诅生活的枯燥，乃一举眼视线不偏不倚的，投射到花瓶上，全身紧张着的神经松了，趣味油然而生。这不是花瓶的价值和对人类的贡献吗？唉，花瓶究竟不是等闲物呀！

但是花瓶们，且慢趾高气扬，你就是一只被诗人济慈所歌颂过的古希腊名贵的花瓶。说不定有一天，要被这些欣赏而鼓舞着你们的男人们，嫌你们中看不中吃，砰的一声把你们摔得粉碎呢！

所以这个花瓶的命运，究竟太悲惨；你们要想自救，只有自己决心把这花瓶的时代毁灭，苦苦修行，再入轮回，得个人身，才有办法。而这种苦修全靠自我的觉醒，不能再妄想从男人们那里求乞恩惠。如果男人们的心胸，能如你们所想象的，伟大无私，那么，这世界上的一切幻梦，都将成为事实了！而且男人们的故示宽大，正足使你们毁灭，不要再装腔作势，搔首弄姿的在男人面前自命不凡吧！花瓶的时代，正是暴露人类的羞辱与愚蠢呵！

男人和女人

一个男人，正阴谋着要去会他的情人。于是满脸柔情的走到太太的面前，坐在太太所坐的沙发椅背上，开始他的忏悔："琼，在这个世界上只有你能谅解我——第一你知道我是一个天才。琼多幸福呀，作了天才者的妻！这不是你时常对我的赞扬吗？"

太太受催眠了，在她那感情多于意志的情怀中，漾起爱情至高的浪涛。男人早已抓住这个机会，接着说道："天才的丈夫，虽然可爱，但有时也很讨厌，因为他不平凡，所以平凡的家庭生活，绝不能充实他深奥的心灵，因此必须另有几个情人；但是琼你要放心，我是一天都离不得你的，我也永不会同你离婚，总之你是我的永远的太太，你明白吗？我只为要完成伟大的作品，我不能不恋爱，这一点你一定能谅解我，放心我的，将来我有所成就，都是你的赐予，琼，你够多伟大呀！尤其是在我的生命中。"

太太简直为这技巧的情感所屈服了,含笑着送他出门——送他去同情人幽会。她站在门口,看着那天才的丈夫,神光奕奕的走向前去。她觉得伟大,骄傲,幸福,真是哪世修来这样一个天才的丈夫!

太太回到房里,独自坐着,渐渐感觉得自己的周围,空虚冷寂,再一想到天才的丈夫,现在正抱在另一个女人的怀里:"这简直是侮辱,不对,这样子妥协下去,总是不对的。"太太陡然如是觉悟了,于是"娜拉"那个新典型的女人,逼真的出现在她心头:"娜拉的见解不错,抛弃这傀儡家庭,另找出路是真理!"太太急步跑上楼,从床底下拖出一只小提箱来,把一些换洗的衣服装进去。正在这个时候,门砰的一声响,那个天才的丈夫回来了,看见太太的气色不大对,连忙跑过来搂着太太认罪道:"琼!恕我,为了我们两个天真的孩子您恕我吧!"

太太看了这天才的丈夫,柔驯得象一只绵羊,什么心肠都软了,于是自解道:"娜拉究竟只是易卜生的理想人物呀!"跟着箱子恢复了它原有的地位,一切又都安然了!

男人就这样永远获得成功,女人也就这样万劫不复的沉沦了!

吹牛的妙用

吹牛是一种夸大狂,在道德家看来,也许认为是缺点,可是在处世接物上却是一种刮刮叫的妙用。假使你这一生缺少了吹牛的本领,别说好饭碗找不到,便连黄包车夫也不放你在眼里的。

西洋人究竟近乎白痴,什么事都只讲究脚踏实地去作,这样费力气的勾当,我们聪明的中国人,简直连牙齿都要笑掉了。西洋人什么事都讲究按部就班的慢慢来,从来没有平地登天的捷径,而我们中国人专门走捷径,而走捷径的第一个法门,就是善吹牛。

吹牛是一件不可看轻的艺术,就如《修辞学》上不可缺少"张喻"一类的东西一样。像李太白什么"黄河之水天上来",又是什么"白发三千丈",这在修辞学上就叫作"张喻",而在不懂修辞学的人看来,就觉得李太白在吹牛了。

而且实际上说来,吹牛对于一个人的确有极大的妙用。人类这个东西,就有这么奇怪,无论什么事,你若老老实实的把实话告诉他,不但不能激起他共鸣的情绪,而且还要轻蔑你冷笑你。假使你见了那摸不清你根底的人,你不管你家里早饭的米是当了被褥换来的,你只要大言不惭的说"某部长是我父亲的好朋友,某政客是我拜把子的叔公,我认得某某巨商,我的太太同某军阀的第五位太太是干姐妹"。吹起这一套法螺来,那摸不清你的人,便贴贴服服的向你合十顶礼,说不定碰得巧还恭而且敬的请你大吃一顿燕菜席呢!

吹牛有了如许的好处,于是无论那一类的人,都各尽其力的大吹其牛了。但是且慢!吹牛也要认清对手方面的,不然的话必难打动他或她的心弦,那么就失掉吹牛的功效了。比如说你见了一个仰慕文人的无名作家或学生时,而你自己要自充老前辈时,你不用说别的,只要说胡适是我极熟的朋友,郁达夫是我最好的知己,最妙你再转弯抹角的去探听一些关于胡适郁达夫琐碎的轶事,比如说胡适最喜听什么,郁达夫最讨厌什么,于是便可以亲亲切切的叫着"适之怎样怎样,达夫怎样怎样",这样一来,你便也就成了胡适郁达夫同等的人物,而被人所尊敬了。

如果你遇见一个好虚荣的女子呢,你就可以说你周游过列国,到过土耳其、南非洲!并且还是自费去的。这样一来就可以证明你不但学识阅历丰富,并且还是资产阶级。于是乎你的恋爱便立刻成功了。

他如遇见商贾、官僚、政客、军阀,都不妨察言观色,投其所好,大吹而特吹之。总而言之,好色者以色吹之,好利者以利吹之,好名者以名吹之,好权势者以权势吹之,此所谓以毒攻毒之法,无往而不利。

或曰吹牛妙用虽大,但也要善吹,否则揭穿西洋镜,便没有

吹牛的妙用

戏可唱了。

这当然是实话,并且吹牛也要有相当的训练。第一要不红脸,你虽从来没有著过一本半本的书,但不妨咬紧牙根说:"我的著作等身,只可恨被一把野火烧掉了!"你家里因为要请几个漂亮的客人吃饭,现买了一副碗碟,你便可以说:"这些东西十年前就有了",以表示你并不因为请客受窘。假如你荷包里只剩下一块大洋,朋友要邀你坐下来入圈,你就可以说:"我的钱都放在银行里,今天竟匀不出工夫去取!"假如那天你的太太感觉你没多大出息时,你就可以说张家大小姐说我的诗作的好,王家少奶奶说我脸子漂亮而有丈夫气,这样一来太太便立刻加倍的爱你了。

这一些吹牛经,说不胜说,但神而明之,存乎其人!

父亲

这几天正是秋雨连绵的时候，虽然院子里的绿苔，蓦然增了不少秀韵，但我们隔着窗子向外看时，只觉那深愁凝结的天空，低得仿佛将压在我们的眉梢了。逸哥两手交叉胸前，闭目坐在靠窗子的皮椅上。他的朋友绍雅手里拿着一本小说，默然的看着。四境都十分沉寂，只间杂一两声风吹翠竹，飒飒的发响。我虽然是站在窗前，看那挟着无限神秘的雨点，滋润那干枯的人间和人间的一切，便是我所最爱的红玫瑰——已经憔悴的叶儿，这时已似含着绿色，向我嫣然展笑；但是我的禁不起挑拨的心，已被无言的悲哀的四境，牵起无限的怅惘。

逸哥忽然睁开似睡非睡的倦眼，用含糊的声调说道："我们作什么消遣呵？……"绍雅这时放下手里的小说，伸了伸懒腰，带着滑稽的声调道："谁都不许睡觉，好好的天，都让你睡昏暗了！"说着拿一根纸作的捻子，往逸哥的鼻孔里戳。逸哥触痒打了两个喷嚏，我们由不得大笑。这时我们觉得热闹些，精神也就振作不少。

绍雅把棋盘搬了出来，打算下一盘围棋，逸哥反对说："不好！不好！下棋太静了，而且两个人下须有一个人闲着，那末我又要睡着了！"绍雅听了，沉思道："那末怎么办呢？……对了！你们愿意听故事，我把这本小说念给你们听，很有意思的。"我们都赞同他的提议，于是都聚拢在一张小圆桌的四围椅上坐下。桌上那壶喷芬吐雾的玫瑰茶，已预备好了。我用一只白玉般的瓷杯，倾了一杯，放在绍雅的面前，他端起喝了，于是我们谁都不说话，只凝神听他念。他把书本打开，用洪亮而带滑稽的声调念了。

九月十五日

真的！她是一个很有才情的女子，虽然她到我们家已经十年了，但我今天才真认识她——认识她的魂灵的园地——我今年二十五岁了。我曾三次想作日记，但我总觉得我的生活太单调，没什么可记的；但今天我到底用我那浅红色的小本子，开始记我的日记了。我的许多朋友，他们记日记总要等到每年的元旦，以为那是万事开始的时候。这在他们觉得是很有意义的，而我却等不得，况且今天是我新发现她的一切的纪元！

但是我将怎样写呢？今天的天气算是清朗极了，细微的尘沙，不曾从窗户上玻璃缝里吹进来，也不曾听见院子里的梧桐喳喳私语。门窗上葡萄叶的影子，只静静的卧在那里，仿佛玻璃上固有的花纹般。开残的桂花，那黄花瓣依旧半连半断，满缀枝上。真是好天气呵！

哦！我还忘了，最好看是廊前那个翠羽的鹦鹉，映着玫瑰色的朝旭，放出灿烂的光来。天空是蔚蓝得像透明的蓝宝石般，只近太阳的左右，微微泛些淡红色色彩。

我披着一件日本式的薄绒睡衣，拖着拖鞋，头上的短发，覆着眼眉，有时竟遮住我的视线了。但我很懒，不愿意用梳子梳上去，只借着我的手指，把它往上掠一掠。这时我正看太戈尔《破舟》的小说，"哈美利林在屋左的平台上，晒她金丝般的柔发。……"我的额发又垂下来了，我将手向上一掠，头不由得也向上一抬。呵！真美呵！她正对着镜子梳妆了。她今年只有二十七八岁，但她披散着又长又黑的头发时，那时媚妙的态度，真只象十七八岁的人——这或者有人要讥笑我主观的色彩太重，但我的良心决不责备我，对我自己太不忠实呢！

"我是个世界上最有野心的男子。"在平时我绝对承认这句话，但这一瞬间，我的心实在收不回来了。我手上的书，除非好管闲事的风姨替我掀开一页，或者两页，我是永远不想掀的。但我这时实在忙极了，我两只眼，只够看她图画般的面庞，——这我比得太拙了，她的面庞绝不像图画上那种呆板，她的两颊象早晨的淡霞，她的双眼像七巧星里最亮的那两颗；她的两道眉，有人说像天上的眉月，有的说像窗前的柳叶，这个我都不加品评，总之很细很弯，而且——咳！我拙极了，不要形容吧！只要你们肯闭住眼，想你们最爱的人的眉，是怎样使你看了舒服，你就那么比拟好了，因为我看着是极舒服，这么一来，谁都可以满意了。

我写了半天，她到底是谁呢？咳！我仿佛有些忸怩了。按理说，我不应当爱她，但这个理是谁定下的？为什么上帝给我这副眼睛，偏看上她呢？其实她是父亲的妻，不就是我的母亲吗？你儿子爱母亲也是很正当的事呵！哼！若果有人这样批评我，我无

父　亲

论如何，不能感激说他是对我有好意，甚至于说他不了解我。我的母亲——生我的母亲——早已回到她的天国去了。我爱她的那一缕热情，早已被她带走了。我怎么能当她是我的母亲呢？她不过比我大两岁，怎么能作我的母亲呢？这真是笑话！

可笑那老头子，已经四十多岁了，头上除了白银丝的头毛外，或者还能找出三根五根纯黑的头毛吧！但是半黄半白的却还不少。可是他不像别的男人，他从不留胡须的，这或者可以使他变年轻许多，但那额上和眼角堆满的皱纹，除非用淡黄色的粉，把那皱纹深沟填满以外，是无法可以遮盖的呵！其实他已经作了人的父亲，再过了一两年，或者将要作祖父了。这种样子，本来是很正当的，只是他站在她的旁边，作她丈夫，那真不免要惹起人们的误会，或者人们要认错他是她的父亲呢！

真煞风景，他居然搂着她细而柔的腰，接吻了。我真替她可惜。不只如此，我真感到不可忍的悲抑，也许是愤怒吧，不然我的心为什么如狂浪般澎湃起来呢。真奇怪，我的两颊真像火焚般发起热来了。

我真不愿意再往下看了。我收起我的书来，我决定回到我的书房去，但当我站起身来的时候，仿佛觉得她对我望了一眼，并且眼角立刻涌出两点珍珠般的眼泪来。

奇怪，我也由不得心酸了。别人或者觉得我太女人气，看人家落泪，便不能禁止自己，但我问心，我从来不轻易落没有意思的眼泪。谁知道她的身世，谁能不为她痛哭呢？

这老头子最喜欢说大话。为诚——他是我异母的兄弟——那孩子也太狡猾了，在父亲面前他是百依百顺的，从来不曾回过一句嘴。父亲常夸他比我听话得多。这也不怪父亲的傻，因为人类本喜欢受人奉承呵！

昨天父亲告诉我们，他和田总长很要好，约他一同吃饭。这些话，我们早已听惯了；有也罢，没有也罢，我向来是听过去就完了。为诚他偏喜欢抓他的短处，当父亲才一回头，他就对我们作怪脸，表示不相信的意思。后来父亲出去了，他把屋门关上，悄悄地对我们说："父亲说的全是瞎话，专拿来骗人的；真像一只纸老虎，戳破了，便什么都完了。"

平心而论，为诚那孩子，固然不应当背后说人坏话，但父亲所作的事，也有许多值得被议论的。

不用说别的，只是对于她——我现在的庶母的手段，也太厉害了。人家本是好人家的孩子，父母只生这一个孩子。父亲骗人家家里没有妻，愿意赘入她家。

老实说，我父亲相貌本不坏，前十年时他实在看不出是三十二岁的人了，只象二十六七岁的少年。她那时也只有十七八岁。自然啰，父亲告诉人家，只二十五岁，并且又假装很有才干和身分的样子。一个商人懂得什么，他只希望女儿嫁一个有才有貌，而且是做官人家的子弟，便完了他们的心愿。

那时候我们都在我们的老家住着，——我们的老家在贵州。那时我已经十四五岁了，只跟我继母和弟弟、祖父住在老家。那时家里的日子很艰难，祖父又老了，只靠着几亩田地过日子。我父亲便独自到北京保定一带地方找些事作。

这个机会真巧极了，庶母——咳！我真不愿意称她为庶母，我到现在还不曾叫过她一次——虽然我到这里不过一个月，日子是很短的，自然没有机会和她多说话，便是说话也不见得就要很明显的称呼，我只是用一种极巧妙哼哈的语赘，掩饰过去了。

所以在这本日记里，我只称她吧！免得我的心痛。她的父亲由一个朋友的介绍，认识了我的父亲，不久便赏识了我的父亲，把唯一的娇女嫁给他了。

真是幸运轮到人们的时候，真有不可思议的机会和巧遇。我

父　亲

父亲自从娶了她，不但得了一个极美妙的妻，同时还得到十几万的财产，什么房子咧，田地咧，牛马咧，仆婢咧。我父亲这时极乐的住在那里，竟七八年不曾回贵州来。不久她的父母离开人间的世界，我父亲更见得所了。钱太多了，他种种的欲望，也十分发达，渐渐吸起鸦片烟来——现在这种苍老，一半还是因吸鸦片烟呢，不然，四十二岁的人，何至于老得这么厉害？

说起鸦片烟，我这两天也闻惯了。记得我初到这里的那一天，坐在堂屋里，闻嗅到这烟味，立刻觉得房子转动，好像醉于醇醪般，昏昏沉沉竟坐立不住，过了许多时候，烟气才退了。这吗啡真厉害呵！

我今天写得太多了，手有些发酸，但是我的思绪仍和连环套似的，扯了一个又一个。夜已经很深，我看见窗幔上射出她的影子，仿佛已在预备安眠了，我也只得放下笔明天再写了。

九月十九日

我又三四天不曾作日记了。我只为她发愁，病了这三四天，听阿妈说眼泪直流了三四天。我不禁起了猜想，她也许并不曾病，不过要痛快流她深蓄的伤心泪，故意不起来，但是她到底为什么伤心呢？父亲欺骗她的事情，被她知道了吗？可是我那继母仍旧还住在贵州，谁把这秘密告诉她呢？

我继母那老太婆，实在讨厌。其实我早知道她不是我的生母，这话是我姑母告诉我的。并且她的出身很微贱呢！姑母说我父亲十六七岁的时候，就不成器，专喜欢做不正当的事情，什么嫖呵！赌呵！我祖父因为只生这个儿子，所以不舍得教管，不过想早早替他讨个女人，或者可以免了一切的弊病。所以他十七岁就和我的生母结婚，这时他好嫖的性情，还不曾改。我生母时常劝戒他,他因此很憎恶我的生母,时时吵闹。我生母本是很有志气的女孩子,自己嫁了这种没有真情又不成器的丈夫,便觉得一生的希望都完了,不免暗自伤心。不久就生了我,因产后又着了些气恼,从此就得了肺痨,不到三年工夫就长眠了。——唉!女人们因为不能自立,倚赖丈夫;丈夫又不成器,因此抑郁而死,已经很可怜了;何况我的生母,又是极富于热烈情感的女子,她指望丈夫把心交给她,更指望得美满的家庭乐趣!我父亲一味好嫖,怎能不逼她走那人间的绝路呢!

我母亲死的时候,我还不到三岁呢!才过了我母亲的百日,我父亲就和那暗娼,名叫红玉的结了婚。听我姑母说,那红玉在当时是很有名的美人,但我现在觉得她,只是一个最丑恶的贱女人罢了。她始终强认她是我的生母,诚然,若拿她的年纪论,自然有资格做我的生母;但我当没人在跟前的时候,总悄悄拿着镜子,照了又照,我细心察看,我到底有一点像那老太婆没有?镜子——总使我失望。我的鼻子直而高,鼻孔较大,而老太婆的鼻子很扁,鼻孔且又很小。我的眼角两梢微向上。而她却两梢下垂。我的嘴唇很厚,而她却薄得像铁片般。简直没有丝毫相象的地方。

下午我进去问她的病。她两只秀媚的眼睛,果然带涩,眼皮红肿;当时我真觉得难过,我几乎对着她流下泪来。她见了我叫了一声:"元哥儿,坐吧!"我觉得真不舒服,这个名字只是那老太婆和老头叫的,为什么她也这样叫我,莫非她也当我作儿子呀?我没有母亲,固然很希望有人待我和母亲一样,但是她无论如何不能做我的母亲,她只是我心上的爱人……可是我不敢使我这思想逼真了,因为或者要被她觉察,竟怒我不应当起这种念头。但是无效,我明知道她是父亲的,可是父亲真不配,他的鸦片烟气和衰惫的面容,正仿佛一堆稻草,在那上面插一朵娇鲜的

父　亲

玫瑰花，怎么衬呢？

　　午后父亲回来了，吩咐仆人打扫东院的房子。那所房子本来空着，有许多日子没人住了。院子里的野草，长得密密层层，间杂着一两朵紫色的野花，另有一种新的趣味。我站在门口看阿妈拿着镰刀，刷刷割了一阵，那草儿都东倒西歪的倒下来了。我看着他们收拾，由不得怀疑，这房子，究竟预备给谁住呢？是了，大约是父亲的朋友来了吧！我正自猜想着，已听见父亲隔着窗户喊我呢。因离了这里，忙忙到我父亲面前，只见父亲皱着眉头，气象很可怕，对我看了两眼说："明天贵州有人来，你到车站接去罢！"我由不得问道："是继母来了吧！""不是她还有谁！……出去吧！我要休息了。"

　　怪不得我父亲这两天的气色，这么难看，原来为了这件事情。他自找的苦恼，谁能替得，只可怜她罢了！那个老太婆人又尖酸刻薄，样子又丑陋，她怎能和她相处得下。为了这件事，我整个下午不曾做事，只是预想将来的结果。

　　晚上吃饭的时候，她已起来了。我和她一同吃饭，但她只吃两口稀饭，便放下筷子，长叹了一声，走回屋里去了。我父亲这时也觉得很不安似的。我呢，又替她可怜，又替父亲为难，也不曾吃舒服，胡乱吞了一碗，就放下筷子，回到自己的房里，心里觉得乱得很。最奇怪的，心潮里竟起了两个不同的激流交战着，一方面我只期望贵州的继母不要来，使她依旧恢复从前的活泼和恬静的生活；但一方面我又希望她们来，似乎在这决裂里，我可以得到万一的希望——可是我也有点害怕，我自己是越陷越深；她呢！仿佛并不觉得似的。如果这局势始终不变，真危险，但我情愿埋在玫瑰的荒冢里，不愿如走肉行尸般的活着。

　　我一夜几乎不曾合眼，当月光照在我墙上一张油画上，——一株老松树，蟠曲着直伸到小溪的中间，仿佛架着半截桥似的，溪水碧清，照见那横权上的一双青年的恋人，互相偎倚的双影——这时我更禁不住我的幻想了。幻想如奔马般，放开四蹄，向前飞驰——绝不回顾的飞驰呵！她也和哈美利林般，散开细柔的青丝发，这细发长极了，一直拖到白玉砌成的地上，仿佛飘带似的，随着微风，一根一根如雪般的飘起。我只藏在合欢树的背后，悄悄领略她的美，这是多少可以渴望的事！

九月二十日

天才朦胧，我仿佛听见父亲说话的声音，但听不真切，不知道他究竟和谁说话。不禁我又想到她了，一定在他们两人之间，又起了什么变故，不然我父亲向例不到十二点他是不起来的，晚上非两三点他是不睡的，听说凡吸大烟的人都是如此。——一定，准是她责备父亲欺骗她没有妻子，现在又来了一个继母，她怎么不恼呵！但她总是失败的，妇女们往往因被男子玩弄，而受屈终身的，差不多全世界都是呢！

午饭的时候，阿妈来报告那边房子都收拾好了。父亲便对我说："火车两点左右可到，你吃完饭就带看门的老张到车站去吧！到那里你继母若问我为什么不来，你就说我有些不舒服好了，别的不用多说吧！"我应着就出来了。

当我回到自己屋里，忽见对面屋里，她正对着窗子凝立呢！呵！我真不知道怎样才好，我不看她那无告凄楚的表示罢！但是不能，我在窗前站了不知多少时候，直到老张进来叫我走，我才急急从架上拿下脸布，胡乱把嘴擦了擦，拿了帽子，匆匆走了。

我这几天心里，一切都换了样。我从前在贵州的时候，虽听说父亲又娶了一个庶母，我绝不在意，并不曾在脑子里放过她一分钟。自从上月到了这里，我头一次见她心里就受了奇异的变

父　亲

动；到现在差不多叫她把我的心田全占了。呵！她的魔力真大——唉！罪过！……我或者不应当这么说，这全不是她的错处，只怪我自己被自然支配罢了。

到车站的时候，还差半点钟，车才能到。我同老张买了月台票，叫老张先进去等，我只在候车室里，独自坐着。我的态度很安闲，但思想可忙极了，不知道她现在怎样了。我和她谈话的机会很少，我来了一个半月，只和她对谈过三次，其余都只在吃饭的时候，谈过一两句不相干的话。我们本是家人，而且又是长辈对于晚辈，本来没有避嫌这一层；不过她向来不大喜欢说话，而且我们又是第一次见面，她自己觉得，又站在母亲的地位，觉得说话很难，所以我纵然顶喜欢和她谈，也是没有用处呢！……

火车头呜呜的汽笛声，打断我的思路，知道火车已经到了，因急急来到站台里面。这时火车已经停了，许多旅客，都露着到了的喜色，匆匆由车上下来。找了半天，才在二等车上，找到我继母和我的兄弟。把行李都交代老张，我们一直出了车站，马车已预备好了。我们跳上车后，继母果然问我父亲为什么不来，我就把父亲所交代的话答复了，继母似乎很不高兴，歇了半晌，忽听她冷笑道："什么有病呵！必定让谁绊住呢！"

女人们的心里，有时候真深屈得可怕。我听了这话，只低着头，默然不语，但是我免不得又为她发愁了，将来的日子怎么过呢？

车子到家的时候，我父亲已叫阿妈迎了出来，自己随后也跟着出来，但是她呢！……我真是放心不下，忙忙走进来，只见她呆坐在窗下的椅子上，两目凝视自己的衣襟。我正在奇怪，忽见她衣襟上，有一件亮晶晶的东西一闪，咳！我真傻呵！她那里是注视衣襟，她正在那里落泪呢！

父亲已将继母领到东院去了。过了许久父亲走过来，不知对

81

她说些什么,只见她站了起来。仿佛我父亲求她什么似的,直对她作揖,大概是叫她去见我继母,她走到里间屋里去了,过了一刻又同我父亲出来,直向东院去。我好奇的心,催促我立刻跟过去,但我走到院子不敢进去,因为只听我继母说:"你这不长进的东西,我并不曾对不住你,你一去就是十年;叫我们在家里苦等,你却在外头,什么小老婆娶着开心。你父亲死了叫你回去,你都不回去。呸!象你们这些没心肝的人,……"继母说到这里竟放声大哭。我父亲在屋里跺脚。我正想进去劝一劝,忽见门帘一动,她已哭得和泪人般,幽怨不胜的走了出来。我这时由不得跟她到这边来。她到了屋里,也放声呜咽起来,这时我只得叫她庶母了。我说:"庶母!你不要自己想不开,悲苦只是糟蹋自己的身体。庶母是明白人,何苦和她一般见识呢!"只听她凄切的叹道:"我只怨自己命苦,不幸做了女子,受人欺弄到如此田地——你父亲做事,太没有良心了,他不该葬送我……"咳!我禁不住热泪滚滚流下来了,我正想用一两句恳切的话安慰她,父亲忽然走进来了。他见我在这里,立刻露出极难看的面孔,怒狠狠对我说:"谁叫你到这里来!"我只得怏怏走了出来。到了自己屋里,心里又是羞愧自己父亲不正当的行为,又是为她伤感,受我继母的抢白;这些紊乱热烈的情绪,缠搅得我一夜不曾睡觉。

九月二十二日

我父亲也就够苦了,这几天我继母给他的冷讽热嘲,真够他受的了!女人们的嘴厉害的很多,她们说出话来,有时候足以挖人的心呢!只是她却正和这个反对,头几天她气恼的时候,虽曾给父亲几句不好听的话,但我从不曾听她和继母般的谩骂呢!

近来家庭里,丝毫的乐趣都没有了。便是那架上的鹦鹉,也

父 亲

感觉到这种不和美的骚扰,不耐烦和人学舌了。我这几天仿佛发现我们家庭的命运,已经是走到很可怕的路上来了,倘若不是为了她,我情愿离开这里呢。

她近来真抑郁得成病了,朝霞般的双颊,仿佛经雨的梨花了,又憔悴又惨淡呢!我真忍不住了。昨晚我父亲正在床上过烟瘾的时候,她独自站在廊下。我得了这个机会,就对她说:"你不如请求父亲,自己另搬出来住,免得生许多闲气!"她听了这话,很惊异对我望了一眼。又低下头想了一想,似解似不解的说:"你也想到这一层吗?"我当时只唯唯应道:"是。"她就也转身进屋里去了。

照她的语气,她已经想到这一层了。她真聪明,大约她也许明白我很爱她吗?……不!这只是我万一的希望罢了。

为诚今天又在她和我的面前,议论父亲了。他说父亲今天去买烟枪,走到一家商行里,骗人家拿出许多烟枪来;他立时放下脸说:"这种禁烟令森严的时候,你们居然敢卖这种货物,咱们到区里走走吧!"他这几句话,就把那商人吓昏了。赶紧把所有的烟枪,恭恭敬敬都送给他了。

这件事不知是真是假,不过我适才的确见父亲抱了一大包的烟枪进来,但不知为诚从什么地方听来。这孩子最爱打听这些事,其实他有些地方,也极下流呢!他喜欢当面奉承人,背后议论人,这多半都是受那老太婆的遗传吧!

我父亲的脾气,真暴戾极了,近来更甚。她自从知道我父亲不正的行为后,她已决心不同他合居了。这几天她另外收拾了一间卧房,总是独自睡着。我这时心里有一种不可思议的安慰,我觉得她已渐渐离开父亲,而向我这方面接近了。

九月二十八日

  另外一所房子已经找好了,她搬到那边去。父亲忽然叫我到那边和她作伴,呵!这是多么幸运的事呵!

  她的脾气很喜欢洁净,正和外表一样。这时她仿佛比前几天快活了,时时和我商量那间屋子怎样布置,什么地方应当放什么东西——这一次搬家的费用,全是她自己的私囊,所以一切东西都很完备。这所房子,一共有十间,一间是她的卧房,卧房里边还有一小套间,是洗脸梳头的地方。一间是堂屋,吃饭就在这里边。堂屋过来有两大间打成一间的,就布置为客厅。其余还有四间厢房。我住在东厢房。西厢房一半女仆住,一半做厨房。靠门还有一间小门房。每间屋子,窗子都是大玻璃的。她买了许多淡青色的罗纱,缝成窗幔,又买了许多美丽的桌毡,椅罩,一天的工夫已把这所房子收拾得又清雅又美丽。我的欣悦还不只此呢!我们还买了一架风琴,她顶喜欢弹琴。她小的时候也曾进过学堂,她嫁我父亲的时候,已在中学二年级了。

  这一天晚上,因为厨房还不曾布置好,我们从邻近酒馆叫来些菜;吃饭的时候,只有我和她两个人。我不免又起了许多幻想,若果有一个很生的客人,这时来会我们,谁能不暗羡我们的幸福呢?——可恨事实却正和这个相反:她偏偏不是我的妻,而是我的母亲!我免不得要诅咒上帝,为什么这样布置不恰当呢?

  晚饭以后,她坐在风琴边,弹了一曲《闺怨》,声调抑怨深幽,仿佛诉说她心里无限的心曲般。我坐在她旁边,看她那不胜清怨的面容,又听她悲切凄凉的声音,我简直醉了,醉于神秘的恋爱,醉于妙婉的歌声。呵!我不晓得是梦是真,我也不晓得她是母亲还是爱的女神。我闭住眼,仿佛……咳!我写不出来,我

父 亲

只觉得不可形容的欣悦和安慰,一齐都尝到了。

九点钟的时候,父亲来到这里,看了看各屋子的布置,对她说:"现在你一切满意了吧!"她只淡淡的答道:"就算满足了吧!"父亲又对我说:"那边没有人照应,你兄弟不懂事,我仍须回去,你好好照应这边吧!"呵!这是多么爽快的事。父亲坐了坐,想是又发烟瘾了,连打了几个呵欠,他就站起来走了。我送他到门口,看他坐上车,我才关了门进来。她正在东边墙角上一张沙发上坐着,见我进来,便叹道:"总算有清净日子过了!但细想作人真一点意思没有呢!"我头一次听她对我说这种失望的话。呵!我真觉得难受!——也许是我神经过敏,我仿佛看出她的心,正凄迷着,似乎自己是没有着落——我想要对她表同情,这并不是我有意欺骗她,其实我也正是同她一样的无着落呵!我有父亲,但是他不能安慰我深幽的孤凄,也正和她有丈夫,不能使她没有身世之感的一样。

我和她默默相对了半晌,我依旧想不出说什么好。我实在踌躇,不知道当否使她知道我真实的爱她,一旦没有这种道理,她已经是有夫之妇,并且又是我的长辈,这实是危险的事。我若对她说:"我很爱你,"谁知道她眼里将要发出一种的光——愤怒,或是羞媚,甚而至于发出泪光。恋爱的戏是不能轻易演试的,若果第一次失败了,以后的希望更难期了。

不久她似乎倦了,我也就告别,回到我自己的房里去。我睡在被窝里,种种的幻想又追了来。我奇怪极了,当我正想着,她是怎么样可爱的时候,我忽想到死;我仿佛已走近死地了,但是那里绝不是人们想象的那种可怕,有什么小鬼,又是什么阎王,甚至于青面獠牙的判官。

我觉死是最和美而神圣的东西。在生的时候,有躯壳的限制,不止这个,还有许多限制心的桎梏,有什么父亲母亲,贫人富人的区别。到了死的国里,我们已都脱了一切的假面具,投在大自然母亲的怀里,什么都是平等的。便是她也可以和我一同卧在紫罗兰的花丛里,说我所愿意说的话。简直说吧!我可以真真切切告诉她,我是怎样的爱她,怎么热烈的爱她,她这时候一定可以把她无着落的心,从人间的荆棘堆里找了回来,微笑的放在我空虚的灵府里,……便是搂住她——搂得紧紧地,使她的灵和我的灵,交融成一件奇异的真实,腾在最高的云朵,向黑暗的人间,放出醉人的清光……

十月五日

虽然忧伤可以使人死,但是爱恋更可使人死,仿佛醉人死在酒坛旁边,赌鬼死在牌桌座底下。虽然都是死,可是爱恋的死,醉人的死,赌鬼的死,已经比忧伤的死,要伟大的多了。忧伤的心是紧结的,便是死也要留下不可解的痕迹。至于爱恋的死,他并不觉得他要死,他的心轻松得像天空的云雾般,终于同大气融化了。这是多么自然呵!

我知道我越陷越深,但我绝不因此生一些恐惧,因为我已直觉到爱恋的死的美妙了。今天她替我作了一个淡绿色的电灯罩,她也许是无意,但我坐在这清和的灯光底下读我的小说,或者写我的日记,都感到一种不可言说的愉快。

午后我同她一起到花厂里,买了许多盆淡绿的,浅紫,水红的各色的菊花。她最喜欢那两盆绿牡丹,回来她亲自把它们种在盆里。我也帮着她浇水,费了两点钟的工夫,才算停当。她叫阿妈把两盆绿的放在客厅里,两盆淡紫的放在我的屋里,她自己屋里是摆着两盆水红的,其余六盆摆在回廊下。

我们觉得很高兴,虽然因为种花,蹲在地下腿有些酸,但这

父　亲

不足减少我们的兴味。

吃饭的时候，她用剪刀剪下两朵白色的菊花来，用鸡蛋和面粉调在一起，然后用菜油炸了，一瓣一瓣很松脆的，而且发出一阵清香来，又放上许多白糖。我初次吃这碗新鲜的菜，觉得甜美极了，差不多一盆都让我一个人吃完。

饭后又吃了一杯玫瑰茶，精神真是爽快极了！我因要求她唱一曲《闺怨》，她含笑答应了，那声音真柔媚得象流水般，可惜歌词我听不清；我本想请她写出来给我，但怕她太劳了——因为今天她做的事实在不少了。

这几天我父亲差不多天天都来一次，但是没有多大工夫就走了。父亲曾叫我白天到继母那边看看，我实在不愿意去，留下她一个人多么寂寞呵！而且我继母那讨厌的面孔，我实在不愿意见她呢，可是又不得不稍稍敷衍敷衍她们，明天或者走一趟吧！

十月六日

可笑！我今天十二点钟到那边，父亲还在做梦，继母的头还不曾梳好，院子弄得乱七八糟，为诚早不知道跑到什么地方玩去了。这种家庭连我都处不来，何况她呢？近来我父亲似乎很恨她，因为有一次父亲要在她那里住下，她生气，独自搬到客厅的沙发上，睡了一夜。我父亲气得天还不曾亮，就回那边去了。其实像我父亲那样的人，本应当拒绝他，可是他是最多疑，不要以为是我掏的鬼呢，这倒不能不小心点，不要叫她吃亏吧！她已经是可怜无告的小羊了，再折磨她怎禁受得起呵！

我好多次想鼓起勇气，对她说："我真实的爱你，"但是总是失败。我有时恨自己怯弱，用尽方法自己责骂自己，但是这话才到嘴边，我的心便发起抖来，真是没用。虽然，男子们对于一个女人求爱，本不是太容易的事呵！忍着吧！总有一天达到我的目的。

今天下午有一个朋友来看我，他尖锐的眼光，只在我身上绕来绕去。这真奇怪，莫非他已有所发见吗？不！大概不至于，谁不知道她是我父亲的妻呢。许的贼人胆虚吧？我自己这么想着，由不得好笑起来！人们真愚呵！

她这几天似乎有些不舒服，她沉默得使我起疑，但是我问她有病吗？她竭力辩白说："没有的事！"那么是为什么呢？

晚上她更忧抑了，晚饭都不曾吃，只懒懒的睡在沙发上。我不知道怎样安慰她才好。唉！我的脑子真笨。桌上三炮台的烟卷，我已经吸完两支了，但是脑子依旧发滞，或者是屋里的空气不好吧？我走到廊下，天空鱼鳞般的云现着淡蓝的颜色，如弦的新月，正照在庭院里，那几盆菊花，冷清清地站在廊下。一种寂寞的怅惘，更扰乱了我的心田。呵！天空地阔，我仿佛是一团飞絮飘零着，到处寻不到着落；直上太空，可怜我本是怯弱的，哪有这种能力；偃卧在美丽的溪流旁边吧，但又离水太近了。我记得儿时曾学过一只曲子："飞絮徜徉东风里，漫夸自由无边际！须向高，莫向低，飞到水面飞不起。"呵！我将怎么办？

她又弹琴了，今天弹的不是《闺怨》了，这调子很新奇，仿佛是《古行军》的调子，比《闺怨》更激昂，更悲凉。我悄悄走到她背后，她仿佛还不觉得，那因她正低声唱着。仿佛是哽着泪的歌喉。最后她竟合上琴长叹了。当她回头看见我站在那里的时候，她仿佛很吃惊，脸上立刻变了颜色，变成极娇艳的淡红色。我由不得心浪狂激，我几乎说出："我真实的爱你！"的话了。但我才预备张开我不灵动的唇的时候，她的颜色又惨白了。到这时候，谁还敢说甚么。她快快的对我说："我今天有些不舒服，要早些睡了。"我只得应道："好！早点睡好。"她离了客厅，回她的卧房去，我也回来了。

奇异呵！我近来竟简直忘记她是我的庶母了。还不只此，我觉得她还是十七八岁青春的处女呢。——她真是一朵美丽的玫瑰，我纵然因为找她，被刺刺伤了手，便是刺出了血，刺出了心窝里的血，我也绝不皱眉的。我只感谢上帝，助我成功，并且要热诚的祈祷了。

十月十二日

今天我都在客厅看报，——她最喜欢看报上的文艺。今天看了一篇翻译的小说，是《玫瑰与夜莺》。她似解似不解，要我替她说明这里面的意思。后来她又问我，"西洋人为什么都喜欢红玫瑰？"我就将红玫瑰是象征爱情的话告诉她，并且又说："西洋的青年，若爱一个少女，便要将顶艳丽的玫瑰送给那少女。"她听完，十分高兴道："这倒有意思！到底她们外国人知道快活，中国人谁享过这种的幸福，只知道女儿大了，嫁了就完了，真是一点意思都没有！"

我得到这种好机会，我绝不能再轻易错过，我因鼓勇对她说："你也喜欢红玫瑰吗？"她怔了一怔，含泪道："我现在一切都完了！"

唉！我又没有勇气了！我真是不敢再说下去，倘若她怒了，我怎么办呢！当时我只默默不语，幸亏她似乎已经不想了，依旧拿起报纸来看。

午饭后父亲来了，坐在她的屋子里。我心里真不高兴，这固然是没理由，但我的确觉得她不是父亲的，她的心从来没给过父亲，这是我敢断定的。至于别的什么名义咧！……那本不是她的，父亲纵把得紧紧的也是没用。她是谁的呢？别人或者要说我狂了，诚然我是狂了，狂于爱恋，狂于自我呵！

睡觉前，我忽然想到我如果送她一束红玫瑰，不知道她怒我，还是感激我……或者也肯爱我？……我想象她抱着我赠她的那束红玫瑰，含笑用她红润的唇吻着，那我将要发狂了，我的心花将要尽量的开了。这种幸福便是用我的生命来换，我也一点不可惜呢！简直说，只要她说她爱我，我便立刻死在她的脚下，我也将含着欢欣的笑靥归去呢！

说起来，我真有些惭愧！我竟悄悄学写恋歌。我本没有文学的天才，我从来也不曾试写过。今夜从十点钟写起，直写到十二点，可笑只写两行，一共不到十个字。我有点妒嫉那些诗人，他们要怎么写便怎么写，他们写得真巧妙；女人们读了，真会喜欢得流泪呢！——他们往往因此得到许多胜利。

我恨自己写不出，又妒诗人们写得出，他们不要悄悄地把恋歌送给她吧，倘若他们有了这机会，我一定失败了！……红玫瑰也没用处了！

她的心门似乎已开了一个缝，但只是一个缝，若果再开得大一点，我便可以扁着身体走进去。但是用什么法子，才能使她更开得大一点呢！——我真想入非非了。不过无论如何，到现在还只是幻想呵，谁能证实她也正在爱恋我呢。

在这世界上，我不晓得更有什么东西，能把我心的地盘占据了，象她占据一样充实和坚固。我觉得我和她正是一对，——但是父亲呢，他真是赘疣呵！——我忽然想起，我不能爱她，正是因为父亲的缘故，倘若没有父亲在里头作梗，她一定是我的了。

这个念头的势力真大，我直到睡觉了，我梦里还牢牢记着，她不能爱我，正是因为父亲的缘故。

父 亲

十月十五日

我一直沉醉着,醉得至于发狂,若果再不容我对她说:"我真实的爱你",或者她竟拒绝我的爱,我只有……只有问她是不是因为父亲的缘故;若果我的猜想不错,那么我只得恳求父亲,把她让给我了。父亲未必爱她,但也未必肯把她让给我,而且在人们听来,是很不好听的呵!世界上哪有作儿子的,爱上父亲的妻呢?呵!我究竟要绝望的呵!……但是她若肯接受我的爱,那倒不是绝对想不出法子的呵。……

我早已找到一个顶美的所在,——那所在四面都环着清碧的江水,浪起的时候,激着那孤岛四面的崖石,起一阵白色的飞沫,在金黄色的日光底下,更可以看见钻石般缥碧的光辉。在那孤岛里,只要努力盖两间的小房子,种上些稻子和青菜,我们便可以生存了,——并且很美满的生存。若再买一只小船,系在孤岛的边上,我们相偎倚着,用极温和的声调,唱出我心里的曲子,便一切都满足了。……

我幻想使我渐渐疲倦了,我不知不觉已到梦境里了。在梦里我看见一个形似月球的东西,起先不停的在我面前滚,后来渐渐腾起在半空中。忽见她,披着雪白云织的大衣,含笑坐在那个奇异的球上,手里抱着一束红玫瑰轻轻的吻着,仿佛那就是我送她的。我不禁喜欢得跪下去,我跪在沙土的地上,合着掌恳切的感谢她说:"我的生命呵!……这才证实了我的生命的现实呵!"我正在高声的祈祷着,那奇异的球忽然被一阵风,连她一齐卷去了。我吓得失心般叫起来,不觉便醒了。

自从梦里惊醒以后,我再睡不着了。我起来,燃着灯,又读几页《破舟》,天渐渐亮了。

十月十六日

因为昨晚上梦里的欣悦,今天还觉余味尚在,并且顿时决心一定要那么办了。我不等她起来,便悄悄出去了,那时候不过七点钟。秋末的天气,早上的凉风很犀利,但我并没有感到一点不舒服。我觉在我的四周都充满了喜气,我极相信,梦里的情景,是可以实现的,只要我找红玫瑰。……

我走到街尽头,已看见那玻璃窗里的秋海棠向我招手,龙须草向我鞠躬,我真觉得可骄傲,——但同时我有些心怯,怎么我的红玫瑰,却深深藏起,不以她的笑靥,对她忠实的仆人呢!

花房渐近了。我轻轻推那玻璃门时,有一个二十多岁的男人,含笑招呼我道:"先生早呵!要买什么花?这两天秋海棠开得最茂盛,龙须草也不错。"他指这种,说那种固然殷勤极了,但我只恨他不知道我需要是什么?我问他:"红玫瑰在哪里?"他说:"这几天正缺乏这个,先生买几枝秋海棠吧,那颜色多鲜艳呵!也比红玫瑰不差什么……不然,先生就买几朵黄月季吧!"其实那秋海棠实在也不坏,花瓣水亮极了,平常我也需要买他两盆摆在屋里,现在我却不需要这个了。我懒懒辞别那卖花的人,又折出这条街,向南走了。又经过两三个花铺,但都缺少红玫瑰。我真懊丧极了,但我今天买不到,绝不就回去。

还算幸运,最后买到了。只有一束,用白色的绸带束着,下面有一个小小竹子编得花盆很精巧,再加上那飘带,和蝴蝶般翩舞着,真不错,我真感谢这家花铺的主人,他竟预备我所需要的东西了。

我珍重着,把这花捧到家里,已经过了午饭的时候,但是她还只愿坐着等我呢!我不敢把这花很冒昧就递给她,我悄悄把它放在我的屋里,若无其事般的出来,和她一同吃完午饭。

她今天似乎很高兴,午饭后我们坐在堂屋里闲谈。她问我今天一早到什么地方去,我真想趁这机会告诉她我是为她买红玫瑰去了,但是我始终不是这样回答的,我只说:"我买东西去了。"她以后便不再往下问了。我回到屋里,想了半天,我便把红玫瑰捧着,来到她的面前。她初看这美艳的花,不禁叫道:"真好看,你哪里买来的?"她似乎已忘了我上次对她说的话,我忙答道:"好看吗?我打算送给你!"我这时又欣悦,又畏怯。她接了花,忽然像是想起什么来了。她迟迟的说:"你不是说红玫瑰……我想你是预备送别人的吧!我不应当接收这个。"我赶忙说:"真的,我除了你没有一个人可以送的,因为在这世界上,我是最孤零的,也正和你一样。"她眼里忽然露出惊人的奇光,抖颤着将玫瑰花放在桌上,仿佛得了急病,不能支持了。她睡在沙发上,眼泪不住的流。咳!这使我懊悔,我为什么使她这样难堪,我恨我自己,我由不得也伤心的哭了。

在这种极剧烈的刺激里,在她更是想不到的震恐。就是我呢,也不曾预想到有这种的现象,真的,我情愿她痛责我。唉!我真孟浪呵!为什么一定要爱她!……我心里觉得空虚了,我还不如飞絮呵!我不但没有着落,并且连飞翔的动力也都没有了。

阿妈进来了,我勉强掩饰我的泪痕,我告诉阿妈,把她扶进屋里,将她安放在床上,然后我回我自己的屋子。伏在枕上,痛切的流我忏悔的眼泪,但我总不平,我不应该受这种责罚呵?

十月二十日

她一直病了!直到现在不曾减轻。父亲虽天天请医生来,但是有什么用处呢?唉!父亲真聪明!他今天忽然问我,她起病的情形，这话怎能对父亲说呢？我欺骗父亲说："我不清楚！"父亲虽然怒骂我"糊涂"！我真感激他，我只望他骂得更狠一点，我对于她的负疚，似乎可以减轻一点。

医生——那李老头子真讨厌，他哪里会治病呵！什么急气攻心咧，又是什么外感内热咧，用手理着他那三根半的鼠须，仰着头瞪着眼，简直是张滑稽画。真怪，世界上的人类，竟有相信这些糊涂东西的话……我站在窗户下面，听他捣鬼，真恨不得叫他快出去呢！

父亲也似乎有些发愁，他预备晚上住在这边。她仿佛极不高兴，她对父亲说："我这病只是心烦，你在这里，我更不好过，你还是到那边去吧！"父亲果然仍回那边去了。

八点多钟的时候，我正在屋里伤心，阿妈来找我，她在叫我。其实我很畏怯，我实在对不起她呵！在平常的一个妇女的心里，自然想着这是不可能的事情，并且也告诉别人不得的，总算是不冠冕的事呵！唉！……

她拥着一床淡湖色的绉被，含泪坐在床上。她那憔悴的面容，无告而幽怨的眼神，使我要怎样的难过呵！我不敢仰起头来，我只悄悄站在床沿旁边。她长叹了一声，这声音只仿佛一口利剑，我为着这个，由不得发抖，由不得落泪。她喘息着说："你来！你坐下！"我抖战着，怯怯地傍着她坐下了。她伸出枯瘦的手来，握着我的手说："我的一生就要完了，我和你父亲本没有爱情，我虽然嫁了十年，我总不曾了解过什么是爱情。你父亲的行为，你们也都明白，我也明白，但是我是女子，嫁给他了，什么都定了，还有我活动的余地吗？有人也劝我和他离婚，——这个也说不定是与我有益的。但是世界上男人有几个靠得住的，再嫁也难保不一样的痛苦，我一直忍到现在——我觉得是个不幸的人。你不应当自己害自己，照我冷眼看来，你们一家也只有你

父　亲

一个是人，我希望你自己努力你的前途！"

唉！她诚实的劝戒我，真使我惭愧，真使我懊悔！我良心的咎责，使我深切的痛苦。我对她说什么？我只有痛哭，和孩子般赤裸裸无隐瞒的痛哭了！她抚着我的头和慈母般的爱怜，她说："你不用自己难过，这不是你的错，只是你父亲……"她禁不住了，她伏在被上呜咽了。

父亲来了，我仍回我自己的屋里去，除了痛切的哭，我实在不知道怎样处置我自己呵！如果这万一的希望，是不能存在了，我还有什么生趣。

十一月一日

她的病越来越重，父亲似乎知道没指望了。他昨天竟对我说："你不要整天坐在家里，看看就有事情要出来了，你也应当替我帮帮忙。"我听了吩咐，不敢不出去，预备接头一切，况且又是她的事情。但不知怎么，我这几天仿佛失了魂似的，走到街上竟没了主意，心里本想向南去，脚却向北走。唉！

晚上回来的时候，父亲恰好出去了。我走到她的床前，只见她红光满面，神采奕奕比平时更娇艳。她含着泪，对我微笑道："你的心我很知道，就是我也未尝不爱你，但他是你的父亲呵！"我听了这话，立刻觉得所有环境都变了。我不敢再踌躇了，我跪在她的面前，诚挚的说："我真实的爱你！"她微笑着，用手环住我的脖颈，她火热的唇，已向我的唇吻合了。这时我不知是欣悦是战兢，也许这只是幻梦，但她柔软的额发，正覆在我的颊上，她微弱的气息，一丝丝都打透我的心田，她松了手，很安稳的睡下。她忽对我说："红玫瑰呢？"

我陡然想起，自从她病后，我早把红玫瑰忘了，——忙忙跑到屋里一看，红玫瑰一半残了，只剩四五朵，上面还缀着一两瓣半焦的花瓣。我觉得这真不是吉兆——明知花草没有不凋谢的，但不该在她真实爱我时凋谢了呵！且不管她这几片残瓣，也足以使我骄傲，若不是这一束红玫瑰，哪有今天的结果——呵！好愚钝的我！不因这一束红玫瑰她怎么就会病，或者不幸而至于死呵……我真伤心，我真惭愧，我的眼泪，都滴在这残瓣上了。

我将这已残的红玫瑰捧到她的床前，她接过来轻轻吻着，落下泪来。这些滴在残瓣上的，是我的泪痕还是她的泪痕，谁又能分清呢？

从此她不再说话，闭上眼含笑的等着，等那仁慈的上帝来接引她了。今夜父亲和我全不曾睡觉，到五点多钟的时候，她忽睁开眼，向四周看了看，见我和父亲坐在她的旁边，她长叹了一声便断了气。

父亲走进去把手放在她的鼻孔旁，知道是没了呼吸，立时走出来，叫人预备棺木。我只觉一阵昏迷，不知什么时候已躺在自己床上了。

她死得真平静，不象别人有许多号哭的烦扰声。这时天才有一点淡白色的亮光，衣服已经穿好了。下棺的时候她依旧是含笑，我把那几瓣红玫瑰放在她的胸前，然后把棺盖合上。唉！——多残酷的刑罚呵！我只觉我的心被人剜去了，我的魂立刻出了躯壳，我仿佛看见她在前面。她坐在一个奇异的球上披着白云织就的大衣，含笑吻着一束红玫瑰——便是我给她的那束红玫瑰，真奇异呵！……

唉！我现在清醒了！哪有什么奇异的月球，只是我回溯从前的梦境罢了。

父　亲

十一月三日

　　今天是她出殡的日子，埋在城外一块墓地上——这墓地是她自己买的。她最喜欢西洋人的墓，这墓的样子，全仿西洋式做的，四面用浅蓝色的油漆的铁栏，围着一个长方的墓，墓头有一块石牌，刻着她的名字，还有一个爱神的石像，极宁静地仰视天空，这都是她自己生前布置的。

　　下葬后，父亲只跺了跺脚，长叹了一声，就回去了。等父亲走后，我将一束红玫瑰放在坟前，我心里觉得什么都完了。我决定不再回家去。我本没有家，父亲是我的仇人，我的生命完全被他剥夺净了。我现在所有的只是不值钱的躯壳，朋友们只当我已经死了——其实我实在是死了。没有灵魂的躯壳，谁又能当他是人呢，他不过是个行尸走肉呵！

　　我的日记也就从此绝笔了。我一生不曾作过日记，这是第一次也是末一次。我原是为了她才作日记，自然我也要为了她不再作日记了。

　　绍雅念完了，他很顽皮，趁逸哥回头的工夫，那本书已掷到逸哥头上了。逸哥冷不防吓了一跳，我不觉很好笑，同时也觉得心里怅怅的，不知为什么？

　　这寂寞冷清的一天算是叫我们消遣过了。但是雨呢，还是丝丝的敲着窗子，风还是飒飒摇着檐下的竹子，乌云依旧一阵阵向西飞跑。壁上的钟正指在六时上，黄昏比较更凄寂了。我正怔怔坐着，想消遣的法子，忽听得绍雅问道："我的小说也念完了，你们也听了，但是我糊涂，你们也糊涂，这篇小说，到底是个什么题目呵？"被他这一问，我们细想想也不觉好笑起来。逸哥从地下拾起那本书来，掀着书皮看了看，只见这书皮是金黄色，上面画着一个美少年,很凄楚的向天空望着;在书面的左角上斜标着"父亲"两个字。

逸哥也够滑稽了,他说:"这谁不知道,谁都有父亲吧!"我们正笑着,又来了一个客人,这笑话便告了结束。

秋风秋雨愁煞人

凌峰独乘着一叶小舟，在霞光璀璨的清晨里。——淡雾仿若轻烟，笼住湖水与岗峦，氤氲的岫云，懒散的布在山谷里；远处翠翠隐隐，紫雾漫漫，这时意兴十分潇洒。舟子摇着双桨，低唱小调，这船已荡向芦荻丛旁。凌峰站在船头，举目四望，一片红蓼；几丛碧苇，眼底收尽秋色。她吩咐舟子将船拢了岸，踏着细草，悄悄前进走过一箭多路。忽听长空雁唳，仰头一看，霞光无彩，雾氛匿迹，云高气爽，北雁南飞，正是"一年容易又秋风"，她怔怔倚着孤梧悲叹。

许多游山的人，在对面高峰上唱着陇头水曲，音调悲凉，她憬然危立，忽见树林里有一座孤坟，在孤坟的四围，满是霜后的枫叶，鲜红比血，照眼生辉，树梢头哀蝉穷嘶，似诉将要僵伏的悲愁，促织儿在草底若歌若泣。她在这冷峭的秋色秋声中，忽想起五年前曾在此地低吟"秋风秋雨愁煞人"!

她不由自主的向那孤坟走去。只见坟旁竖着残碑断碣,青苔斑斓,字迹模糊,从地上捡了一块瓦片,将青苔刮尽才露出几个字是"女烈士秋瑾之墓"。

"哦!女英雄"她轻轻低呼着!已觉心潮激涌,这黄土坡中,深埋着虽是已腐化的枯骨,但是十几年前却是一个美妙的女英雄。那夜微冷的西风,吹拂着庭前松柯,发出凄厉的涛歌,沙沙的秋雨,滴在梧桐叶上,她正坐在窗下,凄影独吊。忽见门帘一动,进来一个英风满面的女子,神色露着张惶,忽将桌上洋灯吹灭,低声道:"凌妹真险,请你领我从你家后园门出去,迟了他们必追踪前来。"凌峰莫明其妙的张慌着!她们冒雨走过花园的石子路,向北转,已看见竹篱外的后门了。凌峰开了后门,把她送出去,连忙关上跑到屋里。还不曾坐稳,已听见前面门口有人打门!她勉强镇定了,看看房里母亲,已经睡了,父亲还没有回来,壁上的时针正指在十点,看门的老王进来说:"外面有两个侦探要见老爷,我回他老爷没在家,他说刚才仿佛看见一个女人进了咱们的家门,那是一个革命党,如果在这里,须立刻把她交出来,不然咱们都得受连累。"凌峰道:"你告诉他并没有人进来,也许他看错了,不信请他进来搜好了,……"

母亲已在梦中惊醒,因问道:"什么事?"老王把前头的话照样的回了母亲。仿佛已经料到是什么事了,因推枕起来道:"快到隔壁叫李家少爷来……半夜三更倘或闹出事来还了得。"老王忙忙把李家少爷请来,母亲托他和那两个侦探交涉,……这可怕的搅骚才幸免了。

凌峰背着人悄悄将适才的事告诉了母亲,母亲不禁叹道:"你姑爹姑妈死得早,可怜剩下她一个孤女……又是生来气性高傲,喜打抱不平,现在竟作了革命党,唉!若果有什么意外发生怎么办？"说着不禁垂下泪来……十二点多钟凌峰的父亲回来了，听知这消息也是一夜的担心，昨夜风雨中不知她躲在什么地方去？……惊惧的云幔一直遮蔽着凌峰的一家。

过了几天忽从邮局送来一封信，正是秋瑾的笔迹。凌峰的父亲忙忙展读道：

舅父母大人尊前：

  曩夜自府上逃出，正风雨交作，泥泞道上，仓皇奔驰，满拟即乘晚车北去引避，不料官网密密，卒陷其中，甫到车站，已遭逮捕，虽未经宣布罪状，而前途凶多吉少，则可预臆也。但甥自幼孤露，命运厄塞，又际国家多事，满目疮痍，危神洲之陆沉，何惜性命！以身许国甥志早决矣。虽刀踞斧钺之加，不变斯衷。念皇皇华胄，又摧残于腥膻之满人手中，谁能不冲发裂眥，以求涤雪光复耶？甥不揣愚鄙，窃慕良玉木兰之高行，妄思有以报国，乃不幸而终罹法网，此亦命也。但望革命克成，虽死犹生，又复何憾？唯凤愿舅父母爱怜，时予训迪，得有今日，罔极深恩，未报万一，一日溘逝，未免遗恨耳！别矣！别矣！临楮凄惶，不知所云。肃叩福安！

        甥女秋瑾再拜

自从这消息传来以后，母亲整整哭了一夜，第二天父亲到处去托人求情，但朝廷这时最忌党人，虽是女流也不轻赦。等到七天以后，就要绑到法场行刑，父亲不敢把这惊人的信息告诉母亲，只说已托人求情，或者有救。母亲每日在佛堂念佛，求菩萨慈悲，保佑这可怜的甥女。

　　这几天秋雨连绵，秋风瑟瑟，秋瑾被关在重牢里，手脚都上着镣铐，日夜受尽荼毒，十分苦楚，脸上早已惨白，没有颜色。她坐在墙犄角里，对着那铁窗的风雨，怔怔注视。后来她情然吟道："秋风秋雨愁煞人"！她念完这诗句之后，紧紧闭上眼睛，有时想到死的可怕，但是她最终傲然的笑了，如果因为她的牺牲，能助革命成功，这死是重于泰山，还有比这个更好的死法吗？她想到这里，不但不怕死，且盼死期的来临，鲜红的心血，仿佛是菩萨瓶中的甘露，它能救一切的生灵，僵卧断头台旁的死尸，是使人长久纪念的，伟大而隽永……

　　行刑的头一天，她的舅父托了许多人情，要会她一面，但只能在铁栏的空隙处看一看，并且时间不得过五分钟。秋瑾这时脸色已变得青黄，两只眼球突出，十分惨厉可怕。她舅父从铁栏里伸进手来，握住她那铁镣琅铛的手，禁不住流下泪来。秋瑾怔怔凝注他的脸，眼睛里的血，一行行流在两颊上，她惨笑，她摇头！她凄厉的说："舅舅保重！"她的心已碎了，她晕然的倒在地下，她舅父在外面顿足痛哭，而五分钟的时间，已经到了，狱吏将他带出去。

　　到了第二天十点钟的时候，道路上人忙马乱，卫队一行行过去；荷枪实弹的兵士，也是一队队的过去；一个个威风凛凛，杀气蒸腾，杀一个人，究竟怎么一种滋味？呵！这只有上帝知道。

　　几辆囚车，载着许多青年英豪志士，向刑人场去。最后一辆车上，便是那女英雄秋瑾。凌峰远远的望见，不禁心如刀割，呜咽的哭了。街上看热闹的人，对于这些为国死难的志士，有的莫明其妙的说："这些都是革命党？"有的仿佛很懂得这事情的意味的，只摇着头，微微叹道："可怜！"最后的囚车的女英雄出现了，更使街上的人惊异："女人也作革命党，这真是破天荒的新闻!"

这些英雄,一刹那间都横卧在刑人场上,他们的魂魄,都离了这尘浊的世界了。秋瑾的尸骸,由她舅父装殓后,便停在普救寺里。

过了不久,革命已告成功,各省都悬上白布旗帜。那腥膻的满洲人,都从贵族的花园里,四散逃亡,皇帝也退了位。这些死难的志士,都得扬眉吐气,各处人士都来公祭黄花岗七十二烈士。秋瑾尤是其中一个努力的志士,因公议把她葬在西湖,使美妙的湖山,更增一段英姿。

凌峰想到这里,再看看眼底的景物,但见荒草离离,白杨萧萧;举首天涯,兵锋连年,国是日非,这深埋的英魂,又将何处寄栖!哪里是理想的共和国家?她由不得悲绪潮涌,叩着那残碑断碣,慨然高吟道:

枫林古道,荒烟蔓草,
何处赋招魂!
更兼这——
秋风秋雨愁煞人!
……

她正心魂凄迷的时候,舟子已来催上道。凌峰懒懒出了枫林,走到湖边,再回头一望,红蓼鲜枫,都仿若英雄的热血。她不禁凄然长叹,上了小船,舟子洒然鼓桨前进,不问人是何心情,它依然唱着小调,只有湖上的斜风细雨,助她叹息呢!

房东

当我们坐着山兜，从陡险的山径，来到这比较平坦的路上时，兜夫"唉哟"的舒了一口气，意思是说"这可到了"。我们坐山兜的人呢，也照样的深深的舒了一口气，也是说："这可到了！"因为长久的颠簸和忧惧，实在觉得力疲神倦呢！这时我们的山兜停在一座山坡上，那里有一所三楼三底的中国化的洋房。若从房子侧面看过去，谁也想不到那是一座洋房，因为它实在只有我们平常比较高大的平房高，不过正面的楼上，却也有二尺多阔的回廊，使我们住房子的人觉得满意。并且在我们这所房子的对面，是峙立着无数的山峦。当晨曦窥云的时候，我们睡在床上，可以看见万道霞光，从山背后冉冉而升，跟着雾散云开，露出艳丽的阳光，再加着晨气清凉，稍带冷意的微风，吹着我们不曾掠梳的散发，真有些感觉得环境的松软，虽然比不上列子御

房　东

风，那么飘逸。至于月夜，那就更说不上来的好了。月光本来是淡青色，再映上碧绿的山景，另是一种翠润的色彩，使人目怡神飞，我们为了它们的倩丽往往更深不眠。

这种幽丽的地方，我们城市里熏惯了煤烟气的人住着，真是有些自惭形秽，虽然我们的外面是强似他们乡下人，凡从城里来到这里的人，一个个都仿佛自己很明白什么似的，但是他们乡下人至少要比我们离大自然近得多，他们的心要比我们干净得多。就是我那房东，她的样子虽特别的朴质，然而她却比我们好像知道什么似的人，更知道些。也比我们天天讲自然趣味的人，实际上更自然些。

可是她的样子，实在不见得美，她不但有乡下人特别红褐色的皮肤，并且她左边的脖项上长着一个盖碗大的肉瘤。我第一次看见她的时候，对于她那个肉瘤很觉厌恶，然而她那很知足而快乐的老面皮上，却给我很好的印象。倘若她只以右边没长瘤的脖项对着我，那倒是很不讨厌呢！她已经五十八岁了，她的老伴比她小一岁，可是他俩所作的工作，真不象年纪这么大的人。他俩只有一个儿子，倒有三个孙子，一个孙女儿。他们的儿媳妇是个瘦精精的妇人，她那两只脚和腿上的筋肉，一股一股的隆起，又结实又有精神。她一天到晚不在家，早上五点钟就到田地里去做工，到黄昏的时候，她有时肩上挑着几十斤重的柴来家了。那柴上斜挂着一顶草笠，她来到她家的院子里时，把柴担从这一边肩上换到那一边肩上时，必微笑着同我们招呼道："吃晚饭了吗？"当这时候，我必想着这个小妇人真自在，她在田里种着麦子，有时插着白薯秧，轻快的风吹干她劳瘁的汗液；清幽的草香，阵阵袭入她的鼻观。有时可爱的百灵鸟，飞在山岭上的小松柯里唱着极好听的曲子，她心里是怎样的快活！当她向那小鸟儿瞬了一眼，手下的秧子不知不觉已插了许多了。在她们的家里，从不预备什么钟,她们每一个人的手上也永没有带什么手表,然而她们看见日头正照在头顶上便知道午时到了,除非是阴雨的天气,她们有时见了我们,或者要问一声:师姑,现在十二点了罢!据她们的习惯,对于做工时间的长短也总有个准儿。

住在城市里的人每天都能在五点钟左右起来,恐怕是绝无仅有,然而在这岭里的人,确没有一个人能睡到八点钟起来。说也奇怪,我在城里头住的时候,八点钟起来,那是极普通的事情,而现在住在这里也能够不到六点钟便起来,并且顶喜欢早起,因为朝旭未出将出的天容,和阳光未普照的山景,实在别饶一种情趣。更奇异的是山间变幻的云雾,有时雾拥云迷,便对面不见人。举目唯见一片白茫茫,真有人在云深处的意味。然而霎那间风动雾开,青山初隐隐如笼轻绡。有时两峰间忽突起朵云,亭亭如盖,翼蔽天空,阳光黯淡,细雨靡靡,斜风潇潇,一阵阵凉沁骨髓,谁能想到这时是三伏里的天气。我意记得古人词有"采药名山,读书精舍,此计何时就?"这是我从前一读一怅然,想望而不得的逸兴幽趣,今天居然身受,这是何等的快乐!更有我们可爱的房东,每当夕阳下山后,我们坐在岩上谈说时,她又告诉我们许多有趣的故事,使我们想象到农家的乐趣,实在不下于神仙呢。

女房东的丈夫,是个极勤恳而可爱的人,他也是天天出去做工,然而他可不是去种田,他是替村里的人,收拾屋漏。有时没有人来约他去收拾时,他便戴着一顶没有顶的草笠,把他家的老母牛和老公牛,都牵到有水的草地上,拴在老松柯上,他坐在草地上含笑看他的小孙子在水涯旁边捉蛤蟆。

不久炊烟从树林里冒出来,西方一片红润,他两个大的孙子从家塾里一跳一踯的回来了。我们那女房东就站在斜坡上叫道:"难民仔的公公,回来吃饭。"那老头答应了一声"来了",于是

房　东

慢慢从草地上站起来，解下那一对老牛，慢慢踱了回来。那女房东在堂屋中间排下一张圆桌，一碗热腾腾的老矮瓜，一碗煮糟大头菜，一碟子海蛰，还有一碟咸鱼，有时也有一碗鱼鲞炖肉。这时他的儿媳妇抱着那个七八个月大的小女儿，喂着奶，一手抚着她第三个儿子的头。吃罢晚饭她给孩子们洗了脚，于是大家同坐在院子里讲家常。我们从楼上的栏杆望下去，老女房东便笑嘻嘻的说："师姑！晚上如果怕热，就把门开着睡。"我说："那怪怕的，倘若来个贼呢？……这院子又只是一片石头垒就的短墙，又没个门！""呵哟师姑！真真的不碍事，我们这里从来没有过贼，我们往常洗了衣服，晒在院子里，有时被风吹了掉在院子外头，也从没有人给拾走。到是那两只狗，保不定跑上去。只要把回廊两头的门关上，便都不碍了！"我听了那女房东的话，由不得称赞道："到底是你们村庄里的人朴厚，要是在城里头，这么空落落的院子，谁敢安心睡一夜呢？"那老房东很高兴的道："我们乡户人家，别的能力没有，只讲究个天良，并且我们一村都是一家人，谁提起谁来都知道的，要是作了贼，这个地方还住得下去吗？"我不觉叹了一声，只恨我不作乡下人，听了这返朴归真的话，难不得不心惊，不用说市井不曾受教育的人，没有天良；便是在我们的学校里还常常不见了东西呢！怎由得我们天天如履薄冰般的，掬着一把汗，时时竭智虑去对付人，那复有一毫的人生乐趣？

　　我们的女房东，天天闲了就和我们说闲话儿，她仿佛很羡慕我们能读书识字的人，她往往称赞我们为聪明的人。她提起她的两个孙子也天天去上学，脸上很有傲然的颜色。其实她未曾明白现在认识字的人，实在不见得比他们庄农人家有出息。我们的房东，他们身上穿着深蓝老布的衣裳，用着极朴质的家具，吃的是青菜罗荸白薯搀米的饭，和我们这些穿缎绸，住高楼大厦，吃鱼肉美味的城里人比，自然差得太远了。然而试量量身分看，我们是家之本在身，吃了今日要打算明日的，过了今年要打算明年的，满脸上露着深虑所渍的微微皱痕，不到老已经是发苍苍而颜枯槁了。她们家里有上百亩的田，据说好年成可收七八十石的米，除自己吃外，尚可剩下三四十石，一石值十二三块钱，一年仅粮食就有几百块钱的裕余。以外还有一块大菜园，里面萝荸白菜，茄子豆解，样样俱全。还有白薯地五六亩，猪牛羊鸡和鸭子，又是一样不缺。并且那一所房除了自己住，夏天租给来这里避暑的人，也可租上一百余元，老母鸡一天一个蛋，老母牛一天四五瓶牛奶，倒是纯粹的好孑汁，一点不搀水的，我们天天向他买一瓶要一角二分大洋。他们吃用全都是自己家里的出产品，每年只有进款加进款，却不曾消耗一文半个，他们舒舒齐齐的做着工，过着无忧无虑的日子。他们可说是"外干中强"，我们却是"外强中干"。只要学校里两月不发薪水，简真就要上当铺，外面再掩饰得好些，也遮不着隐忧重重呢！

我们的老房东真是一个福气人，她快六十岁的人了，却象四十几岁的人。天色朦胧，她便起来，做饭给一家的人吃。吃完早饭，儿子到村集里去作买卖，媳妇和丈夫，也都各自去做工，她于是把她那最小的孙女用极阔的带把她驮在背上，先打发她两个大孙子去上学，回来收拾院子，喂母猪，她一天到晚忙着，可也一天到晚的微笑着。逢着她第三个孙子和她撒娇时，她便把地里掘出来的白薯，递一片给他，那孩子嘻嘻的蹲在捣衣石上吃着。她闲时，便把背上的孙女放下来，抱着坐在院子里，抚弄着玩。

有一天夜里，月色布满了整个的山，青葱的树和山，更衬上这淡淡银光，使我恍疑置身碧玉世界，我们的房东约我们到房后的山坡上去玩，她告诉我们从那里可以看见福州。我们越过了许多壁立的巉岩，忽见一片细草平铺的草地，有两所很精雅的洋

房　东

房，悄悄的站在那里。这一带的松树被风吹得松涛澎湃，东望星火点点，水光泻玉，那便是福州了。那福州的城子，非常狭小，民屋垒集，烟迷雾漫，与我们所处的海中的山巅，真有些炎凉异趣。我们看了一会福州，又从这叠岩向北沿山径而前，见远远月光之下竖立着一座高塔，我们的房东指着对我们说："师姑！你们看见这里一座塔吗？提到这个塔，有一个很有趣的故事，我们这里相传已久了。——

"人们都说那塔的底下是一座洞，这洞叫作小姐洞，在那里面住着一个神道，是十七八岁长得极标致的小姐，往往出来看山，遇见青年的公子哥儿，从那洞口走过时，那小姐便把他们的魂灵捉去，于是这个青年便如痴如醉的病倒，吓得人们都不敢再从那地方来。——有一次我们这村子，有一家的哥儿只有十九岁，这一天收租回来，从那洞口走过，只觉得心里一打寒战，回到家里便昏昏沉沉睡了，并且嘴里还在说：小姐把他请到卧房坐着，那卧房收拾得象天宫似的。小姐长得极好，他永不要回来。后来又说某家老二老三等都在那里做工。他们家里一听这话，知道他是招了邪，因找了一个道士来家作法。第一次来了十几个和尚道士，都不曾把那哥儿的魂灵招回来；第二次又来了二十几个道士和尚，全都拿着枪向洞里放，那小姐才把哥儿的魂灵放回来！自从这故事传开来以后，什么人都不再从小姐洞经过，可是前两年来了两个外国人，把小姐洞旁的地买下来，造了一所又高又大的洋房，说也奇怪，从此再不听小姐洞有什么影响，可是中国的神道，也怕外国鬼子——现在那地方很热闹了，再没有什么可怕！"

我们的房东讲完这一件故事，不知想起什么，因问我道："那些信教的人，不信有鬼神，……师姑！你们读书的人自然知道没有鬼神了。"

这可问着我了，我沉吟半响答道："也许是有，可是我可没看见过，不过我总相信在我们现实世界以外，总另有一个世界，那世界你们说他是鬼神的世界也可以，而我们却认为那世界为精神的世界……"

"哦！倒是你们读书的人明白！……可是什么叫作精神的世界呵！是不是和鬼神一样？"

我被那老婆婆这么一问，不觉嗤的笑了，笑我自己有点糊涂，把这么抽象的名词和他们天真的农人说。现在我可怎样回答呢，想来想去，要免解释的麻烦，因唪嚅着道："正是，也和鬼神差不多！"

好了！我不愿更谈这玄之又玄的问题，不但我不愿给她勉强的解释，其实我自己也不大明白，我因指着她那大孙子道："孩子倒好福相，他几岁了？"我们的房东，听我问她的孩子，十分高兴的答道："他今年九岁了，已定下亲事，他的老婆今年十岁了，"后又指着她第二个孙子道："他今年六岁也定下亲，他的老婆也比他大一岁，今年七岁……我们家里的风水，都是女人比丈夫大一岁，我比他公公大一岁，他娘比他爹大一岁……我们乡下娶媳妇，多半都比儿子要大许多，因为大些会作事，我们家嫌大太多不大好，只大着一岁，要算得特别的了。"

"吓！阿姆你好福气，孙子媳妇都定下了，足见得家里有，要不然怎么作得起。"我们用的老林很羡慕似的，对我们的房东说。我不觉得有些好奇，因对那两个小孩望着，只见他们一双圆而黑的眼珠对他们的祖母望着，……我不免想这么两个无知无识的孩子，倒都有了老婆，这真是有点不可思议的事实。自然在我们受过洗礼的脑筋里，不免为那两对未来的夫妇担忧，不知他们到底能否共同生活，将来有没有不幸的命运临到他和她，可是我们的那老房东确觉得十分的爽意，仿佛又替下辈的人作成了一件

房　东

功绩。

　　一群小鸡忽然啾啾的嘈了起来,那老房东说:"又是田鼠作怪!"因忙忙的赶去看。我们怔怔坐了些时就也回来了,走到院子里,正遇见那房东迎了出来,指着那山缝的流水道:"师姑!你看这水映着月光多么有趣……你们如果能等过了中秋节下去,看我们山上过节,那才真有趣,家家都放花,满天光彩,站在这高坡上一看真要比城里的中秋节还要有趣。"我听了这话,忽然想到我来到这地方,不知不觉已经二十天了,再有三十天,我就得离开这个富于自然——山高气清的所在,又要到那充满尘气的福州城市去,不用说街道是只容得一辆汽车走过的那样狭,屋子是一堵连一堵排比着,天空且好比一块四方的豆腐般呆板而沉闷。至于那些人呢,更是俗垢遍身不敢逼视。

　　日子飞快的悄悄的跑了,眼看着就要离开这地方了。那一天早起,老房东用大碗满满盛了一碗糟菜,送到我的房间,笑容可掬的说,"师姑!你也尝尝我们乡下的东西,这是我自己亲手作的,这几天才全晒干了,师姑你带到城里去,管比市上卖的味道要好,随便炒吃炖肉吃,都极下饭的。"我接着说道:"怎好生受,又让你花钱。"那老房东忙笑道:"师姑!真不要这么说,我们乡下人有的是这种菜根子,那象你们城市的人样样都须花钱去买呢!"我不觉叹道:"这正是你们乡下人叫人羡慕而又佩服的地方,你们明明满地的粮食,满院的鸡鸭和满圈子的牛羊猪,是要什么有什么,可是你们样子可都诚诚朴朴的,并没有一些自傲的神气,和奢侈的受用,……这怎不叫人佩服!再说你们一年到头,各人作各人爱作的事,舒舒齐齐的过着日子,地方的风景又好,空气又清,为什么人不羡慕?!……"

　　那老房东听了这话,一手摸着那项上的血瘤,一面点头笑道:"可是的呢!我们在乡下宽敞清静惯了倒不觉得什么……去年福州来了一班耍马戏的,我儿子叫我去见识见识,我一清早起带着我大孙子下了岭,八点钟就到福州,我儿子说离马戏开演的时间还早咧,我们就先到城里各大街去逛,那人真多,房子也密密层层,弄得我手忙脚乱,实觉不如我们岭里的地方走着舒心……师姑!你就多住些日子下去吧!……"

我笑道:"我自然是愿意多住几天,只是我们学校快开学了,我为了职务的关系,不能不早下去……这个就是城市里的人大不如你们乡下人自在呵!"

我们的房东听了这话,只点了一点头道:"那么师姑明年放暑假早些来,再住在我们这里,大家混得怪熟的,热刺刺的说走,真有点怪舍不得的呢!"

可是过了两天,我依然只得热刺刺的走了,不过一个诚恳而温颜的老女房东的印象却深刻在我的心幕上——虽是她长着一个特别的血瘤,使人更不容易忘怀;然而她的家庭,和她的小鸡和才生下来的小猪儿……种种都充满了活泼泼的生机,使我不能忘怀——只要我独坐默想时,我就要为我可爱而可羡的房东祝福!并希望我明年暑假还能和她见面!

憔悴梨花

这天下午,雪屏从家里出来,就见天空彤云凝滞,金风辣栗,严森刺骨,雪霰如飞沙般扑面生寒;路上仍是车水马龙,十分热闹,因为正是新年元旦。

他走到马路转角,就看见那座黑漆大门,白铜门迎着瑞雪闪闪生光。他轻轻敲打那门,金声铿锵,就听见里边应道:"来了。"开门处,只见一个十五六岁的使女,眉长眼润,十分聪明伶俐,正是倩芳的使女小憨;她对雪屏含笑道:"吴少爷里边请吧,我们姑娘正候着呢!"

小憨让雪屏在一间精致小客厅里坐了,便去通知倩芳。雪屏细看这屋子布置得十分清雅:小圆座上摆着一只古铜色康熙碎磁的大花瓶,里面插着一枝姿若矫龙的白梅,清香幽细,沁人心脾;壁上挂着一幅水墨竹画,万竹齐天,丛篁摇掩,烟云四裹,奇趣横生。雪屏正在入神凝思,只听房门呀的开了,倩芳俏丽的影像,整个展露眼前,雪屏细细打量,只见她身上穿一件湘妃色的长袍,头上挽着一个蝴蝶髻,前额覆着短发,两靥嫩红,凤目细眉,又是英爽,又是妩媚!雪屏如饮醇醪,魂醉魄迷,对着倩芳道:"你今日出台吗?……"

"怎能不出台……吃人家的饭,当然要受人家的管。"

"昨天你不是还不舒服吗?"

"谁说不是呢……我原想再歇两天,张老板再三不肯,他说广告早就登出去了,如果不上台,必要闹事……我也只得扎挣着干了。"

"那些匾对都送去挂了吗?"

"早送去了……但是我总觉得怯怯的……像我们干这种营生的,真够受了,哪一天夜里不到两三点睡觉,没白天没黑夜的不知劳到什么时候?"

"但你不应当这么想,你只想众人要在你们一歌一咏里求安慰,你们是多么伟大呢……艺术家是值得自傲的!"

"你那些话,我虽不大懂,可是我也仿佛明白;真的,我们唱到悲苦的时候,有许多人竟掉眼泪,唱到雄壮的时候,人们也都眉飞色舞,也许这就是他们所要的安慰!"

"对了!他们真是需要这些呢,你们——艺术家——替人说所要说的话,替人作所要作的事,他们怎能不觉得好呢……"

"你今天演什么戏?"雪屏问着就站了起来,预备找那桌上放着的戏单。

倩芳因递了一张给他,接着微笑道:"我演《能仁寺》好不好?""妙极了,你本来就是女儿英雄,正该演这出戏。"

"得了吧!……我觉得我还是扮《白门楼》的吕布更漂亮些。"

憔悴梨花

"正是这话……听我告诉你,上次你在北京演吕布的时候,我们有一个朋友都看痴了,你就知道你的扮像了!我希望你再演一次。"

"瞧着办吧,反正这几个戏都得挨着演呢……你今晚有空吗?你若没事,就在我这里。吃了饭,你送我到戏园里去,我难得有今天这么清闲!原因是那些人还没打探到我住在这里,不然又得麻烦呢……"

"你妈和你妹妹呢?"

"妹妹有日戏,妈妈陪她去了。"

"你妈这几年来也着实享了你的福了,她现在待你怎样?"

"还不是面子事情……若果是我的亲妈,我早就收台了,何至于还叫我挨这些苦恼。"

"你为什么总觉得不高兴?我想还是努力作下去,将来成功一个出名的女艺术家不好吗?"

"你不知道,天地间有几个像你这样看重我们,称我们作艺术家?那些老爷少爷们,还不是拿我们当粉头看……这会子年纪轻,有几分颜色,捧的人还不怕没有;再过几年,谁知道又是什么样子?况且唱戏全靠嗓子,嗓子倒了,就完了;所以我只想着有点钱,就收盘了也罢。但我妈总是贪心不足,我也得挨着……"倩芳说到这里,有些愍然了,她用帕子擦着眼泪,雪屏抚着她的肩说:

"别伤心吧,你的病还没有大好,回头又得上台,我在这坐坐,你到房里歇歇吧!"

"不!我也没有什么大病,你在这里我还开心,和你谈谈,似乎心里松得多了……想想我们这种人真可怜,一天到晚和傀儡似的在台上没笑装笑,没事装事,左不过博戏台底下人一声轻鄙的喝彩声!要有一点不周到,就立刻给你下不来台……更不肯替我们想想！"

"你总算熬出来了，羡慕你的人多呢，何必顾虑到这一层！"

"我也不知为什么，总觉得人们的眼光可怕，往往从他们轻鄙的眼光里，感到我们作戏的不值钱……"

壁上的时计，已指到七点，倩芳说："妈妈和妹妹就要回来了，咱们叫他们预备开饭吧！"

小憨和老李把桌子调好，外头已打得门山响，小憨开门让她们母女进来，雪屏是常来的熟人，也没什么客气，顺便说着话把饭吃完；倩芳就预备她今夜上台的行头……蓝色绸子包头，水红抹额，大红排扣紧身，青缎小靴……弹弓宝剑，一切包好，叫小憨拿着，末了又喝一杯冰糖燕窝汤，说是润嗓子的，麻烦半天直到十点半钟才同雪屏和妈妈妹妹一同上戏园子去。

雪屏在后台，一直看着她打扮齐整，这才到前台池子旁边定好的位子上坐了，这时台上正演汾河湾，他也没有心看，只凝神怔坐，这一夜看客真不少，满满挤了一戏园子，等到十二点钟，倩芳才出台，这时满戏园的人，都鸦雀无声的，盯视着戏台上的门帘。梆子连响三声，大红绣花软帘掀起，倩芳一个箭步窜了出来，好一个女英雄！两目凌凌放光，眉梢倒竖，樱口含嗔，全身伶俏，背上精弓斜挂，腰间宝剑横插，台下彩声如雷，音浪汹涌。倩芳正同安公子能仁寺相遇问话时，忽觉咽喉干涩，嗓音失润，再加着戏台又大，看客又多，竟使台下的人听不见她说些什么，于是观众大不满意，有的讪笑，有的叫倒好，有的高声嚷叫"听不见"，戏场内的秩序大乱，倩芳受了这不清的讽刺，眼泪几乎流了出来，脸色惨白，但是为了戏台上的规矩严厉，又不能这样下台，她含着泪强笑，耐着羞辱，按部就班将戏文作完。雪屏在底下看见她那种失意悲怒的情态，早已不忍，忙忙走到后台等她，这时倩芳刚从绣帘外进来，一见雪屏，一阵晕眩，倒在雪屏

憔悴梨花

身上，她妈赶忙走过来，怒狠狠的道："这一下可好了，第一天就抹了一鼻子灰，这买卖还有什么望头……"雪屏听了这凶狠老婆子的话，不禁发恨道："你这老妈妈也太忍心，这时候你还要埋怨她，你们这般人良心都上那里去了……"她妈妈被雪屏一席话，说得敢怒不敢言，一旁咕嘟着嘴坐着去了。这里雪屏，把倩芳唤醒，倩芳的眼泪不住流下来，雪屏十分伤心，他恨社会的惨剧，又悲倩芳的命运，拿一个柔弱女子，和这没有同情，不尊重女性的社会周旋，怎能不憔悴飘零？！……

雪屏一壁想着，一壁将倩芳扶在一张藤椅上。这时张老板走了进来，皱着眉头哼了一声道："这是怎么说，头一天就闹了个大拆台……我想你明天就告病假吧，反正这样子是演不下去了！"张老板说到这里，满脸露着懊丧的神色，恨不得把倩芳订定的合同，立刻取消了才好，一肚子都是利害的打算，更说不到同情。雪屏看了又是生气，又是替倩芳难受；倩芳眼角凝泪，情然无语的倚在藤椅上，后来她妈赌气走了，还是雪屏把倩芳送回家去。

第二天早晨，北风呼呼的吹打，雪花依然在空中飘洒，雪屏站在书房的窗前，看着雪压风欺的棠梨，满枝缟素，心里觉得怅惘，想到倩芳，由不得"哎"的叹了一声，心想不去看她吧，实在过不去，看她吧，她妈那个脸子又太难看，怔了半天，匆匆拿着外套戴上帽子出去了。

倩芳昨夜从雪屏走后，她妈又嘟嚷她大半夜，她又气又急！哭到天亮，觉得头里暴痛，心口发喘。她妈早饭后又带着她妹妹到戏园子去了，家里只剩下小憨和打杂的毛二，倩芳独自睡在床上，想到自己的身世；举目无亲，千辛万苦，熬到今天，想不到又碰了一个大钉子；以后的日子怎么过！那些少年郎爱慕自己的颜色虽多，但没有一个是把自己当正经人待……只有雪屏看得起自己，但他又从来没露过口声，又知道是怎么回事……倩芳想到这里，觉得前后都是茫茫荡荡的河海，没有去路，禁不住掉下泪来。

雪屏同着小憨走进来，倩芳正在拭泪，雪屏见了，不禁长叹道："倩芳！你自己要看开点，不要因为一点挫折，便埋没了你的天才！"

"什么天才吧！恐怕除了你，没有说我是天才！像我们这种人，公子哥儿高兴时捧捧场，不高兴时也由着他们摧残，还有我们立脚的地方吗！……"

"正是这话！但是倩芳，我自认识你以后，我总觉得你是个特别的天才，可惜社会上没人能欣赏，我常常为你不平，可是也没法子转移他们那种卑陋的心理；这自然是社会一般人的眼光浅薄，我们应当想法子改正他们的毛病。倩芳！我相信你是一个风尘中的巾帼英雄！你应当努力，和这罪恶的社会奋斗！"

倩芳听了雪屏的话，怔怔的望着半天，她才叹气道："雪屏！我总算值得了，还有你看得起我，但我怕对不起你，我实在怯弱，你知道吧！我们这院子东边的一株梨花，春天开得十分茂盛，忽然有一天夜里来了一阵暴风雨，打得满树花朵零乱飘落，第二天早起，我到那里一看，简直枝垂花败，再也抬不起头来……唉！雪屏！我的命运，恐怕也是如此吧？"雪屏听了这话，细细看了倩芳一眼，由不得低声吟道："憔悴梨花风雨后。……"

风欺雪虐

正是天容凝墨,雪花飞舞的那一天,我独自迎着北风,凭着曲栏,悄然默立,遥遥望见小阜后的寒梅,仿佛裹剑拥矢的英雄,抖擞精神,咧兀自喜。

烈烈的飘风,如怒狮般狂吼着,梨花片似的雪,不住往空虚的宇宙里飞洒,好像要使一切的空虚充实了,所有的污迹遮掩了。但是那正在孕蕊的寒梅,经不起风欺雪虐,它竟奄然睡倒在茅亭旁,雪掩埋了它,全成了它艳骨冰姿的身分。

"风雪无情,捣碎了梅花璀璨的前程!"我正为它低唱挽歌,忽见晓中进来,他披着极厚的大衣,帽子上尚有未曾融化的雪片。但是他仿佛一切都不理会似的,怔怔立在炉旁说:"不冷吗!请你掩上窗子,我报告一件不幸的消息。"

"什么!……不幸的消息?"我怯弱的心悚栗了,我最怕听恶消息，因为我原是逃阵的败兵呵。

晓中慢慢脱了外套，挂上衣架，将帽子放近火炉旁烘烤，然后他长叹了一声道："你知道梅痕走了？她抛弃一切悄悄的走了！"

"哈，奇怪，她为什么走了，……她又往那里走？"

"她吗？……哎！因为环境的压迫走了，……她现在也许已死在枪林弹雨中了……真是不幸！"

"你这话怎么讲？她难道作革命去了吗？……我实在怀疑，她为什么忽然变了她的信仰？"

"是呵！她原来最反对战争的，而且她最反对同室操戈的，为什么她现在竟决然加入战争的漩涡里？"

"这话也难说，一个人在一种不能屈伸的环境下，只有两条路可走，一条路是消极的叫命运宰割，一条就是努力自造运命。她原不是弱者，她自然要想自造运命，……从前她虽反对战争，现在自然难说了。"

"那末文徽也肯让她走吗？"

"噫！你怎么消息如此沉滞？你难道不知道文徽已和她解除婚约吗？她走恐怕最大的原因还在此呢。"

"天下的事情真是变得太厉害了，几个月前才听说他们定婚，现在竟然解除婚约，比作梦还要不可捉摸，……文徽为什么？"

"就是为了梅痕的朋友兰影。"

"哦！文徽又看上她了！这个年头的事情，真太滑稽了，什么事都失了准则！爱情更是游戏！"

"所以怎么怪得梅痕走……而且从她父母死后，她的家园又被兵匪捣毁得成了荒墟，她像是塞外的孤雁，无家可归。明明是这样可怕的局面，如何还能高唱升平？……她终于革命去了！"

"她走后有信来吗？"

"是的，我正要把她的信给你看。"

晓中从他衣袋中拿出梅痕的信来，他就念给我听：

晓中：

我走的突兀吗？但是你只要替我想一想，把我的命运推算一推算，那么我走是很自然的结果。

我仿佛是皎月旁的微星，我失了生命的光，因为四境的压迫，我不久将有陨坠于荒山绝岳的可能，我真好比是渲海冥窈中的沙鸥！虽然我也很明白，我纵死了，世界上并没有缺少什么。我活着，也差不多等于离魂的躯壳，我没有意志的自由，……因为四围都是密网牢羁，我失了回旋的余地。

我从风雪中逃到此地，好像有些生意了。

前夜仿佛听见春神在振翼，她诏示我说："青年的失败者，你还是个青年，当与春神同努力！你不应使你残余的心焰，受了死的判决，你应当如再来的春天，只觉得更热烈更光辉；你既受过压迫，你当为你自己和别人打破压迫，你当以你的眼泪，为一切的同病者洗刷罪孽和痛苦。"

晓中！你知道吗？在这世界上，没有真的怜悯与同情。我日来看见许多使我惊心的事情；我发现弱小者，永远只是为人所驱使，所宰割。前天我在公事房里，看见一封信，是某国的军官，给他侄子洛克夫的，他不知怎么忘记丢在抽屉里，那里边有几句话说："我们不要吝惜金钱，我们要完成我们帮助弱者的胜利，我们应当用我们的诱引的策略，纵使惊人的破费，也应当忍耐着，如果我们得到最后的胜利，那末我们便可以控制整个的地球了。"……这不是很真确的事实吗？那末世界绝不是浑圆一体的，是有人我的分别的呵！

晓中！我不愿意无声无色，受运命的宰割，所以我决然离开你们，来到这里，但是这也不是我的驻足地，因为这些人都只是傀儡，我如果与他们合作，至少要先湮灭了我闪烁的灵焰。

世界这时好像永远在可怕的夜里，四面的枪声和狼吼般，使黑夜中的旅人惊怖。晓中，我正是旅人中的一个！那里有光明的路？那里有收拾残局聪明的英雄？……我到如今不曾发现，所以我只在可怕的夜幕中，徘徊彷徨，……也许我终要死在这里！

我近来也会运用手枪了，但是除了打死一只弱小的白兔外，我不曾看见我的枪使第二个生物流血。……血鲜红得实在可爱，比罂粟还可爱，玫瑰简直比浸渍在那热烈迷醉的鲜红的血泊中。明天早晨我决定离开这里，我不愿听这没有牺牲代价的枪声，虽然夜依然死寂得可怕！……我要将我的心幕，用尖利的解腕刀挑开，让那灵的火焰，照耀我的前程。……不过，晓中！不见得就找到新的境地，也许就这样湮灭了，仿佛沉尸海底，让怒涛骇浪扑碎了，可是总比消极受命运的宰割，要光彩热闹得多。

一路上都是枪弹焚炙的死骸，我从那里走过，虽然心差不多震悚得几乎碎了；可是只有这一条路，从这险恶的战地逃出。……但这是明天的事，也许在这飞弹下完结了，也说不定。

今夜我虔诚的祈祷，万一他们能够觉悟，他们的环境是错误的，那么我明天的旅行，至少是寂寞的，……

风欺雪虐

但是现在差不多天将亮了,他们迷梦犹酣,除了残月照着我的瘦影,没有第二个同命的侣伴。

唉!晓中!……悚栗战兢……可怜我愁煎的心怀,竟没有地方安排了!

我听晓中读完了梅痕的信,仿佛魔鬼已在暗中狞笑,并且告诉我说:"你看见小阜上的梅花吗?……""呵!是了!梅痕一定完了!她奋斗的精神,正和峻峭的梅花一样,但是怎禁得住风欺雪虐呢?她终究悄悄的掩埋在一切压迫之下了。"晓中听了我的推断,只怔怔的对着那穷阴凝闭的天空嘘气。

但是一切都在冷森下低默着,谁知道梅痕的运命究竟如何呢?……

一个女教员

在张家村里,前三年来了一个女教员。她端婉的面目,细长的身材,和说话清脆的声调,早把全村子里的人们哄动了。李老大和牛老三都把他们的孩子,从别的村子里,送到这儿来念书。

这所村学正是在张家村西南角上,张家的祠堂里。这祠堂的外面,有一块空地,从前女教员没来的时候,永远是满长着些杂草野菜,村里的孩子们,常到这里来放牛喂羊;现在呢,几排篱笆上满攀着五色灿烂的牵牛花,紫藤架下,新近又放了一个石几,几张石鼓,黄昏的斜阳里,常常看见一个白衣女郎,和几个天真的孩子在那里讲故事。

在几个孩子中间,有一个比较小的,她是张家村村头张敬笃的女儿,生得像苹果般的小脸,玫瑰色的双颊,和明星般的一双聪明流俐的小眼,这时正微笑着,倚在女教员的怀里,用小手摩

一个女教员

挚着女教员的手说:"老师!前天讲的那红帽子小女儿的故事,今天再讲下去吗?"

女教员抚着她的脸,微微地笑道:"哦!小美儿,那个红帽子的小女儿是怎么样一个孩子?……""哈,老师!姐妹告诉我,她是一个顶可爱的女孩儿呢……所以她祖母给她作一顶红帽子戴……老师!对不对?"

别的孩子都凑拢来说:"老师!对不对?"女教员笑答道:"美儿!……可爱的孩子们,这话对了!你们也愿意,使妈妈给你们作一顶红帽子戴吗?"

小美儿听了这话,想了一想,说:"老师!明天见吧!……我回去请妈妈替我作帽子去。"小美儿从女教员的怀里跑走了,女教员目送着她,披满两肩的黑发的后影,一跳一窜,向那东边一带瓦房里去了。

其余几个孩子也和女教员道了晚安,各自回去了。女教员见孩子们都走了,独自一个站在紫藤花架下,静静地领略那藤花清微的香气。这时孩子们还在那条溪边,看渔父打鱼,但是微弱的斜阳余辉,不一时便沉到水平线以下去,大地上立刻罩上了一层灰暗色的薄暮,女教员不禁叹道:"紫藤花下立尽黄昏了!"便抖掉飞散身上的紫藤花瓣,慢慢地踏着苍茫暮色,披着满天星斗,回到房里去。

一盏油灯,吐出光焰来,把夜的昏暗变成光明,女教员独坐灯下,把那本卢骚作的教育小说《爱米尔》翻开看了几页,觉得自己现在所处的环境,正是卢骚所说天然的园子,那个小美儿和爱米尔不是一样的天真聪明吗?……

她正想到这里,耳旁忽听一阵风过,窗前的竹叶儿便刷刷价发起响来,无来由的悲凉情绪,蓦地涌上心头,更加着那多事的月儿,偏要从窗隙里,去窥看她,惹得她万念奔集,……想起当年离家状况，不禁还要心酸！而岁月又好像石火流光，看看已是三年了！慈母倚闾……妹妹盼望……这无限的思家情绪……她禁不住流下泪来！

夜深了！村子西边的萧寺里，木鱼儿响了几数遍，她还在轻轻地读她母亲的信！

敏儿：一去三年，还不见你回来，怎不使我盼望！……去年你二哥二嫂到天津去，家里更是寂寞了！我原想叫你就回来，但是为了那些孩子们的前途，我又不愿意你回来，好在你妹妹现在已经毕业了，她可安慰我，你还是不用回来吧！

你在外头不要大意了，也不要忘了"努力"，你自己的抱负固然不小，但我所希望于你的，更大呢！敏儿！你缺少甚么东西，写信回来好了！

你的母亲写

她知道母亲的心，是要她成一个有益社会的人类分子，不是要她作一个朝夕相处的孝女，她一遍两遍地念着母亲的信，也一次两次地受母亲热情的鼓励，悲哀恋家的柔情，渐渐消灭了！努力前途的雄心，也同时增长起来，便轻轻地叹道："唉！'匈奴未灭，何以家为'！"想到这里，把信依旧叠好，放在抽屉里，回头看看桌上的小自鸣钟，已经是两点多了，知道夜色已深，便收拾去睡了。

过了两天正是星期日，早上学生来上了课，下午照例是放半天假，小美儿随着同学们出了课堂，便跑到女教员的面前，牵住她的衣襟说："老师！我妈妈说，明天就给我戴上那顶红帽子了。"女教员见了天真纯洁的小美儿，又把她终身从事教育的决心,增加了几倍,因而又想起人类世界的混浊,一般的青年不是弄得"悲观厌世",便是堕落成"醉生梦死",交际场中,种种的龃龉卑污,可怜人们的本性,早被摧残干净,难得还有这个"世外桃源"!现在的我,才得返朴归真呢!她想到这里,顿觉得神清气爽,因笑着把小美儿的手,轻轻地握着,叫她跟自己回到屋子来。

小美儿才跨进门槛,就闻见一阵果子香,往桌上一看,在一个大翠绿的洋磁盘子里,堆着满满一盘又红又圆的苹果,女教员走到那放苹果的桌子跟前捡了一个最红艳的,给了小美儿,并且还告诉小美儿说:"可爱的小美儿,你脸上的颜色,好像这个苹果。你好好爱惜这个苹果,不要使他变了本来的样子,你也永远不要失了你的天真,……可爱的孩子,你愿意吗?"美儿笑着点了点头。于是女教员又说:"好!你现在去叫他们都来,我们今天该讲小亨利的故事了。"

小美儿一壁唱着,一壁跳着出去了。女教员便从里间屋子里搬出好些小椅子来,在外头那间书房的地上,把椅子排成一个半圆形,中间放着一张小圆几,几上放着一盘鲜红的蜜桔,还有一盒子洋糖。女教员自己又从院子里,荼蘼花架上剪下两枝茶色的荼蘼花来插在一个粉红色的花瓶里。女教员安置清楚了,便坐在中间的那张小椅子上,等了一刻,许多细碎的脚步声,从外面进来了,女教员照例地唱起欢迎小朋友的歌道:——

  可爱的小朋友呵!
  污浊的世界上,
  唯有你们是上帝的宠儿;
  是自然的骄子;
  你们的心,像那梅花上的香雪,

> 自然浸润了你们；
> 母爱陶冶了你们：
> 呵！可爱的小朋友！
> 她为了上帝的使命，
> 愿永远欢迎你们，
> 欢迎你们未曾被损的天真！

孩子随着歌声，鱼贯而入，静静地挨着次序坐下，女教员现在准备说那小亨利的故事了，孩子们都安静听着，女教员开始说了：

"亨利是个黄头发，像金子一样黄，和蓝眼睛的外国孩子，他有一把顶好的斧子，是他父亲从纽约城里买来给他的。……"

孩子们都喜欢得笑起来了，一个孩子问女教员说："老师……，那把斧子是不是前头有尖？……"一个孩子抢着说："老师，我家里，也有一把斧子，是我爹爹的……"

孩子们就这么谈起话来，这个故事也就不再往下说了。女教员把果子加糖分给他们。到了黄昏的时候，孩子们就要告辞回去了。女教员收拾完了桌椅，想到院子里去散步，这时候管祠堂的老头儿，拿了一个纸卷和一封信进来，女教员见是家里寄的信，便急忙打开看了一遍，知道没什么事，这才把心放了，再去拆那捆纸卷，原来是北京寄来的新闻纸，她便摊开来，一张张往下看，看到第三张，忽见报纸空白地方，注着几个红色的钢笔字道"注意这一段"，她果真留意去看，只见这一段的标题是：

"社会党首领伊立被捕！"

她看了这个标题，脸上立刻露着失望和怆凄的神色，对着那凝碧的寒光流下泪来，心中满含着万千凄楚的情绪。更加着墙根底下的蟋蟀不住声的悲鸣，似乎和她说，现在的世界已惨淡到极点了!她真不知何以自慰,拿起报纸来看看,竟越看越伤心……历年来,百姓们所受的罪苦已经是够了,这次伊立又被捕,唉!从此国家更多事了!这种不可忍的罪恶压迫,谁终能缄默?她想到这里,勇气勃发,她决意要出去和惨忍的虎狼奋斗了!她从笔架上拿下一支笔来,向那张雪花笺上,不假思索地写道:

振儒同志:

去年在九月里得到你报告近况的信,并且蒙你劝我立刻到广东去,当时我一心从事教育事业,有毕生不离开张家村的志愿,因为我厌恶城市的伪诈,和不自然的物质生活,所以回信便拒绝了你,……但是心里也没有一时不为这破裂的时局愁虑!

今天看你寄来的报,知道伊立终至被捕,这种没有公道的世界,还能容我的缄默吗?我的血沸了!我的心碎了。

振儒!我决心……咳!我写到这里我的气短了,你知道这一阵西风送来的是甚么声音吗!……小美儿——可爱的孩子们的歌声呵!……唉!我不能决定了!……我现在不告诉你走不走吧!……清净的环境,天真的孩子,他们已经把我的心系得牢极了!……

她现在不能再往下写了,只是怔怔地思前想后,愤怒,悲伤,……种种不一而足的情绪全都搅在一起,使她神经乱了,使她血脉停滞了,昏沉沉倒在床上,到了第二天她病了。孩子们走到她床前慰问她,益使她的心酸辛得痛起来。她想,无辜的孩子,若是她走了,他们的小命运谁更能替他们负责任呢?……眼看得这些才发芽的兰花儿,又要被狂风来摧残了……她想着眼圈红了，怕伤孩子们的心，便假托睡觉，把头盖在被里了。

孩子们见老师睡了，便都慢慢地溜出去，在院子里，小美儿便说道："老师病了，亨利的故事不能讲，咳，也不知道亨利的父亲给他那把斧子作什么用？"

一个孩子说："我知道，一定是叫他帮着他父亲去割麦子，前天库儿不是告诉咱们说，他用一把斧子，替他爸爸割了好些麦子吗？听说他爸爸还为了这个给他买糖吃呢！"

孩子们谈到这里忽又都跑开了，因为小桂儿，又牵出那黄牛，到东南角去放去了，……小桂儿又会吹笛子，他们常看见他骑在黄牛背吹出顶好的调子来，现在他们又都赶到那里去听了。

女教员的病，过了两天也就好了，孩子们仍旧都来上课，只是小亨利的故事老没机会接着讲下去，并且天天黄昏的时候也不见女教员坐在那紫藤架底下了。孩子们谁也猜不到为甚么。小美儿有一天走到女教员的身边，问她什么时候再讲亨利的故事，女教员就哭着说："可爱的孩子，不要着急，我将来一定要告诉你们亨利怎么样用他的斧子，你们以后大了，或者也能和小亨利一样好好去用，那上帝所赐给你的斧子……现在你还小呢，不能作这件事，但在你的小心眼里，不能不常常这么想！聪明的孩子，你懂得我的话吗？我希望上帝赐给你更大的机会，使你明白了我的意思那就好了……呵！可爱的孩子，天不早了，你回去吧！"

小美儿也就答应着回去了。

有一天下课以后，女教员绕着那清澈的小河，往张敬笃家里去，和敬笃请了一个星期的事假。第二天早晨，太阳刚晒到房顶上，小桂儿牵着那匹老黄牛，在草地里吃草，忽见女教员手里提着一个竹子编成的小箱子和一个生客，二十多岁的男人，往城里的那条大道上去。后来小桂儿听张家村里的人说，那是女教员的哥哥，来接她回北京去，因为她的病还没大好，这次回去养病，

一个女教员

他们心里这么揣度着,嘴里也就这么说着,女教员自己并没和他们这么说过。

孩子们因为女教员回去了,便都放下书本,到田里帮助他爹妈去作活,拾麦穗。小美儿有时也能帮她妈提着小提篮,给她爹送菜到田里去,她现在果真戴上那小红帽子。初秋的天气本不很凉,戴了这红帽子竟热得出了汗,帽子的红颜色便把她的小白额和双颊都染得像胭脂一般,于是村子里的人们便都叫她作小红人了。

日子过得像穿梭那么快,女教员已经是走了六天,孩子们预算着第二天女教员便应该回来了。他们不敢再和小桂儿玩,各人都回去把书包收拾了,把书温习了两遍,提防着第二天女教员要问,并且他们又记挂着那没讲完的小亨利的故事,他们十分盼望女教员就来。

到了黄昏的时候,孩子们看着他们的父母作完活,大家都预备着回去了,孩子又聚拢来互相嘱咐,明天早点起来到书房去等女教员,或者就要讲亨利的故事了。

第二天是阴天,小美儿起来了,还以为没出太阳,早得很,十分的高兴,她妈替她梳好了头,她自己戴上了那顶红帽子,拿着书包,到书房里去。她跳着进了门,迎面便见库儿拿着一把亮晶晶的小斧子,往外走,见了小美儿便站住道:"美儿,你看这把斧子,不是前头有尖吗?我带来等会子问老师和亨利的斧子一样不一样?"

小美儿高兴得跳起来道:"好,好,你拿进来吧!"他们两个小人儿便牵着手进去了。

这时候别的孩子们全都早来了,见了小美儿他们更是欢喜。小美儿走到自己的位子上坐下,他们心里筹算着老师总该来了!孩子们便都安静坐着。过了十分钟孩子们又等得不耐烦了,库儿拿着斧子在鞋底上磨，小美儿怕他碰破了脚，竟吓得叫起来，这时候就都乱哄哄地噪起来了。书房的门忽然慢慢地开了，女教员轻轻走了进来，孩子们又都安静了！小美儿又站起来，给女教员恭恭敬敬鞠了一躬，别的孩子也都想起来了，接二连三地和女教员行礼貌。女教员对着孩子们勉强笑了一笑，但是微红的眼圈里满满盛着两眼眶的珠泪儿，静静地站在窗户前头，好像要哭的神气；孩子们便都呆呆地望着女教员不敢出声，便是最淘气的库儿也轻轻地把斧子放下了。

女教员极力把眼泪向肚子里咽尽，慢慢地转过头来，对孩子们叹息着"咳"了一声说："可爱的孩子们！这几天你们都作了甚么事？"孩子们又活动起来了，库儿更急着从那桌子底下把斧子举起来，小美儿便拍手道："斧子，斧子，小亨利的故事，老师，小亨利的斧子和这个一样吗？前头也有尖吗？"

女教员现在坐在讲台上那张椅子上了，孩子们也都安静坐下，等着女教员说话，但是今天奇怪极了，女教员坐下半天，还没听见她开口，只是对着每一个孩子的脸，不住地细望；越望脸上的颜色也越转越白，最后竟发起抖来，孩子们真是糊涂极了，在他们的小脑子里，现在都布上了一片的疑云，从他们的眼里的确可以看得出来呢！

等了一会儿，女教员才轻轻地问道："孩子们，……你们都记挂着小亨利的故事吗？好！我现在可以告诉你们以下的事了：小亨利拿了他父亲给他的那把尖利的斧，恭恭敬敬站在父亲的面前，父亲就抚着他的头说：'好孩子，你是上帝的使者，这把斧子也是上帝命我赐给你的，因为你所住的园子里，现在生了许多的毒草，你拿了这把斧子，赶紧起除掉他，使那发芽的豆子黄瓜好好长起来。'小亨利是个顶有志气的好孩子，当时领了父亲的命，便独自到园子里去了。

一个女教员

"那些毒草上面长了许多刺,把小亨利的手刺破了,流了许多的血,小亨利虽然痛得要痛哭,但是他为了父亲的命令和瓜豆的成长,他到底忍着痛把毒草铲尽了。他又来到父亲的面前,交还这把斧子,他父亲喜欢得在上帝面前替小亨利祝福……"

孩子们听完这段故事,个个喜欢得嚷起来,女教员便走到孩子们面前,柔声地说:"孩子们,你们都愿意用你们的斧子和亨利一样吗?"孩子们都齐声应道:"愿意!愿意!"

女教员退到讲堂那边,打开放在桌上的那个纸包,拿出十几张相片来,对孩子们说:"愿意看这个相片吗?"孩子们都一齐挤拢来看,里头有一个眼睛最快的阿梅,这时已嚷起来道:"老师,老师,那像片是老师!"于是别的孩子都急起来,因为他们没有看到。女教员说:"孩子们,坐下,我分给你们每人一张。"孩子们这才都回到他们自己的坐位上去。

女教员把照片一张张都写上他们的名字,然后走下讲台,一张张送到孩子们面前,并且在每一个孩子的额上吻了一下吻,到最后的一个正是小美儿,女教员的眼泪忍不住竟滴在她的额上,小美儿仰起头来,用疑惑的眼光,对女教员望了一望,轻轻说道:"老师!老师!"女教员的心更是十分痛楚!

这时候门外一阵脚步声向这里来,女教员心里明白,和这些可爱的小羔羊分别的时候到了。她的眼泪更禁不住点点滴滴往下流,孩子不明白,只吓得发怔。

一个少年推开门进来了,孩子们见了这奇异装束的生客,大家都静默了,不敢出一点声音,他们想这个生客穿的衣裳,还像那书上画的外国人。孩子们正在心里猜想,忽听那生客说:"是时候了,……他们都在门外等候。"只听女教员点点头并不答言,那生客回过头来对着那些孩子望了望;也不禁叹息一声,眼圈红着,把脸转到外面去了。

孩子们正在不得主意的时候，忽听见女教员抖颤的声音说："可爱的孩子们！我现在要走了！以后别的老师来了，你们要听他的话，……孩子们，我们再见吧！"孩子们这才知道老师要走了，全都急得哭起来，小美儿跑到老师的面前，抱着女教员的腿哭道："老师你别走吧……我永远不愿意离开你！……"

女教员见了小美儿这种情形，更不忍心走，只是那个客人又在催促，女教员对着孩子说："时候到了！……我们再见吧！孩子们，好好地用你们的斧子呵。"说着勉强忍泪笑了一笑，便走出去了，孩子们好像失了保护的小羊，十分伤心地哭泣，女教员不忍细听，急急地走出书房。到祠堂外头，见许多同志都在那里等候，女教员便请他们到前面去等，自己回房去收拾行李。

这时管祠的老头儿递进一封信来，女教员拆看念道：

亲爱的姐姐：

前几天听说姐姐要回来了，母亲喜欢得东张西罗，东厢房现在已经收拾好了，铁床也安放好了，那新帐子，还是我和母亲亲手作起来的呢，姐姐呵！你可回来了，母亲哪一天不念几遍呢！从上礼拜她老人家就天天数日历！

昨天二哥哥从天津回来，带回来许多吃的，母亲也都留着等你回来一块吃呢！姐姐到底什么时候回来？我们都到火车站去接你。

你的妹妹湘琴上

女教员把这封信翻来复去看了好几遍，差不多都被眼泪浸烂了，想着母亲和妹妹倚闾盼望，不知道要如何的急切，但是自己不能回去！……咳！为了社会的罪恶，她不能不离开这些小学生,也不能回到融合的家庭里安慰白发的慈亲……她勉强忍住了伤心,匆匆忙忙写了一封回信道——

亲爱的妹妹!

你接到这封信必定要大大地失望!母亲必更加伤心,但希望妹妹多多安慰老人家!千万不要使她过分难受!

现在我已决定和同志们一齐到广东去了,至于甚么时候回来,自己也不能知道,总之"匈奴未灭,何以为家?"近几年来国运更是蜩螗,政治的腐败,权奸的专横,哪一件不叫人发指?百姓们受的罪,稍有心肝的人,都终难缄默;按我的初志,本想从教育上去改革人心,谁知天不从人愿,现在的事情,竟越弄越糟,远水原救不得近火,这是我不得不决心去为人道牺牲,不得不忍心撇下家庭和那些可爱的孩子们!

门口外都被他们站满了!用他们纯洁的真情,给我送行;我荣幸极了,这世界上除了他们还有更可贵的东西吗?但愿上帝保佑他们使他们永不受摧残吧!

现在时候已经很急了!我也不再说别的话,只是以后你们多留心些报纸好了,我恐怕事情很忙,或者不能常写信呢!

你的姐姐上

女教员写完这封信,匆匆拿了行李走出来,孩子们都拥上来牵着衣襟,露着十分依恋的神气!女教员一个个安慰了他们,才对那些来送行的村中男女道谢,这时车子已预备齐,女教员不得已上了车子。车子走动了,孩子们还在远远地喊着"老师!老师"呢!

　　车子离开村子已有一里多路了,女教员回转头来还能看见张家村房顶氤氲的炊烟,绕着树随风向自己这里吹来,仿佛是给她送行。女教员对着这三年相依的村庄,说不尽的留恋,但是不解事的马竟越走越快,顷刻已进了大官道,张家村是早已看不见了,女教员才叹了一口气,决意不再回顾了!

一九二一,十一,二十二,北京

邮差

热烈的阳光,已渐渐向西斜了;残照映着一角红楼,闪闪放着五彩的光芒;疲倦的精神,重新清醒过来,我坐在靠窗子边一张活动椅上,看《世界文明史》,此时觉得眼皮有些酸痛,因放下书,俯在窗子上向四面看望,远远的白烟从棉纱厂的高烟囱里冒出来,起初如一卷棉絮,十分浓厚,把苍碧的天空遮住了。但没有多大时候,便渐渐散开,渐渐稀薄,以至于不可再见。

"嘡嘟嘟"一阵脚踏车的铃响,一个穿绿色制服的邮差,身上披着放信的皮袋,上面写着"上海邮局"字样,一直向重庆路进发,向着我家的路线走来。

呀!亲爱的朋友,他们和平的声音,甜美的笑容,都蕴藏在文字里,跟着邮差送到我这里来;流畅的歌声,充满了空气;他活泼的眼光、清脆的嗓音也都涌现出来;更有他们无限的爱和同情，浸醉了我的心苗；又把宇宙完全浸醉了。现在我心里充满了愉快和希望，邮差不久就将甜美的感情，和平的消息带到我这里来。我想到这里，顿觉得满屋子都充满清净平和的空气，两只眼不住向邮差盼着，但是他却停在东边的一家门口了。

当当几声，壁上的钟正指六点，我的眼光不免随着那钟的响音转动；呵——我的心忽怦怦的跳动起来；忽然间只见墙上挂的那一面"公理战胜"的旗上边那个"战"字特别大了起来；从这战字上竟露出几个凶酷残忍的兵士，瞪着眼竖着眉，杀气腾腾的向着洪沟那边望着，一阵白烟从对岸滚了过来，一个兵士头上的血，冒了出来，晃了两晃，倒在地下；鲜红的热血，溅在他同伴灰色军衣上；他们很深沉的叹了一声，把他拉在一边；不能更顾甚么，只是把枪对准敌人，不住地击射燃放；对岸的敌人，也照样的倒下；空气中满了烟气和血腥；遍地上卧着灰白僵硬的尸体，和残折带血的肢体；远远三四个野狗，在那里收拾他们的血肉，几根白骨不再沾着甚么！

呀！现在又换了一种景象，只见他们的老娘，和他们的妻子，哭丧着脸，倚在篱笆墙上，遥遥地引望，遇着败逃回来的兵士，他们都很留心辨认；但是没有他们的儿子和丈夫；他们的泪水不住滴满了衣襟；他们知道他们的儿子丈夫必无境事，但是他们仍不绝望，站在那里不住地盼望着。

一个军队上的邮差，到他们的门口，带来他们儿子丈夫的恶消息；他们的老娘心碎了！失去知觉，倒在地下，嘴里不住地流白沫；他们的妻，惨白的面孔上，更带了灰土色；他们床上的幼子，看着他们的娘和祖母的惨状，也随着宛转哀啼——门外洋槐树上的鸟，振着翅膀，也哀唳一声，飞到别处去了！

可怕的印象去了。一座华丽辉煌的洋楼，立在空气中；楼房前面，绿色窗户旁边，一个身着白色衣裙的女郎，倚在那里；脸

邮　差

上露着微微的笑容，但是两只眼满了清泪，不时转过脸去用手帕偷拭。

街上站满了人，男的，女的，老的，少的，都有。五色的鲜花，雪白的手帕，在空气中旋转飘荡；一队整齐英武的少年兵士，列着队伍停的这里，一个年约二十一二的少年兵官，不住向红楼的绿窗那边呆望，对着那少女玫瑰色的两颊，和清莹含水的双眼看个不住；似乎说这是末次了，不能不使这甜美的印象，深深吸入脑中，真和他的灵魂渗而为一。

军乐响了；动员令下了；街上的人，不住喝采，祝他们的胜利。少年军官对着他亲爱的女友，颤巍巍地说了一声"再会"；两人的眼圈立刻都红了！然而她甜美的笑容仍流露了出来，祝他的前途幸福，并将一束鲜红色的玫瑰花，携在他身上；他接了放在唇边作很亲密的接吻后，就插在左襟上；回过头来看他的女友，虽仍露着如醉的笑容，但两只眼却红肿起来，他的心忽如被万把利剑贯了似的，全身的汗毛竖了起来；不敢再看她，一直向前走去。她忍不住眼泪落了满襟，但仍含笑，拿着手帕，高高扬起，对着他的背影点头，表示欢送的意思。

砰砰砰——叩门的声音刺进我的耳壳里，把我的注意点更换了；眼前一切奇异的现象全不见了。我转过脸，往窗子下看，正是那个邮差送信来了。这时候我心里充满了恐惧和愁疑的感情；我不盼望看邮差送来的信；因为这世界上恶消息太多！但是他急促的叩门声越发利害；我的心惊得碎了！我的灵魂失了知觉，一切愉快美满的感情，完全不知道到哪里去了！满宇宙的空气中，都被"战"字充满了，好似一层浓厚阴沉的烟雾，遮住了和煦甜美的大地；呀！这是甚么情景！……

傍晚的来客

东边淡白色的天,渐渐灰上来了;西边鲜红色的晚霞回光照在窗子前面一道小河上,兀自闪闪地放光。碧绿的清流,映射着两排枝叶茂盛的柳树,垂枝受了风,东西的飘舞,自然优美充满在这一刹那的空气里;我倚在窗栏上出神地望着。

啃嘟嘟,一阵电铃声——告诉我有客来的消息。

我将要预备说甚么?……握手问好吗?张开我的唇吻,振动我的声带,使它发出一种欢迎和赞美我的朋友的言词吗?……这来的是谁?上月十五日傍晚的来客是岫云呵!……哦!对了,她还告诉一件新闻——

她家里的张妈,那天正在廊下洗衣服,忽然脸上一阵红——无限懊丧的表示,跟着一声沉痛的长叹,眼泪滴在洗衣盆里;她恰好从窗子里望过来……好奇心按捺不住,她就走出来向张妈很婉转的说了。

"你衣裳洗完了吗？……要是差不多就歇歇吧！"张妈抬起头来看见她，好像受了甚么刺激，中了魔似的，瞪着眼叫道，"你死得冤！……你饶了我罢！"

她吓住了，怔怔地站在那里，心里不住上下跳动，嘴里的红色全退成青白色。停了一刻，张妈清醒过来了，细细看着她不觉叫道——"哎哟小姐……"

她被张妈一叫，也恢复了她的灵性，看看张妈仍旧和平常一样——温和沉默地在那里作她的工作，就是她那永远颦蹙的眉也没改分毫的样子。

"你刚才到底为了甚么？险些儿吓死人！"

张妈见岫云问她——诚恳的真情激发了她的良心，不容她再秘密了！

"小姐！……我是个罪人呵！前五年一天，我把她推进井里去了！……但是我现在后悔……也没法啦！"张妈说到这里呜咽着哭起来了。

"你到底把谁推进井里呵！"

"谁呵！我婆家的妹子松姑！可怜她真死得冤呵！"

"你和她有甚么仇，把她害死呢？"

"小姐，你问我为甚么？哎！我妈作的事！我现在不敢再恨松姑了；但是当时，我只认定松姑是我的锁链子，捆着我不能动弹；我要求我自己的命，怎能不想法除去这条锁链呢？其实她也不过是个被支使，而没有能力反抗的小羔羊呵！小姐！我错了！唉！"

"她怎么阻碍你呢？你倒是为了甚么呵？"

张妈低了头，不再说甚么，好久好久她才抬起头，露着凄切的愁容，无限的怨意，哀声说道：

"可怜的刘福，他是我幼年的小伴侣，当春天播种的时候，我妈我爹他们忙着撒种；我和刘福坐在草堆上替他们拾豆苗，有时沙子眯了我的眼，刘福急得哭了……一天一天我们都在一处玩耍和工作；日子很快的过去了。刘福到东庄贾大户家里作活去，我们就分开了；但是我们两人谁也忘不了谁——刘福的妈也待我好。当时十六岁的时候，刘福的妈，到我家和我妈求亲，我妈嫌人家地少，抵死不答应。过了一年，我妈就把我嫁给南村张家。——呵！小姐！他不止是一个聋子，还是一个跛子呢！凶狠的眼珠，多疑的贼心，天天疑东惑西，和我吵闹！唉，小姐！……"

张妈说到这里，忽咽住了，用衣擦了眼泪，才又接著再往下说：

"松姑，她是天真烂漫的小孩子，听了她哥哥的支使，天天跟著我，一步不离。我嫁后的三个月，刘福病了；我不能不去看看他；但是松姑阻碍著我，我又急又气，不禁把恨张大——我丈夫——的心，变成恨松姑的心了。就计算我要自由，一定要先除掉松姑。有一天我和松姑走到贾家的后花园，松姑说渴了；我们就到那灌花的井边找水喝——一阵情欲指使我，教我糊涂了，心里一恨，用力一推，可怜扑通一声淹死了！……"

岫云说到这里，忽然她家的电话来催她回去，底下的结局，她还没说完呢！今天也许是她来了吧！……

"喒啷啷"，铃声越发响得利害，我的心也越发跳得利害，不知道她带来的是不是张妈的消息？

电灯亮了，黑暗立刻变成光明，水绿的电灯泡放出清碧的光，好似天空的月色，张妈暗淡灰死的脸，好像在那粉白的壁上，一隐一现的动摇，呀！奇怪！……原来不是张妈，是一张曼陀画的水彩画像——被弃的少妇。

砰的一声，门开了，进来一个西装少年——傍晚的来客，我的二哥哥。

寄波微

波微！入春以来，连朝阴霾，无聊的我，正"欹枕听新雨，往事朦胧"间，忽接到你寄来的《妇女周刊》，读罢"心海"一栏，知千里外的故人，犹不时深念消沉海滨的露沙，噫！感谢你深情厚意！把我从寒冰千尺，冷潮百丈中，超拔起来，使那已经灰冷的灵焰，终至于复燃了！

忆念中不可或忘的美丽秋晨，劲松冷柏的园中，正闪烁着澹澹的秋阳，清利的微风，悄悄掀动额前覆发，吹起薄袍襟角，而勇气正旺的你我，迎风高歌，意趣洒落，不知不觉间，来到黄花圃旁；那傲骨嶙峋的秋菊，正向你我含笑点头，你默然无语的凝视天容，涉想玄越中忽低吟道："孤标傲世偕谁隐？一样花开为底迟？"当时我曾笑答道："它原是古井无波，你又何必平地翻浪？无意识的黄花，将从此魔高千丈了！"——这几句话虽是当时戏言，而如今深味，何尝不足感慨系之呢？……

自从别后，你羁旅燕北，饱尝冷漠，我呢？消沉江南，心花亦几何不日趋枯萎，提什么游戏人间，不过欺人自欺罢了！

试悄听心弦的微音，那哀楚的音徵，何曾顷刻停止，天地原来不仁，万物都为刍狗。当我们紧闭心房，讴歌理想生活时，虽不是有意的自骗，也逃不了勉强自遣的苦楚！不用说为人类为国家，所起的一种"蒿目时艰"、"哀怜众生"的伟大同情，足以捏碎人们脆弱的心灵？便是我们一身直接所受事物的束缚，所有灵魂上的疮痍，已足使我们狱门紧闭，翻身无日了；何曾丝毫超脱？何尝四大皆空，怎配说"万缘都寂"呢！

弱小的露沙，原是理想国中的失望者，当日的"女儿英雄"，"名士风流"而今徒留些残痕败影，滋你凭吊嘘唏，增我不少痛苦的回忆罢了。谢你多情提及，但又不无怨你多事提起！我自南来后时时留恋昔日的生活，且因留恋而下泪！最近几至麻痹的境地；忽然经你旧话重提，满罩云雾的心海，忽然透澈青天的光明，不由得浪翻波涌了。唉！安乐绝不足使我忘却前尘，澈悟亦何能抛却前途，如今的我，只如旅行者踯躅于荒漠之地，只有失望凄惶罢了。唉！亲爱的朋友，我将对你说什么？你希望越深，我越对你无言呵！

你要我为一般的可怜女子负些责任，我自然不能反对；但仔细想来我又知道些什么？我又何尝比她们先觉？况且她们正高高兴兴的过日子，何忍把那一层薄幕给她们掀破？使他们发觉自己的不幸呵！人们只知道瞎子们可怜——因为他们看不见一切，其实不瞎者的可怜，正如哑子吃黄连有苦不能言呢！这形形色色的龃龉肮脏，何啻万千的芒刺，时时刺痛脆弱的心田？唉！波微！除却自己迷信自己，强造些美丽的幻境，聊自慰遣，这世界实在不足一日留恋！

寄波微

你叫我猜你将来欲行的两条路，我固然因猜不到而不猜，其实我也不用猜，因为未来的前途，无论谁都难预料，便是你自己恐怕也正迷惘难决，——并不只你如此，芸芸众生孰能逃此大劫？纵使勉强坚持到底，而内心的伤痕免得了爆烈吗？波微！日月如逝水般悄悄逃去，美丽的幻影梦境，也逐渐的淡漠，终至于前途空洞，除了颓丧的暮气逼迫出来，实在更找不出些什么来！

波微！按理我正青年不应说这些丧气的话，无如我的心弦，弦弦只作此音，叫我强为欢笑，其实是势所难能罢了！你只当噩梦一场，这不值得深忆的呓语，万勿镌在你活泼泼地心头吧！祝你

逸兴胜昔！

露沙寄自海滨

寄天涯一孤鸿

亲爱的朋友，这是什么消息，正是你从云山叠翠的天末带来的！我绝不能顷刻忘记，也绝不能刹那不为此消息思维。我想到你所说的："从今后我真成了天涯一孤鸿了，"这一句话日夜在我心魂中回旋荡漾。我不时的想，倘若一只孤鸿，停驻在天水交接的云中，四顾苍茫，无枝可栖，其凄凉当如何？你现在即是变成天涯一孤鸿，我怎堪为你虚拟其凄凉之境，我也不愿你真个是那样的冷漠凄凉。但你带来的一纸消息，又明明是："……一切的世界都变了，我处身其中，正是活骸转动于冷酷的幽谷里，但是我总想着一年之中，你要听到我归真的信息……"唉，朋友！久已心灰意懒的海滨故人，不免为此而怦怦心动，正是积思成疼了。我昨夜因赴友人之召，回来已经十时后；我归途中穿过一带茂密的树林，从林隙中闪烁着淡而无力的上弦月，我不免又想起你了。回来后，我懒懒坐在灯光下，桌上放着一部宋人词钞，我随手翻了几页，本想于此中找些安慰，或能把想你的念头忘却；但是不幸，我一翻便翻出你给我的一封信来，我想搁起它，然而不能，我始终又从头把它读了。这信是你前一个月寄给我的，大约你已忘了这其中的话。我本不想重复提这些颓丧的话，以惹你的伤心，但是其中有一个使命，是你叫我为你作一篇记述的。原文是："……我友，汝尚念及可怜陷入此种心情的朋友吗？你有兴，我愿你用诚恳的笔墨为伤心人一吐积悃……"朋友！这个使命如何的重大？你所希望我的其实也是我所愿意作的。但是朋友，你将叫我怎样写法？唉！我终是踯躅，我曾三番五次，握管沉思，竟至镇日无语，而只字不曾落纸。我与你交虽莫逆，但是你的心究竟不是我的心。你的悲伤我虽然知道，但是我所知道的，我不敢臆断你伤感的程度，是否正应我所直觉到的一样。我每次作稿，描写某人的悲哀或烦恼，我只是欺人自欺，说某人怎样的痛哭，无论说得怎样像，但是被我描写的某人，是否和我所想象的伤心程度一样，谁又敢断定呢？然而那些人只是我借他们来为我象征之用，是否写得恰合其当，都无伤于事；而你是我最好的朋友，我对于你的嘱托，怎好不忠于其事。因此我再三踌躇，不能轻易落笔，便到如今我也不敢为你作记述。我只能把我所料想你的心情，和你平日的举动，使我直觉到你的特性，随便写些寄给你。你看了之后，你若因之而浮白称快，我的大功便成了五分。你若读了之后，竟为之流泪，而至于痛哭，我的大功便成了九分九。这种办法，谅你也必赞成？

我记得我认识你的时候，正是我将要离开学校的头一年春天。你与我同学虽不止一年，可是我对于新来的同学，本来多半只知其名，不识其面，有的识其面又不知其名，我对于你也是如此。我虽然知道新同学中有一个你，而我并不知道，我所看见很活泼的你，便是常在报纸上作缠绵悱恻的诗的你。直到那一年春天，我和同级的莹如在中央公园里，柏树荫下闲谈，恰巧你和你的朋友从荷池旁来，我们只以彼此面熟的缘故，点头招呼。我们也不曾留你坐下谈谈，你也不曾和我说什么，不过那时我觉得你很好，便想认识你，我便问莹如你叫什么名字。她告诉我之后，才狂喜的叫起来道："原来就是她呵，不像！不像！"莹如对于我无头无脑的话，很觉得诧异。她说："什么不像不像呵？"我被她一问，自己也不觉笑起来。我说："你不知道我的心里的想头，怪不得你不懂我的意思了。你常看见报上 PM 的诗吗？你就那个诗的本身研究，你应当觉到那诗的作者心情的沉郁了，但是对她的外表看起来，不是很活泼的吗？我所以说不像就是这个原故了。"莹如听了我的解释，也禁不住点头道："果然有点不像，我想她至少也是怪人了！"朋友！自从那日起，我算认识你了，并且心中常有你的影像。每当无事的时候，便想把你的人格分析分析，终以我们不同级，聚会的时间很少，隔靴搔痒式的分析，总觉无结果，我的心情也渐渐懒了。

过了二年，我在某中学校教书。那中学是个男校，教职员全是男人。我第一天到学校里，觉得很不自然，坐在预备室里很觉得无聊，正是神思飞越的时候，忽听预备室的门呀的一响，我抬头一看，正是你拿着一把藕荷色的绸伞进来了。我这时异常兴奋，连忙握着你的手道："你也来了，好极！好极！你是不是担任女生的体操？"你也顾不得回答我的话，只管嘻嘻的笑——这情景谅你尚能仿佛？亲爱的朋友！我这时心里的欢乐，真是难以形容，不但此后有了合作的伴侣，免得孤孤单单一个人坐在女教员预备室里，而且与你朝夕相处，得以分析你的特性，酬了我的心愿。

想你还记得那女教员预备室的样子，那屋子是正方形的，四

寄天涯一孤鸿

壁新裱的白粉连纸，映着阳光，都十分明亮。不过屋里的陈设，异常简陋，除了一张白木的桌子，和两三张白木椅子外，还有一个书架，以外便什么都没有了。当时我们看了这干燥的预备室，都感到一种怅惘情绪。过了几天，我们便替这个预备室起了一个名字，叫作白屋。每逢下课后，我们便在白屋里雄谈阔论起来，不过无论怎样，彼此总是常常感到苦闷，所以后来我们竟弄得默然无言。我喜欢诗词，你也爱读诗词，便每人各手一卷，在课后流览以消此无谓的时间。我那时因为这预备室里很干燥，一下了课便想回到家里去，但是当我享到家庭融洽乐趣的时候，免不得想到栖身学校寄宿舍中，举目无与言笑的你，因决意去访你，看你如何消遣。我因雇车到了你所住的地方，只见两扇欲倒未倒的剥漆黑灰不分明的大柴门，墙头的瓦七零八落的叠着，门楼上满长着狗尾巴草，迎风摇摆，似乎代表主人招待我。下车后，我微用力将柴门推了一下，便呀的开了。一个老看门人恰巧从里面出来，我便问他你住的屋子，他说："这外头院全是男教员的住舍。往东去另有一小门，又是一个院子，便是女教员住的地方了。"我因按他话往东去，进了小门便看见一个院落，院之中间有一座破亭子，亭子的四周放着些破木头的假枪戟，上头还有红色的缨子。过了破亭有一株合抱的大槐树，在枝叶交覆的荫影下，有三间小小的瓦房，靠左边一间，窗上挂着淡绿色的纱幔，益衬得四境沉寂。我走到窗下，低声叫你时，心潮突起，我想着这种冷静的所在，何异校中白屋。以你青年活泼的少女，镇日住在这种的环境里，何异老僧踞石崖而参禅，长此以往，宁不销铄了生趣。我一走进屋子里，看见你突然问道："你原来住在破庙里！"你微笑着答道："不错！我是住在破庙里，你觉得怎样？"我被你这一问，竟不知所答，只是怔怔的四面观望，只见在小小的门斗上有一张妃红色纸，写着"梅窠"两字。这时候我仿佛有所发见，我知道素日对你所想象的，至少错了一半，从此我对你的性格分析，更觉兴味浓厚了。

光阴过得很快，不觉开学两个多月了，天气已经秋凉。在那晓露未干的公园草地上，我们静静地卧着。你对我说："我愿就这样过一世，我的灵魂便可常常与浩然之气，结伴遨游。"我听了你的话，勾起我好作玄思的心，便觉得身飘飘凌云而直上，顷刻间来到四无人迹的仙岛里，枕藉芳草以为茵缛，餐美果，饮花露，绝不染丝毫烟火气。那时你心里所想的什么，我虽无从知道，但看你那优然游然的样子，我感到你已神游天国了。

我和你相处将及一年，几次同游，几次深谈，我总相信你是超然物外的人。我记得冬天里我们彼此坐在白屋里向火的时候，你曾对我说，你总觉得我是个怪人，你说："我不曾和你同事的时候，我常常对婉如说，你是放荡不羁的天马。但是现在我觉得你志趣销沉，束缚维深……"我当时听了你的话，我曾感到刺心的酸楚，因为我那时正困顿情海里拔脱不能的时候，听你说起我从前悲歌慷慨的心情，现在何以如此萎靡呢？

但是，朋友！你所怀疑于我的，也正是我所怀疑于你；不过我觉得你只是被矛盾的心理争战而烦闷，你却不曾疑心你有什么更深的苦楚。直到我将要离开北京的那一天，你曾到车站送我，你对我说："朋友！从此好好的游戏人间吧！"我知道你又在打趣我，我因对你说："一样的，大家都是游戏人间，你何必特别嘱咐我呢！"你听了我这话，脸色忽然惨淡起来，哽咽着道："只怕要应了你在《或人的悲哀》里的一句话：我想游戏人间，反被人间游戏了我！"当时我见你这种情形，我才知道我从前的推想又错了。后来我到上海，你写信给我，常常露着悲苦的调子，但我还不能知道你悲苦到什么地步；直到上月我接到你一封信说，你从此变成天涯一孤鸿了，我才想起有一次正是风雨交作的晚上，

寄天涯一孤鸿

我在你所住的"梅窠"坐着,你对我说:"隐!世界上冷酷的人太多了,我很佩服你的卓然自持,现在已得到最后的胜利!我真没有你那种胆量和决心,只有自己摧残自己,前途、结果现在虽然不能定,但是惨象已露,结果恐不免要演悲剧呢。"我那时知道你蕴藏心底必有不可告人的哀苦,本想向你盘诘,恐怕你不愿对我说,故只对你说了几句宽解的话。不久雨止了,余云尽散,东山捧出淡淡月儿,我们站在廊庑下,沉默着彼此无语。只有互应和着低微之呼气声。

最近我接到你一封信,你说:

> 隐友!《或人的悲哀》中的恶消息:"唯逸已于昨晚死了!"隐友!怎么想得到我便是亚侠了,游戏人间的结果只是如斯!……但是亚侠的悲哀是埋葬在湖心了,我的悲哀只有飘浮在天心了,有母亲在,我须忍受腐蚀的痛苦活着……

我自从接到你这封信,我深悔《或人的悲哀》之作。不幸的唯逸和亚侠,其结果之惨淡,竟深刻在你活跃的心海里。即你的拘执和自傲,何尝不是受我此作的无形影响。我虽然知道纵不读我的作品,在你超特的天性里早已蛰伏着拘执的分子,自傲的色彩,不过若无此作,你自傲和拘执或不至如是之深且刻。唉!亲爱的朋友,你所引为同情的唯逸既已死了。我是回天无术,但我却要恳求你不要作亚侠罢。你本来体质很好,并没有心脏病,也不曾吐血,你何必自己过分的糟蹋呢。我接到你纵性喝酒的消息,十分难受。亲爱的朋友!你对于爱你的某君,既是不能在他生时牺牲无谓的毁誉,而满足他如饥如渴的纯挚情怀,又何必在他死后,作无谓的摧残呢?你说:"人事难测,我明年此日或者已经枯腐,亦未可知!……现在我毫无痛苦,一切麻木,仰观明月一轮常自窃笑人类之愚痴可怜。"唉!你的矛盾心理,你自己或不觉得,而我却不能不为你可怜。你果真麻木,又何至于明年此日化为枯槁?我诚知人到伤心时,往往不可理喻,不过我总希望你明白世界本来不是完全的,人生不如意事也自难免,便是你所认为同调的某君不死,并且很顺当的达到完满的目的;但是胜利以后,又何尝没有苦痛?况且恋感譬如漠漠平林上的轻烟微雾,只是不可捉摸的,使恋感下跻于可捉摸的事实,恋感便将与时日而并逝了。亲爱的朋友呀!你虽确是悲剧中之一角,我但愿你以此自傲,不要以此自伤吧!

昨夜星月皎洁,微风拂煦,炎暑匿迹,我同一个朋友徘徊于静安寺路。忽见一所很美丽庄严的外国坟场,那时铁门已阖,我们只在那铁栅隙间向里窥看,只见坟牌莹洁,石墓纯白;墓旁安琪儿有的低头沉默,似为死者的幽灵祝福;有的仰瞩天容,似伴飘忽的魂魄上游天国。我们伫立忘返。忽然墓场内松树之巅,住着一个夜莺,唱起悲凉的曲子。我忽然又想起你来了。

回来之后忽接得文菊的一封信说:

隐友!前接来信,令我探听 PM 的近状,她现在确是十分凄楚。我每和她谈起 FN 的死,她必泪沾襟袖呜咽的说:"造物戏我太甚!使我杀人,使我陷入于类似自杀之心境!"自然哟!她的悲凉原不是无因。我当年和她在故乡同学的时候,她是很聪明特出的学生。有一个青年十分爱慕她,曾再三想和她缔交,她也晓得那青年也是个很有志趣的人,渐渐便相熟了。后来她离开故乡,至北京去求学。那青年便和她同去。她已离开温情的父母和家庭,来到四无亲故的燕都,当然更觉寂寞凄凉，FN 常常伴她出游。在这种环境下，她和他的交感之深，自与时日俱进了。那时我们总以为有情人终成眷属了；然而人事不可测，不久便听说 FN 病了，病因很复杂，隐约听说是呕血之症。这种的病，多半因抑郁焦劳而起。我很觉得为 PM 担忧，因到她住的"梅窠"去访她。我一进门便看见她黯然无言的坐在案旁，手里拿着一张甫写成的几行信稿。她见我进来，便放下信稿招呼我。正在她倒茶给我喝的时候，我已将那桌上的信稿看了一遍，她写的是："……飞蛾扑火而焚身，春蚕作茧以自缚，此岂无知之虫蚕独受其危害，要亦造物罗网，不可逃数耳！即灵如人类，亦何能摆脱？……"隐友！PM 的哀苦，已可在这数行信笺中寻绎了解，何况她当时复戚容满面呢。我因问她道："你曾去看 FN 吗？他病好些吗？"她听我问完，便长叹道："他的病怎能那么容易好呢！瞧着罢！我虽不杀伯仁，伯仁终不免因我而死！"我说："你既知你有左右他的生死权，何忍终置之于死地！"她这时禁不住哭了，她不能回答我所问的话，只从抽屉里拿出一封信给我看，只见上面写道：

"PM！近来我忽觉得我自己的兴趣变了，经过多次的自省，我才晓得我的兴趣所以致变的原因。唉！PM！在这广漠的世界上我只认识了你，也只专诚的膜拜你，愿飘零半世的我，能终覆于你爱翼之下！

"诚然，我也知道，这只是不自然的自己束缚自己。我们为了名分地位的阻碍，常常压伏着自然情况的交感，然而愈要冷淡，结果愈至于热烈。唉！我实不能反抗我这颗心，而事实又不能不反抗，我只有幽囚在这意境的名园里，作个永久的俘虏罢！"

F 韩

　　隐友！世界上不幸的事何其多！不过因为区区的名分和地位，辛断送了一个有用的青年！其实其惨淡尚不止此，PM的毁形灭灵，更使人为之不忍，当时我禁不住陪着哭，但是何益！

　　她现在体质日渐衰弱，终日哭笑无常，有人劝她看佛经，但何处是涅槃？我听说她叫你替她作一篇记述，也好！你有功夫不妨替她写写，使她读了痛痛快快哭一场；久积的郁闷，或可借之一泻！

文　菊

　　亲爱的朋友！当我读完文菊这封信，正是午夜人静的时候，淡月皎光已深深隐于云被之后，悲风呜咽，以助我的叹息。唉，朋友呵，我常自笑人类痴愚，喜作茧自缚，而我之愚更甚于一切人类。每当风清月白之夜，不知欣赏美景，只知握着一管败笔，为世之伤心人写照，竟使洒然之心，满蓄悲楚！故我无作则已，有所作必皆凄苦哀凉之音，岂偌大世界，竟无分寸安乐土，资人欢笑！唉！朋友哟！我不敢责备你毁情绝义以自苦，你为了因你而死的FN，终日以眼泪洗面，我也绝不敢说你想不开。类为被宰割的心绝不是别人所能想到其痛楚，那末更有何人能断定你的哭是不应该的呢。哭罢，吾友！有眼泪的时候痛快的流，莫等欲哭无泪，更要痛苦万倍了。

　　你叫我替你作记述，无非要将一腔积闷宣泄。文菊叫我作记述，也不过要借我的酒杯为你浇块垒。这都有益于你的，我又焉敢辞。不过我终不敢大胆为你作传，我怕我的预料不对，我若写得不合你的意，必更增你的惆怅，更觉得你是天涯一孤鸿了。但是我若写得合你的意，我又怕你受了无形的催眠。——只有这封

寄天涯一孤鸿

信给你,我对于你同情和推想,都可于此中寻得。你为之欣慰或伤感,我无从得知,只盼你诚实的告诉我,并望你有出我意料外的澈悟消息告诉我!亲爱的朋友!保重罢!

隐自海滨寄

寄梅窠旧主人

在彼此隔绝音讯的半年中,知你又几经了世变。宇宙本是瞬息百变的流动体——更何处找安靖:人类的思想譬如日夜奔赴的江流,亦无时止息。深喜你已由沉沦的漩涡中,扎挣起来了!从此前途渐进光明,行见奔流入海,立鼓荡得波扬浪掀,使沉醉的人们,闻声崛兴,这是多么伟大的工作,亲爱的朋友,努力吧!我愿与你一同努力。

最近我发现人世最深刻的悲哀,不是使人颓丧哀啀,当其能泪湿襟袖时,算不得已人悲哀之宫,那不过是在往悲哀之宫的程途上的表象;如果已进悲哀之宫——那里满蓄着富有弹性的烈火,它要烧毁世界一切不幸者的手铐脚镣,扫尽一切悲惨的阴霾。并且是无远不及的。吾友!这固然是由我自己命运中体验出来的信念,然而感谢你为我增加这信念的城堡坚固而深邃!

寄梅窠旧主人

朋友！你应当记得瘦肩高耸，愁眉深锁的海滨故人吧！那时同在"白屋"中，你曾屡次指我叹道："可怜你瘦弱的双肩更担得多少烦悲。"但是，吾友！这是过去更不再来的往事了。现在的海滨故人呵！她虽仍是瘦肩高耸，然而眉锋舒放，眼波凝沉，仿佛从 X 光镜中，窥察人体五脏似的窥察宇宙。吾友！你猜到宇宙的究极是展露些什么?!……我老实的告诉你，那里只是一个深不见底的大缺陷，在展露着哟！比较起我们个人所遇的坎坷，我们真太渺小了。于此用了我们无限大的灵海而蓄这浅薄的泪泉，怎么怪得永久是干涸的……我现在已另找到前途了，我要收纳宇宙所有悲哀的泪泉，使注入我的灵海，方能兴风作浪，并且以我灵海中深渊不尽的巨流，填满那无底的缺陷。吾友！我所望的太奢吗？但是我决不以此灰心，只要我能作的时候，总要这样作，就是我的躯壳变成灰，倘我的一灵不泯，必不停止的继续我的工作。

你寄给我的《蔷薇》，我已经细看过了，在你那以血泪代墨汁的字句中，只加深我宇宙缺陷之感，不过眼泪却一滴没有。自从去年涵抛弃我时，痛哭之后，我才领受了哭的滋味，从那次以后，便永不曾痛哭过。这固然是由于我泪泉本身的枯竭，然而涵已收拾了我醉梦的人生，我已经不是原来的我了，从此便不再流眼泪了。

现在我要告诉你我最近的生活，我去年十一月回到故乡曾在那腐臭不堪的教育界混了半年。在那里只知有物质，而无精神的环境下，使我认识人类的浅薄和自私。并且除了肮脏的血肉之躯外，没有更重要的东西。所以耳濡目染，无非衣食住的问题，精神事业，那是永远谈不到的。虽偶有一两个特立独行之士，但是抵不过恶劣环境的压迫，不是洁身引退，便是志气消沉。吾友！你想我在百劫之余，已经遍体鳞伤，何堪忍受如此的打击？我真是愤恨极了！倘若是可能，但愿地球毁灭了吧！所以我决计离开那里，我也知道他乡未必胜故乡，不过求聊胜一步罢了，谁敢作满足的梦想！

不过在炎暑的夏天——两个月之中我得到比较清闲而绝俗的生活，——因为那时，我是离开充满了浊气的城市，而到绝高的山岭上，那里住着质朴的乡民，和天真的牧童村女，不时倒骑牛背，横吹短笛。况且我住房的前后，都满植苍松翠柏，微风穿林，涛声若歌，至于涧底流泉，沙咽石激，别成音韵，更足使我怔坐神驰。我往往想，这种清幽的绝境，如果我能终老于此，可以算是人间第一幸福人了。不过太复杂的一生，如意事究竟太少，仅仅五十几天，我便和这如画的山林告别了，我记得，朝霞刚刚散布在淡蓝色的天空时，微风吹拂我覆额乱发。我正坐山兜，一步一步的离开他们了。唉！吾友！真仿佛离别恋人的滋味一样呢，一步一回头。况且我又是个天涯飘泊者，何时再与这些富于诗兴的境地，重行握手，谁又料得到呢！

我下山之后，不到一星期，就离开故乡，这时对着马江碧水，鼓岭白云，又似眷恋又似嫌恨。唉！心情如此能不黯然，我想若到了"往事不堪回首"的江滨，又不知怎样把心魂扎挣！幸喜我所寄宿的学校宿舍，隔绝尘嚣，并且我的居室前面，一片广漠的原野，几座荒草离离的孤坟，不断有牧童樵叟在那里驻足。并且围着原野，有一道萦回的小河，天清日朗的时候，也有一两个渔人持竿垂钓，吾友！你可以想象，这是如何寂静而辽阔的境地。正宜于一个饱经征战的战士，退休的所在，我对上帝意外的赏赐，当如何感谢而欢忭呵……我每日除了一二小时给学生上课外，便静坐案侧，在那堆积的书丛中找消遣的材料。有时对着窗外的荒坟，寄我忆旧悼亡的哀忧。萧萧白杨，似为我低唱挽歌，我无泪只有静对天容寄我冤恨！

寄梅窠旧主人

吾友！我现在唯一的愿望，暑假到来时，我能和你及其他的朋友，在我第二故乡的北京一聚，无论是眼泪往里咽也好，因为至少你总了解我，我也明白你，这样，已足彼此安慰了，但愿你那时不离开北京。

隐寄自海滨

蓬莱风景线

日本的风景，久为世界各国所注目，有东方公园的美誉；再加上我爱美景如生命，所以推己及人，边先把"蓬莱"的美景写出以供同好：

（一）西京　西京风景清幽，环山绕水，共有四座青山——吉田山，睿山，大文字山，圆山。四山中睿山最高，我们登睿山之巅，可窥西京全市，而最称胜绝的是清水寺，琵琶湖。

清水寺在音羽山之巅，山上满植翠柏苍松；在万绿丛中，杂间几枝藤花，嫩紫之色，映日成彩，微风过处，松涛澎湃，花影袅娜。我独倚大悲阁的碧栏，近挹清香，远收绿黛，超然有世外感。庙宇之前，有滴漏，为香客顶礼时洗手之用。漏流甚急，其声潺潺，好像急雨沿屋沿而下。

琵琶湖是西京第一名胜。沿江共有八景。我们在五月七日的那一天泛棹湖中，时正微雨，阴云四合，满湖笼烟漫雾，一片苍茫，另有一种幽趣。后来雨稍住，雾稍散，青山隐约可辨。远望诸峰，白云冉冉，因风变化，奇形怪状，两眼为之迷离。

后来船到石山寺，我们便舍舟登岸，向寺直奔。此寺也在高山之巅，仿佛中国西湖之灵隐寺。中多独干老木，高齐庙阁。院中满植芭蕉，被急雨敲击，清碎如弄珠玉。

傍晚雨止雾收，斜阳残照，从白云隙中射出，照在湖面上，幻成紫的粉红的嫩黄的种种色彩。我们坐在船上，如观图画，不久斜阳沉入湖心，湖上立刻幂上一层黄幂，青山白云，都隐入黑幂中，但数点渔火独兀含情向人呢。

（二）日光　日光乃日本景致最好的地方，日本人有名俗话说："不到日光不算见物，"日光的身价可想而知了。

日光共有十六景，其中杉并木，中禅寺湖，雾降泷，里见泷，中禅寺湖大尻桥几个地方更自然，更秀丽；不过最使我不能忘怀的还要算是华严三千尺的大瀑布了。

当日游华严，往还走了六十里路，辛苦是最辛苦，而有了这种深刻的印象，也就算值得。在华严泷的背后，还有一个白云泷，我们到了白云泷，看见急水如云，从半山中奔腾而下，已经叹为奇观；及至到了华严泷，只见三千尺的云梯，从上巅下垂，云梯之下，都是飞烟软雾，哪有一点看出是水。这种奇妙的大观，怎能不引诱人们忘记人间之乐呢？

（三）宫岛　宫岛乃日本三景之一，所谓三景：是松岛（在北部）、天之桥及宫岛。我们于黄昏时泛舟海上，碧水渺渺，波光耀霞，斜阳余辉，映浪成花；沿海青山层叠，白云氤氲。在海上游荡些时，又登岸奔红叶谷。这时微风吹来，阵阵清香，夹路松杉峥嵘。渡过一小红桥，就看见红叶如锦，喷火红焰，真是妙境；便是武陵人到桃源，恐怕还要叹不及此呢！

"蓬岛"称绝的三景,我只到了一处,未免是个憾事;不过在日本住了一个多月,游了八九个地方,无论到哪处,都没有感到飞沙扬尘满目苍凉的况味;就是坐在火车上,也是目不断青山的倩影,耳不绝松涛的幽韵,更有碧绿的麦陇,如荼的杜鹃,点缀田野,快目爽心,直使我赞不绝口。

　　其实中国的江南山川,也何尝没有好风景,何值得我如是沉醉;但是"蓬莱"另有"蓬莱"之景,其潇洒风流,纤巧灵秀,不可与中国流丽中含端庄的西子湖同日而语。所以我虽赞许蓬莱之美,亦不敢抹煞西子湖之胜;燕瘦环肥,各有可以使人沉醉之处呢!

愁情一缕付征鸿

顰：

你想不到我有冒雨到陶然亭的勇气吧！妙极了，今日的天气，从黎明一直到黄昏，都是阴森着，沉重的愁云紧压着山尖，不由得我的眉峰蹙起，——可是在时刻挥汗的酷暑中，忽有这么仿佛秋凉的一天，多么使人兴奋！汗自然的干了，心头也不会燥热得发跳；简直是初赦的囚人，四围顿觉松动。

顰！你当然理会得，关于我的僻性，我是喜欢暗淡的光线，和模糊的轮廓，我喜欢远树笼烟的画境，我喜欢晨光熹微中的一切，天地间的美，都在这不可捉摸的前途里，所以我最喜欢"笑而不答心自闲"的微妙人生。雨丝若笼雾的天气，要比丽日当空时玄妙得多呢！

今日我的工作，比任何一天都多，成绩都好。当我坐在公事房的案前,翠碧的树影,横映于窗间,涮涮的雨滴声,如古琴的幽韵,我写完了一篇温妮的故事,心神一直浸在冷爽的雨境里。

雨丝一阵紧,一阵稀,一直落到黄昏,忽在叠云堆里,露出一线淡薄的斜阳,照在一切沐浴后的景物上,真的,颦!比美女的秋波还要清丽动怜,我真不知怎样形容才恰如其分,但我相信你总领会得,是不是?

这时君素忽来约我到陶然亭去,颦!你当然深切的记得陶然亭的景物,——万顷芦田,翠苇已有人高。我们下了车,慢慢踏着湿润的土道走着,从苇隙里已看见白玉石碑矗立,呵!颦!我的灵海颤动了,我想到千里外的你,更想到隔绝人天的涵和辛。我悲郁的长叹,使君素诧异,或者也许有些惘然了。他悄悄对我望着,而且他不让我多在辛的墓旁停留,真催得我紧!我只得跟着他走了;上了一个小土坡,那便是鹦鹉冢,我蹲在地下,细细辨认鹦鹉曲。颦!你总明白北京城我的残痕最多,这陶然亭,更深深地埋葬着不朽的残痕。五六年前的一个秋晨吧;蓼花开得正好,梧桐还不曾结子,可是翠苇比现在还要高,我们在这里履行最凄凉别宴,自然没有很丰盛的筵席。并且除了我和涵也更没有第三人。我们带来一瓶血色的葡萄酒,和一包五香牛肉干,也还有几个辛酸的梅子。我们来到鹦鹉冢旁,把东西放下,搬了两块白石,权且坐下。涵将酒瓶打开,我用小玉杯倒了满满的一盏,鹦鹉冢前,虔诚的礼祝后,就把那一盏酒竟洒在鹦鹉冢旁。这也许没有什么意义,但是如今这印象兀自深印心头呢!

我祭奠鹦鹉以后,涵似乎得了一种暗示,他握着我的手说:"音!我们的别宴不太凄凉吗?"我自然明白他言外之意,但是我不愿这迷信是有证实的可能。我咽住凄意笑道:"我闹着玩呢,你别管那些,咱们喝酒吧,你不是说在你离开之先,要在我面前一醉吗?好,涵!你尽量的喝吧。"他果然拿起杯子,连连喝了几杯，他的量最浅，不过三四杯的葡萄酒，他已经醉了；——两颊红润得如黄昏时的晚霞，他闭眼斜卧在草地上，我坐在他的身旁，把剩下大半瓶的酒，完全喝了；我由不得想到涵明天就要走了，离别是什么滋味？不孤零如沙漠中的旅人吗？无人对我的悲叹注意，无人为我的不眠嘘唏！我颤抖！我失却一切矜持的力，我悄悄的垂泪。涵睁开眼对我怔视，仿佛要对我剖白什么似的，但他始终未哼出一个字，他用手帕紧紧握住脸，隐隐透出啜泣之声，这旷野荒郊充满了幽厉之凄音。

颦！悲剧中的一角之造成，真有些自甘陷溺之愚蠢，但自古到今，有几个能自拔？这就是天地缺陷的唯一原因吧！

我在鹦鹉冢旁眷怀往事，心痕暴裂。颦！我相信如果你在眼前，我必致放声痛哭，不过除了在你面前，我不愿向人流泪，况且君素又催我走，结果我咽下将要崩泻的泪液。我们绕过了芦堤，沿着土路走到群冢时，细雨又轻轻飘落，我冒雨在晚风中悲嘘。颦！呵！我实在觉得羡慕你，辛的死，为你遗留下整个的爱，使你常在憬憧的爱园中踯躅，那满地都开着紫罗兰的花，常有爱神出没其中，永远是圣洁的。我的遭遇，虽有些像你，但是比着你逊多了。我不能将涵的骨殖，葬埋在我所愿他葬埋的地方，他的心也许是我的，但除了这不可捉摸的心以外，一切都受了牵掣，我不能像你般替他树碑，也不能像你般，将寂寞的心泪，时时浇洒他的墓土。呵！颦！我真觉得自己可怜！我每次想痛哭，但是没有地方让我恣意的痛哭。你自然记得，我屡次想伴你到陶然亭去，你总是摇头说："你不用去吧！"颦！你怜惜我的心，我何尝不知道，因此我除了那一次醉后痛快的哭过，到如今我一直抑积着悲泪，我不敢让我的泪泉溢出。颦！你想这不太难堪吗？世界上的悲情，就有过于要哭而不敢哭的呢？你虽是怜惜我，但你也曾想到这怜惜的结果吗？

我也知道，残情是应当将它深深的埋葬，可恨我是过分的懦弱，眉目间虽时时含有英气，可济什么事呢？风吹草动，一点禁不住撩拨呵！

雨丝越来越紧，君素急要回去，我也知道在这里守着也无味；跟着他离开陶然亭。车子走了不远，我又回头前望，只见丝芦翠碧，雨雾幂幂，一切渐渐模糊了。

到家以后，大雨滂沱，君素也不能回去，我们坐在书房里，君素在案上写字，我悄悄坐在沙发上沉思。颦呵！我们相隔千里，我固然不知道你那时在作什么；可是我想你的心魂，日夜萦绕着陶然亭旁的孤墓呢！人间是空虚的，我们这种摆脱不开，聪明人未免要笑我们多余，——有时我自己也觉得似乎多余！然而只有颦你能明白：这绵绵不尽的哀愁，在我们有生之日，无论如何，是不能扫尽抛开的呵！

我往往想做英雄，——但此念越强，我的哀愁越深，为人类流同情的泪，固然比较一切伟大，不过对于自身的伤痕，不知抚摸悯惜的人，也绝对不是英雄。颦，我们将来也许能作到英雄，不过除非是由辛和涵给我们的悲愁中挣扎起来，我们绝不会有受过陶炼的热情，在我们深邃的心田中蒸勃呢！

我知道你近来心绪不好，本不应再把这些近乎撩拨的话对你诉说，然而我不说，便如梗在喉，并且我痴心希望，说了后可以减少彼此的深郁的烦纡，所以这一缕愁情，终付征鸿，颦呵！请你恕我吧！

云音 七月十五日写于灰城

我愿秋常驻人间

提到秋,谁都不免有一种凄迷哀凉的色调,浮上心头;更试翻古往今来的骚人、墨客,在他们的歌咏中,也都把秋染上凄迷哀凉的色调,如李白的《秋思》:"……天秋木叶下,月冷莎鸡悲,坐愁群芳歇,白露凋华滋。"柳永的《雪梅香辞》:"景萧索,危楼独立面晴空,动悲秋情绪,当时宋玉应同。"周密的《声声慢》:"……对西风休赋登楼,怎去得,怕凄凉时节,团扇悲秋。"

这种凄迷哀凉的色调,便是美的元素,这种美的元素只有"秋"才有。也只有在"秋"的季节中,人们才体验得出,因为一个人在感官被极度的刺激和压轧的时候,常会使心头麻木。故在盛夏闷热时,或在严冬苦寒中,心灵永远如虫类的蛰伏。等到一声秋风吹到人间,也正等于一声春雷,震动大地,把一些僵木的灵魂如虫类般的唤醒了。

灵魂既经苏醒，灵的感官便与世界万汇相接触了。于是见到阶前落叶萧萧下，而联想到不尽长江滚滚来，更因其特别自由敏感的神经，而感到不尽的长江是千古常存，而倏忽的生命，譬诸昙花一现。于是悲来填膺，愁绪横生。

这就是提到秋，谁都不免有一种凄迷哀凉的色调，浮上心头的原因。

其实秋是具有极丰富的色彩，极活泼的精神的，它的一切现象，并不像敏感的诗人墨客，所体验的那种凄迷哀凉。

当霜薄风清的秋晨，漫步郊野。你便可以看见如火般的颜色染在枫林、柿丛和浓紫的颜色泼满了山巅天际，简直是一个气魄伟大的画家的大手笔，任意趣之所之，勾抹涂染，自有其雄伟的丰姿，又岂是纤细的春景所能望其项背？

至于秋的犀利，可以洗尽积垢；秋月的明澈，可以照烛幽微；秋是又犀利又潇洒，不拘不束的一位艺术家的象征。这种色调，实可以苏醒现代困闷人群的灵魂，因此我愿秋常驻人间！

窗外的春光

几天不曾见太阳的影子，沉闷包围了她的心。今早从梦中醒来，睁开眼，一线耀眼的阳光已映射在她红色的壁上，连忙披衣起来，走到窗前，把洒着花影的素幔拉开。前几天种的素心兰，已经开了几朵，淡绿色的瓣儿，衬了一颗朱红色的花心，风致真特别，即所谓"冰洁花丛艳小莲，红心一缕更嫣然"了。同时一股沁人心脾的幽香，喷鼻醒脑，平板的周遭，立刻涌起波动，春神的薄翼，似乎已扇动了全世界凝滞的灵魂。

说不出是喜悦，还是惆怅，但是一颗心灵涨得满满的，——莫非是满园春色关不住，——不，这连她自己都不能相信；然而仅仅是为了一些过去的眷恋，而使这颗心不能安定吧！本来人生如梦，在她过去的生活中，有多少梦影已经模糊了。就是从前曾使她惆怅过，甚至于流泪的那种情绪，现在也差不多消逝净尽。

就是不曾消逝的而在她心头的意义上，也已经变了色调，那就是说从前以为严重了不得的事，现在看来，也许仅仅只是一些幼稚的可笑罢了！

兰花的清香，又是一阵浓厚的包袭过来。几只蜜蜂嗡嗡的在花旁兜着圈子，她深切的意识到，窗外已充满了春光；同时二十年前的一个梦影，从那深埋的心底复活了：

一个仅仅十零岁的孩子，为了脾气的古怪，不被家人们的了解，于是把她送到一所囚牢似的教会学校去寄宿。那学校的校长是美国人，——一个五十岁的老处女，对于孩子们管得异常严厉，整月整年不许孩子走出那所建筑庄严的楼房外去。四围的环境又是异样的枯燥，院子是一片沙土地；在角落里时时可以发现被孩子们踏陷的深坑，坑里纵横着人体的骨骼，没有树也没有花，所以也永远听不见鸟儿的歌曲。

春风有时也许可怜孩子们的寂寞吧！在那洒过春雨的土地上，吹出一些青草来——有一种名叫"辣辣棍棍"的，那草根有些甜辣的味儿，孩子们常常伏在地上，寻找这种草根，放在口里细细的嚼咀；这可算是春给她们特别的恩惠了！

那个孤零的孩子，处在这种阴森冷漠的环境里，更是倔强，没有朋友，在她那小小的心灵中，虽然还不曾认识什么是世界；也不会给这个世界一个估价，不过她总觉得自己所处的这个世界，是有些乏味；她追求另一个世界。在一个春风吹得最起劲的时候，她的心也燃烧着更热烈的希冀，但是这所囚牢似的学校，那一对黑漆的大门仍然严严的关着，就连从门缝看看外面的世界，也只是一个梦想。于是在下课后，她独自跑到地窖里去，那是一个更森严可怕的地方，四围是石板作的墙，房顶也是冷冰冰的大石板，走进去便有一股冷气袭上来，可是在她的心里，总觉得比那死气沉沉的校舍，多少有些神秘性吧。最能引诱她当然还

窗外的春光

是那几扇矮小的窗子,因为窗子外就是一座花园。这一天她忽然看见窗前一丛蝴蝶兰和金钟罩,已经盛开了,这算给了她一个大诱惑。自从发现了这窗外的春光后,这个孤零的孩子,在她生命上,也开了一朵光明的花。她每天像一只猫儿般,只要有工夫,便蜷伏在那地窖的窗子上,默然的幻想着窗外神秘的世界。

她没有哲学家那种富有根据的想象,也没有科学家那种理智的头脑,她小小的心,只是被一种上天所赋与的热情紧咬着。她觉得自己所坐着的这个地窖,就是所谓人间吧——一切都是冷硬淡漠,而那窗子外的世界却不一样了。那里一切都是美丽的,和谐的,自由的吧!她欣羡着那外面的神秘世界,于是那小小的灵魂,每每跟着春风,一同飞翔了。她觉得自己变成一只蝴蝶,在那盛开着美丽的花丛中翱翔着,有时她觉得自己是一只小鸟,直扑天空,伏在柔软的白云间甜睡着。她整日支着颐不动不响的尽量陶醉,直到夕阳逃到山背后,大地垂下黑幕时,她才怏怏的离开那灵魂的休憩地,回到陌生的校舍里去。

她每日每日照例的到地窖里来,——一直过完了整个的春天。忽然她看见蝴蝶兰残了,金钟罩也倒了头,只剩下一丛深碧的叶子,苍茂的在薰风里撼动着,那时她竟莫明其妙的流下眼泪来。这孩子真古怪得可以,十零岁的孩子前途正远大着呢,这春老花残,绿肥红瘦,怎能惹起她那么深切的悲感呢?!但是孩子从小就是这样古怪,因此她被家人所摒弃,同时也被社会所摒弃。在她的童年里,便只能在梦境里寻求安慰和快乐,一直到她否认现实世界的一切,她终成了一个疏狂孤介的人。在她三十年的岁月里,只有这些片段的梦境,维系着她的生命。

阳光渐渐的已移到那素心兰上,这目前的窗外春光,撩拨起她童年的眷恋。她深深的叹息了:"唉,多缺陷的现实的世界呵!在这春神努力的创造美丽的刹那间,你也想遮饰起你的丑恶吗?

人类假使连这些梦影般的安慰也没有,我真不知道人们怎能延续他们的生命哟!"

但愿这窗外的春光,永驻人间吧!她这样虔诚的默祝着,素心兰像是解意般的向她点着头。

或人的悲哀

亲爱的朋友KY：

我的病大约是没有希望治好了！前天你走后，我独自坐在窗前玫瑰花丛前面，那时太阳才下山，余辉还灿烂地射着我的眼睛，我心脏的跳跃很利害，我不敢多想甚么，只是注意那玫瑰花，娇艳的色彩，和清润的香气，这时风渐渐大了，于我的病体不能适宜，媛姊在门口招呼我进去呢。

我到了屋里，仍旧坐在我天天坐着的那张软布椅上，壁上的相片，一张张在我心幕上跳跃着，过去的一件一件事情，也涌到我洁白的心幕上来，唉！KY，已经过去的，是事情的形式，那深刻的，使人酸楚的味道，仍旧深深地印在我的脑海中，渗在我的血液里，回忆着便不免要饮泣！

第一次，使我忏悔的事情，就是我们在紫藤花架下，那几张石头椅子上坐着,你和心印谈人生究竟的问题,你那时很郑重的说:"人生那里有究竟!一切的事情,都不过像演戏一般,谁不是涂着粉墨,戴着假面具上场呢?……"后来你又说:"梅生和昭仁他们一场定婚;又一场离婚的事情,简直更是告诉我们说:人事是作戏,就是神圣的爱情,也是靠不住的,起初大家十分爱恋的定婚,后来大家又十分憎恶的离起婚来。一切的事情,都是靠不住的。"心印听了你的话,她便决绝的说:"我们游戏人间吧!"我当时虽然没有开口,给你们一种明白的表示,但是我心里更决绝的,和心印一样,要从此游戏人间了!

从那天以后,我便完全改了我的态度,把从前冷静考虑的心思,都收起来,只一味的放荡着,——好像没有目的地的船,在海洋中飘泊,无论遇到怎么大的难事;我总是任我那时情感的自然,喜怒笑骂都无忌惮了!

有一天晚上,我独自坐在冷清清的书房里,忽然张升送进一封信来,是叔和来的。他说:他现在很闷,要到我这里谈谈,问我有工夫没有?我那时毫不用考虑,就回了他一封说:"我正冷清得苦;你来很好!"不久叔和真来了,我们随意的谈话,竟销磨了四点多钟的光阴;后来他走了,我心里忽然一动,我想今天晚上的事情,恐怕有些太欠考虑吧?……但是已经过去了!况且我是游戏人间呢!我转念到这里,也就安贴了。

谁知自从这一天以后,叔和便天天写信给我,起初不过谈些学术上的问题,我也不以为奇,有来必回,最后他忽然来了一封信说:"我对于你实在是十三分的爱慕;现在我和吟雪的婚事,已经取消了,希望你不要使我失望!"

KY!别人不知道我的为人,你总该知道呵!我生平最恨见异思迁的人,况且吟雪和我也有一面之缘;总算是朋友,谁能作此种不可思议的事呢?当时我就写了一封信,痛痛地拒绝他了。但

或人的悲哀

是他仍然纠缠不清，常常以自杀来威胁我，使我脆弱的心灵，受了非常的打击！每天里，寸肠九回，既恨人生多罪恶！又悔自家太孟浪！唉！KY！我失眠的病，就因此而起了！现在更蔓延到心脏了！昨天医生用听筒听了听，他说很要小心，节虑少思，或者可以望好，唉！KY！这种种色色的事情，怎能使我不思呢？

明天我打算搬到妇婴医院去，以后来信，就寄到那边第二层楼十五号房间；写得乏了！再谈吧！

你的朋友亚侠
六月十日

亲爱的 KY：

我报告你一件很好的消息，我的心脏病，已渐渐好了！失眠也比从前减轻，从前每一天夜里，至多只睡到三四个钟头，就不能再睡了。现在居然能睡到六个钟头，我自己真觉得欢喜，想你也一定要为我额手称贺！是不是？

我还告诉你一件事，这医院里，有一个看护妇刘女士，是一个最笃信宗教的人，她每天从下午两点钟以后，便来看护我，她为人十分和蔼，她常常劝我信教；我起初很不以为然，我想宗教的信仰，可以遮蔽真理的发现；不过现在我却有些相信了！因为我似乎知道真理是寻不到，不如暂且将此心寄托于宗教，或者在生的岁月里，不至于过分的苦痛！

昨天夜里，月色十分清明，我把屋里的电灯拧灭了；看那皎洁的月光，慢慢透进我屋里来；刘女士穿了一身白衣服，跪在床前低声的祷祝，一种恳切的声音，直透过我的耳膜，深深地侵进我的心田里，我此时忽感一种不可思议的刺激，我觉得月光带进神秘的色彩来，罩住了世界上的一切，我这时虽不敢确定宇宙间有神,然而我却相信,在眼睛能看见的世界以外,一定还有一个看不见的世界了。

我这一夜,几乎没闭眼,怔怔想了一夜,第二天我的病症又添了!不过我这时彷徨的心神好像有了归着,下午睡了一觉,现在已经觉得十分痊愈了!马大夫也很奇怪我好得这么快,他说:若以此种比例推下去,——没有变动;再有三四天,便可出院了。

今天心印来看我一次,她近来颜色很不好!不知道有甚么病,你有工夫可以去看看她,大约她现在彷徨歧路;必定很苦!

你昨天叫人送来的一束兰花,今天还很有生气,这时他正映着含笑的朝阳,更显得精神百倍,我希望你前途的幸福也和这花一样灿烂!再谈,祝你康健!

亚　侠

七月六日

KY吾友:

我现在真要预备到日本去找我的哥哥,因为我自从病后便不耐幽居,听说蓬莱的风景佳绝,我去散散心,大约病更可以除根了。

我希望你明天能来,因为我打算后天早车到天津乘长沙丸东渡,在这里的朋友,除了你,和心印以外,还有文生,明天我们四个人,在我家里畅叙一下罢!我这一走,大约总要半年才能回来呢!

你明天来的时候,请你把昨天我叫人送给你看的那封心印的信带了来,她那边有一个问题,——"名利的代价是什么?"我当时心里很烦,没有详细的回答她,打算明天见面时,我们四个

或人的悲哀

人讨论一个结果出来,不过这个问题,又是和"人生究竟的问题"差不多,恐怕结果,又是悲的多,乐的少,唉!何苦呵!我们这些人,总是不能安于现在,求究竟,——这于人类的思想,固然有进步,但是精神消磨得未免太多了!……但望明天的讨论可以得到意外的完满就好了!

我现在屋子里乱得不成样子,箱子里的东西乱七八糟堆了一床,我理得实在心烦,所以跑到外书房里来,给你们写信,使我的眼睛不看见,心就不烦了!说到这里,我又想起一件事了。

KY!你记得前些日子;我们看见一个盲诗人的作品,他说:"中午的太阳,把世界和世界的一切惊异,指示给人们,但是夜,却把宇宙无数的星,无际限的空间,——全生活,广大和惊异指示给人们。白昼指示给人们的,不过是人的世界,黑暗和污秽。夜却能把无限的宇宙指示给人们,那里有美丽的女神,唱着甜美的歌,温美的云,织成洁白的地毯,星儿和月儿,围随着低低地唱,轻轻地舞。"这些美丽的东西,岂是我们眼睛所能领略得到的呢?KY 我宁愿作一个瞎子呢!倘若我真是个瞎子,那些可厌的杂乱的东西,再不会到我心幕上来了。但是不幸!我实在不是个瞎子,我免不了要看世界上种种的罪恶的痕迹了!

任笔写来,不知说些什么,好了!别的话留着明天面谈吧!

亚　侠

九月二日

KY 呵!

<u>丝丝</u>的细雨敲着窗子,密密的黑云罩着天空,澎湃的波涛震动着船身;海天辽阔,四顾苍茫,我已经在海里过了一夜,这时正是开船的第二天早晨。

前夜，那所灰色墙的精致小房子里的四个人，握着手谈着天何等的快乐？现在我是离你们，一秒比一秒远了！唉！为什么别离竟这样苦呵！

我记得：分别的那一天晚上，心印指着那迢迢的碧水说："人生和水一样的流动，岁月和水一样的飞逝；水流过去了，不能再回来！岁月跑过去了，也不能再回来！希望亚侠不要和碧水时光一样。早去早回呵。"KY这话真使我感动，我禁不住哭了！

你们送我上船，听见汽笛呜咽悲鸣着，你们便不忍再看我，忍着泪，急急转过头走去了，我呢？伫立在甲板上；不住的对你们望，你们以为我看不见你们了，用手帕拭泪；偷眼往我这边看，咳！KY这不过是小别，便这样难堪！以后的事情，可以设想吗？

"名利的代价是什么？"心印的答案：是"愁苦劳碌。"你却说："是人生生命的波动；若果没有这个波动，世界将呈一种不可思议的枯寂！"你们的话在我心里；起伏不定的浪头，在我眼底；我是浮沉在这波动之上，我一生所得的代价，只是愁苦劳碌。唉！KY！我心彷徨得很呵！往那条路上去呢？……我还是游戏人间吧！

今天没有什么风浪，船很平稳，下午雨渐渐住了，露出流丹般的彩霞，罩着炊烟般的软雾；前面孤岛隐约，仿佛一只水鸦伏在那里。海水是深碧的；浪花涌起，好像田田荷丛中窥人的睡莲。我坐在甲板上一张旧了的藤椅里，看海潮浩浩荡荡，翻腾奔掀，心里充满了惊惧的茫然无主的情绪，人生的真象，大约就是如此了。

再有三天，就可到神户；一星期后可到东京，到东京住什么地方，现在还没有定，不过你们的信，可寄到早稻田大学我哥哥那里好了。

或人的悲哀

我的失眠症，和心脏病，昨日夜里又有些发作，大约是因为劳碌太过的缘故，今夜风平浪静，当得一好睡！

现在已经黄昏了。海上的黄昏又是一番景象，海水被红日映成紫色，波浪被余辉射成银花，光华灿烂，你若是到了这里，大约又要喜欢得手舞足蹈了！晚饭的铃响了，我吃饭去。再谈！

亚　侠

九月五日

KY 音友：

我到东京，不觉已经五天了。此地的人情风俗和祖国相差太远了！他们的饮食，多喜生冷；他们起居，都在席子上，和我们祖国从前席地而坐的习惯一样，这是进化呢？还是退化？最可厌的是无论到什么地方，都要脱了鞋子走路；这样赤足的生活，真是不惯！满街都是吱吱咖咖木屐的声音，震得我头疼，我现在厌烦东京的纷纷搅搅，和北京一样！浮光底下；所盖的形形色色，也和北京一样！莫非凡是都会的地方都是罪恶荟萃之所吗？真是烦煞人！

昨天下午我到东洋妇女和平会去，——正是她们开常会的时候，我因一个朋友的介绍，得与此会；我未到会以前，我理想中的会员们，精神的结晶，是纯洁的，是热诚的。及至到会以后，所看见的妇女，是满面脂粉气，贵族氏的夫人小姐；她们所说的和平，是片面的，就和那冒牌的共产主义者，只许我共他人之产，不许人共我的产一样。KY！这大约是：人世间必不可免的现象吧？

昨天回来以后，总念念不忘日间赴会的事，夜里不得睡，失眠的病又引起了！今天心脏，觉得又在急速的跳，不过我所带来的药，还有许多，吃了一些或者不至于再患。

今午吃完饭后，我跟着我哥哥，去见一位社会主义者，他住的地方，离东京很远，要走一点半钟。我们一点钟，从东京出发，两点半到那里；那地方很幽静，四围种着碧绿的树木和菜蔬，他的屋子就在这万绿丛中。我们刚到了他那门口，从他房子对面，那个小小草棚底下，走出两个警察来，盘问我们住址、籍贯、姓名，与这个社会主义者的关系。我当时见了这种情形，心里实感一种非常的苦痛，我想这些，巩固各人阶级和权利的自私之虫，不知他们造了多少罪孽呢？KY呵！那时我的心血沸腾了！若果有手枪在手，我一定要把那几个借强权干涉我神圣自由的恶贼的胸口，打穿了呢！

麻烦了半天，我们才得进去，见着那位社会主义者；他的面貌很和善，但是眼神却十分沉着。我见了他，我的心仿佛热起来了！从前对于世界所抱的悲观，而酿成的消极，不觉得变了！这时的亚侠，只想用弹药炸死那些妨碍人们到光明路上去的障碍物，KY！这种的狂热，回来后想想，不觉失笑！

今天我们谈的话很多，不过却不能算是畅快；因为我们坐的那间屋子的窗下，有两个警察在那里监察着；直到我们要走的时候，那位社会主义者才说了一句比较畅快的话，他说："为主义牺牲生命，是最乐的事，与其被人的索子缠死，不如用自己的枪，对准喉咙打死！"KY！这话的味道，何其隽永呵！

晚上我哥哥的朋友孙成来谈，这个人很有趣，客中得有几个解闷的，很不错！

写得不少了，再说罢！

亚　侠

九月二十日

或人的悲哀

KY 呵！

　　我现在不幸又病了！仍旧失眠，心脏跳动，和在京时候的程度差不多。前三天搬进松井医院，作客的人病了，除了哥哥的慰问外，还有谁来看视呢！况且我的病又是失眠，夜里睡不着，两只眼看见的，是桌子上的许多药瓶，药末的纸包，和那似睡非睡的电灯，灯上罩着深绿的罩子，——医生恐光线太强，于病体不适的缘故。——四围的空气，十分消沉、暗淡。耳朵所听见的，是那些病人无力的吟呻；凄切的呼唤，有时还夹着隐隐地哭声！

　　KY，我仿佛已经明白死是什么了！我回想在北京妇婴医院的时候看护妇刘女士告诉我的话了，她说："生的时候，作了好事，死后便可以到上帝的面前，那里是永久的乐园，没有一个人脸上有愁容，也没有一个人掉眼泪！"KY！我并不是信宗教的人，但是我在精神彷徨无着处的时候，我不能不寻出信仰的对象来；所以我健全的时候，我只在人间寻道路，我病痛的时候，便要在人间之外的世界，寻新境界了。

　　这几天，我一闭眼，便有一个美丽的花园，——意象所造成的花园，立在我面前，比较人间无论那一处都美满得多；我现在只求死，好像死比生要乐得多呢！

　　人间实在是虚伪得可怕！孙成和继梓——也是在东京认识的，我哥哥的同学；他们两个为了我这个不相干的人，互相猜忌，互相倾轧，有一次，恰巧他们两人，不约而同时都到医院来看我，两个人见面之后，那种嫉妒仇视的样子，竟使我失惊！KY！我这时才恍然明白了！人类的利己心，是非常可怕的！并且他们要是欢喜什么东西，便要据那件东西为己有！

　　唉，我和他们两个，只是浅薄的友谊，那里想到他们的贪心，如此利害！竟要作成套子，把我束住呢？KY！我的志向你是知道的，我的人生观你是明白的，我对于我的生，是非常厌恶的！我对于世界，也是非常轻视的，不过我既生了，就不能不设法不虚此生！我对于人类，抽象的概念，是觉得可爱的，但对于每一个人，我终觉得是可厌的！他们天天送鲜花来，送糖果来，我因为人与人必有交际，对于他们的友谊，我不能不感谢他们！但是照现在看起来，他们对于我，不能说不是另有作用呵！

KY！你记得，前年夏天，我们在万牲园的那个池子旁边钓鱼，买了一块肉，那时你曾对我说："亚侠！作人也和作鱼一样，人对付人也和对付鱼一样！我们要钓鱼，拿他甘心，我们不能不先用肉，去引诱他，他要想吃肉，就不免要为我们所甘心了！"这话我现在想起来，实在佩服你的见识，我现在是被钓的鱼，他们是要抢着钓我的渔夫，KY！人与人的交际不过如此呵！

心印昨天有信来，说她现在十分苦闷，知与情常常起剧烈的战争！知战胜了，便要沉于不得究竟的苦海，永劫难回！情战胜了，便要沉沦于情的苦海，也是永劫不回！她现在大有自杀的倾向。她这封信，使我感触很深！KY！我们四个人，除了文生尚有些勇气奋斗外，心印你我三个人，困顿得真苦呵！

我病中的思想分外多，我想了便要写出来给你看，好像二十年来，茹苦含辛的生活，都可以在我给你的信里寻出来。

KY！奇怪得很！我自从六月间病后，我便觉得我这病是不能好的，所以我有一次和你说，希望你，把我从病时，给你的信，要特别留意保存起来。……但是死不死，现在我自己还不知道，随意说说，你不要因此悲伤吧！有工夫多来信，再谈。

祝你快乐！

亚　侠

十一月三日

或人的悲哀

KY：

　　读你昨天的来信，实在叫我不忍！你为了我前些日子的那封信，竟悲伤了几天！KY！我实在感激你！但是你也太想不开了！这世界不过是个寄旅，不只我要回去，便是你，心印，文生，——无论谁？迟早都是要回去的呵！我现在若果死了，不过太早一点。所以你对于我的话，十分痛心！那你何妨，想我现在是已经百岁的人，我便是死了，也是不可逃数的，那也就没什么可伤心了！

　　这地方，实在不能久住了！这里的人，和我的隔膜更深，他们站在桥那边；我站在桥这边；要想握手是很难的，我现在决定回国了！

　　昨天医生来说：我的病很危险！若果不能摒除思虑，恐怕没有好的希望！我自己也这样想，所以我不能不即作归计了！我的姑妈，在杭州住，我打算到她家去，或者能借天然的美景，疗治我的沉疴，我们见面，大约又要迟些日子了。

　　昨夜我因不能睡，医生不许我看书，我更加思前想后的睡不着，后来我把我的日记本，拿来偷读，当时我的感触，和回忆的热度，都非常利害，我顾不得我的病了！我起来把笔作书，但是写来写去，都写不上三四个字，便写不下去了，因又放下笔，把日记本打开细读，读到三月十日，我给心印的信上面，有几首诗说：

　　　　我在世界上，
　　　　不过是浮在太空的行云！
　　　　一阵风便把我吹散了，
　　　　还用得着思前想后吗？

> 假若智慧之神不光顾我，
> 苦闷的眼泪
> 永远不会从我心里流出来呵！

这一首诗可以为我矛盾的心理写照。我一方说不想什么，一方却不能不想什么，我的眼泪便从此流不尽了！这种矛盾的心理，最近更利害，一方面我希望病快好，一方面我又希望死，有时觉得死比什么都甜美！病得利害的时候，我又惧怕死神，果真来临！KY呵！死活的谜，我始终猜不透！只有凭造物主的支配罢了！

我的行期，大约是三天以内，我在路上，或者还有信给你。

现在天气渐渐冷了。长途跋涉，诚知不宜，我哥哥也曾阻止我，留我到了春天再走，但是KY！我心里的秘密，谁能知道呢？我当初到日本去，是要想寻光明的花园，结果只多看了些人类偏狭心理的怪现状！他们每逢谈到东亚和平的话，他们便要眉飞色舞的说：这是他们唯一的责任，也是他们唯一的权利！欧美人民是不容染指的。他们不用镜子，照他们魑魅的怪状，但我不幸都看在眼里，印在心头，我怎能不思虑？我的病如何不添重？我不立刻走，怎么过呢？

况且我的病，能好不能好，我自己毫无把握！我固然是厌恶人间，但是我活了二十余年，我究竟是个人，不能没有人类的感情，我还有母亲，我还有兄嫂，他们和我相处很久；我要走了，也应该和他们辞别，我所以等不到春天，就要赶回来了！

我到杭州住一个礼拜，就到上海去，若果那时病好了，当到北京和你们一会。

我从五点钟，给你写信，现在天已大亮了！医生要来我怕他

或人的悲哀

责备我，就此搁笔吧！

亚　侠

十二月五日

亲爱的KY：

我离东京的时候，接到你的一封信，当时忙于整理行装，没有覆你，现在我到杭州了。我姑妈的屋子，正在湖边，是一所很精致的小楼；推开楼窗，全湖的景色，都收入脑海，我疲病之身，受此自然的美丽的沐浴，觉得振刷不少！

湖上天气的变幻，非常奇异，我昨天到这里，安顿好行李，我便在这窗前的藤椅上坐下，我看见湖上的雾，很快——大约五分钟的工夫，便密密涌起，四围的山，都慢慢地模糊了。跟着淅淅沥沥的雨点往下洒，游湖的小船，被雨打得船身左右震荡，但是不到半点钟，雨住云散，天空飞翔着鲜红的彩霞，青山也都露出格外翠碧的色彩来。山涧里的白云，随风袅娜，真是如画境般的湖山，我好像作了画中的无愁童子，我的病似乎好了许多。

我姑妈家里的表兄，名叫剑楚的，我们本是幼年的伴侣；但是隔了五六年不见，大家都觉得生疏了！这时他已经有一个小孩子，他的神气，自然不象从前那样活泼，不过我苦闷的时候，还是和他谈谈说说觉得好些！（十二月二十日写到此）

KY！我写这封信的一半，我的病又变了！所以直迟了五天，才能继续着写下去，唉！KY！你知道恶消息又传来了！

我给你写信的那天晚上，——我才写了上半段，剑楚来找我，他说："唯逸已于昨晚死了！"唉！KY！这是什么消息？你回想一年前，我和你说唯逸的事情，你能不黯然吗？唯逸他是极有志气的青年，他热心研究社会主义，他曾决心要为主义牺牲，但是他因为失了感情的慰藉,他竟抑抑病了,昨晚竟至于死了。

他有一封信给我,写得十分凄楚,里头有一段说:"亚侠!自从前年夏天起,我便种了病的因,只因为认识了你!……但是我的环境,是不容我起奢望的,这是知识告诉我,不可自困!然而我的精神,从此失了根据。我觉得人生真太干枯!我本身失去生活的趣味,我何必去助增别人的生活趣味?为主义牺牲的心,抵不过我厌生的心,……但是我也不愿意作非常的事,为了感情,牺牲我前途的一切!且知你素来洁身自好,我也决不忍因爱你故,而害你,但是我终放不下你!亚侠!现在病已深入了!我深藏心头的秘密,才敢贡诸你的面前!你若能为你忠心的仆人,叫一声可怜!我在九泉之灵也就荣幸不少了!……"唉!KY!游戏人间的结果,只是如此呵!

我失眠两天了!昨天还吐了几口血,现在疲乏得很!不知道还能给你几封信呵!

亚侠伏枕书
十二月二十五日

KY亲爱的朋友:

在这一个星期里,我接到你两封信,心印和文生各一封信,但是我病了,不能回你们!

唉!KY!我想不到,我已经不能回上海了!也不能到北京了!昨天我姑妈打电报,给我的家里,今天我母亲嫂嫂已经来了!她们见了我,只是掉眼泪,我的心也未尝不酸!但是奇怪得很!我的泪泉,不知在什么时候已经干枯了?

自从上礼拜起,我就知道我的病,是不能好了!我便把我一生的事情,从头回想一遍,拉杂写了下来!现在我已经四肢无力，头脑作痛，眼光四散，我不能写了！唉！

"我一生的事情，平常得很！没什么可记，但是我精神上起的变化，却十分剧烈；我幼年的时候，天真烂漫，不知痛苦。到了十六岁以后，我的智情都十分发达起来。我中学卒业以后，我要到西洋去留学，因为种种的关系，作不到，我要投身作革命党，也被家庭阻止，这时我深尝苦痛的滋味！

但是这些磨折，尚不足以苦我！最不幸的，是接二连三，把我陷入感情的漩涡，使我欲拔不能！这时一方，又被知识苦缠着，要探求人生的究竟，花费了不知多少心血，也求不到答案！这时的心，彷徨到极点了！不免想到世界既是找不出究竟来，人间又有什么真的价值呢？努力奋斗，又有什么结果呢？并且人生除了死，没有更比较大的事情，我既不怕死，还有什么事不可作呢！……唉！这时的我，几乎深陷堕落之海了！……幸一方面好强的心，很占势力，当我要想放纵性欲的时候；他在我头上，打了一棒，我不觉又惊醒了！不敢往这里走，但是究竟往什么地方去呢？我每天夜里，睡在床上，殚精竭虑的苦事搜求，然而没有结果！

我在极苦痛的时候，我便想自杀，然而我究竟没有勇气！我否认世界的一切；于是我便实行我游戏人间的主义，第一次就失败了！接二连三的，失败了五六次！唯逸因我而死！叔和因我而病！我何尝游戏人间？只被人间游戏了我！……自身的究竟，既不可得，茫茫前途，如何不生悲凄之感！

唉！天乎！不可治的失眠病，从此发生！心脏病，从此种根！颠顿了将及一年，现在将要收束了！

今夜他们都睡了。更深人静，万感丛集！——虽没死的勇气，然而心头如火煎逼！头脑如刀劈，剑裂！我纵不欲死，病魔亦将缠我至于死呵！死神还不降临我？实在等不得了！这时我努力爬下床来，抖战的两腿，使我自己惊异！这时窗子外面，射进一缕寒光来，湖面上银花闪烁，我晓得那湖底下朱红色的珊瑚床，已为我预备好了！云母石的枕头；碧绿青苔泥的被褥，件件都整理了！……我回去吧！唉！亲爱的母亲！嫂嫂！KY……再见吧！"

我表姊，昨夜不知什么时候，跳在湖心死了！她所写的信，和她自己的最后的一页日记，都放在枕边。唉！湖水森寒，从此人天路隔！KY！姊呵！我表姊临命时候，瘦弱的可怜的影子，永远深深刻在我脑幕上，今天晚上，我走到她住的屋子里去，但见雪白的被单上，溅着几滴鲜红的血迹，那有我表姊的影子呢？我禁不住坐在她往日常坐的那张椅子上，痛哭了！

她的尸首，始终没有捞到，大约是沉在湖底，或者已随流流到海里去了。

她所有的东西，都收拾好，交给我舅母带回去，有一本小书，——《生之谜》，上面写着留给你作纪念品的，我现在由邮寄给你，望你好好保存了吧！

亚侠的表妹附书
一月九日

前途

清晨的阳光,射在那株老梅树上时,一些疏条的淡影,正映在白纱的窗帷上,茜芳两眼注视着被微风掀动的花影出神。一只黑底白花的肥猫,服贴的睡在她的脚边。四境都浸在幽默的氛围中,而茜芳的内心正澎湃着汹涌的血潮,她十分不安定的在期待一个秘密的情人,但日影已悄悄斜过墙角了,而那位风貌蕴藉的少年还没有消息。她微微的移转头来,不禁打了一个冷战,"唉,倒霉鬼!"她恨恨的向地上唾了一口,同时站起来,把那书架上所摆着的一张照片往屉子里一塞,但当她将关上屉子的时候,似乎看见照片中她丈夫的眼睛,正冒火的瞪视她。

茜芳脸色有些泛白,悄然的长叹一声,拼命的把屉子一推,回身倒在一张长沙发上,渐渐的她沉入幻梦似的回忆中:——三年前,在一个学校的寄宿舍里——正当暮春天气,黄昏的时候,同学们都下了课，在充满了花香的草坪上，暖风悄悄的掀起人们轻绸的夹衣，漾起层层的波浪在软媚的斜阳中。而人们的心海也一样的被春风吹皱了。同学们三五成群的，在读着一些使人沉醉的恋情绮语。

茜芳那时也同几个知己的女友躲在盛开的海棠荫里，谈讲她美丽的幻想。当然她是一个美貌的摩登女儿，她心目中的可意郎君，至少也应有玉树临风的姿态——在许多的男同学中，她已看上了三个——一个是文科一年级的骆文，一个是法科二年级的王友松，还有一个是理科二年级的李志敏。这三个都是年轻貌美的摩登青年，都有雀屏入选的资格。其中尤以李志敏更使茜芳倾心，他不但有一张傅粉何郎的脸，而且还是多才多艺的宋玉。跳舞场上和一切的交际所在不断他的踪影，时常看见他同茜芳联翩的倩影，同出同进。不过茜芳应付的手段十分高明，她虽爱李志敏，同时也爱骆文和王友松，而且她能使他们三人间个个都只觉得自己是茜芳唯一的心上人，但是他们三个人经济能力都非常薄弱。这是使茜不能决然委身的原因。

"怎么都是一些穷光蛋呀。"茜芳时时发出这样的叹息。

这一天，茜芳正同李志敏由跳舞场回来，忽然看见书案上放着一封家信，正是她哥哥给她的。这封信专为替她介绍一位异性的朋友叫申禾的。她擎着信笺，只见那几行神秘的黑字都变了一些小鬼，在向她折腰旋舞——他是一个留学生，而且家里也很有几个钱——茜芳将这些会跳舞的神秘字到底捉住了，而且深深的钻进心坎里去。留学生的头衔很可以在国内耀武扬威，有钱——呀！有钱那就好了！我现在正需要一个有钱的朋友呢，……嫁了这样一个金龟婿，也不枉我茜芳这一生了。她悄悄的笑着，傲耀着，桃色的前途，使她好像吃醉酒昏昏沉沉的倒在床上，织了许多美丽的幻想。

前　途

从此以后,她和申禾先生殷勤的通信,把一腔火热的情怀,织成绮丽的文字投向太平洋彼岸去。而那三个眼前的情人呢,她依然宝贝似的爱护着。同学们有些好管闲事的人,便把她的行为,作为谈论的资料。有些尽为她担着忧,而她是那样骄傲的看着她们冷笑。

"这算什么?多抓住几个男人,难道会吃亏吗?……活该倒霉,你们这一群傻瓜!"

每一次由美国开到的船上,必有申禾两三封又厚又重的情书递到茜芳的手里。最近的一封信是报告他已得了硕士的学位,五六月间就可以回国了,并希望那时能快乐的聚首。茜芳擎了这封信,跑到草坪上,和几个同学高兴的说道:"我想他一回来就要履行婚约的。"

"一定别忘了请我们吃喜酒!"一个女朋友含笑说。

"当然,"她说,"不过不知道他究竟是怎么样的一个人?"

"多怪呀!你这个人,婚都定了,还在怀疑。"

"……管他呢,留学生,有钱,也就够了……"茜芳说着,从草坪上跳了起来,拈着一朵海棠花,笑嘻嘻的跑了。

那一丛茂盛的海棠花,现在变成一簇簇的海棠果了。茜芳独自站在树荫下,手攀着一根枝条,望着头顶的青天出神。"算归期就在这一两天呀!"她低声自语着。

六月十二日的清晨,茜芳穿了一件新做好的妃红色的乔其纱的旗袍,头发卷成波浪式,满面笑容的走出学校门口,迎头正碰到王友松走来。

"早呵,茜芳,我正想约你到公园去玩玩,多巧!……假使你也正是来找我那更妙了,怎么样,我们一同去吧?"

茜芳倩然的媚笑了一下,道:"友松,今天可有点对不起你,我因为要去看一看刚从美国回来的朋友,所以不能奉陪了!"

"哦，……那末下次再说吧！"友松怅然的说了。

"对了，下次再说吧！"茜芳一面挥着手说，一面已走出学校门跳上一部黄包车。那车夫也好像荣任大元帅般威风凛凛，得意扬扬如飞的奔向前去。不久便到了"福禄寿"的门口。茜芳下车走进去，只见那广大的食堂里，冷清清的没有一个客人，只有几个穿制服的茶役在那里低声的闲谈着。茜芳向一个茶房问道："有一位申先生来了吗？"

"哦！是茜芳女士吗？我就是申禾，请到这边坐吧！"一个身材矮小的男子从一个角落的茶座上迎上前来说。

茜芳怔怔的站在那里，心想"原来这就是申禾呵！"她觉得头顶上好像压了千钧重的大石帽，心里似乎塞了一堆棉絮。"这样一个猥琐的男人，他竟会是我的未婚夫？一个留学生？很有钱？"她心里窃疑着。可是事实立刻明显的摆在她面前，她明明是同他定了婚，耀眼的金钻戒还在手上发着光，硕士的文凭也在她的面前摆着，至于说钱呢，这一年来他曾从美国寄给她三千块钱零用。唉，真见鬼，为什么他不是李志敏呢？

申禾自从见了茜芳的面，一颗热烈的心，几乎从腔子里跃了出来，连忙走过来握住茜芳的手，亲切的望着她。但是茜芳用力的把手抽了回来，低头不语，神情非常冷淡。申禾连忙缩回手，红着脸，抖颤着问道："茜芳，你有什么不舒服吗？……也许是因为天气太热，你吃点冰汽水吧？"

"不，我什么都不想吃，对不起，我想是受了暑，还是回学校去妥当些。"

"那末，我去喊一部车子来送你去吧。"

"也好吧！"

茜芳依然一言不发的坐着等车子，申禾搓着手不时偷眼望着她。不久车子来了，申禾战战兢兢的扶着她上了车，自己便坐在茜芳的身旁，但是茜芳连忙把身体往车角里退缩，把眼光投向马路上去。他们互相沉默了一些时候，车子已开到学校门口。这时茜芳跑下车子，如一只飞鸟般，随着一阵香风去了。申禾怅然痴立，直到望不见她的背影时，才嘘了一口气回到旅馆里去。

　　茜芳跑到寝室里，倒在床上便呜呜的哭起来，使得邻近房里的同学，都惊奇的围了来，几道怀疑的眼光齐向她身上投射。茜芳哭了一阵后，愤然的逃出了众人的包围，向栉沐室去。那些同学们摸不着头脑，渐渐也就无趣的散了。茜芳从栉沐室出来时，已收拾得满脸香艳。从新又换了一件白绸长袍，去找李志敏。但是不巧，李志敏已经出去了，只有王友松在那里。他们便漫步的走向学校外的草坪上去。

　　"今天天气不坏！"王友松两眼看着莹洁的云天说。

　　"对了，我们到曹家渡走走，吸些乡村的空气，好吧？……我似乎要气闷死了！"

　　友松回过头来，注视着茜芳的脸说道："你今天的脸色太不平常了！"

　　"你倒是猜着了，"她说，"不过我不能向你公开！……"

　　友松默然的望着茜芳，很久才说道："……我永远替你祝福！"

　　"呸，有什么福可祝，简直是见鬼！"茜芳愤愤的叹着。

　　他们来到一架正在盛开的豆花前，一群蛱蝶，不住绕着茜芳的头脸飞翔，茜芳挥着手帕骂道："不知趣的东西，来缠什么呵！"

　　友松听了这话似乎有些刺耳，禁不住一阵血潮涌上两颊，低着头伴她一步步的前去。

　　日落了，郊外的树林梢头，罩了一层氤氲的薄雾，他们便掉转头回学校去。在路上茜芳不时向天空呼气！

一个星期过去,茜芳的哥哥从镇江来看她,并且替她择定了婚期,她默默不语的接受了。

在结婚的喜筵散后,新郎兴高彩烈的回到屋里,只见新娘坐在沙发角上,用手帕儿擦着眼泪。

"茜芳!你为什么伤心,难道对我有什么不满意吗?在这一生我愿作你忠实的仆从,只要你快乐!……"

"唉,不用说那些吧!我只恨从前不应当接受你的爱,——更不应当受你的帮助,现在我是为了已往的一切,卖了我的身体;但是我的灵魂,却不愿卖掉。你假使能允许我以后自由交朋友,我们姑且作个傀儡夫妻,不然的话,我今天就走。……"

"交朋友……"申禾踌躇了一下,便决然毅然的答道:"好吧!我答应你!"

茜芳就在这种离奇的局面下,解决了所有心的纠纷!在结婚后的三年中,她果然很自由的交着朋友,伴着情人,——这种背了丈夫约会情人的勾当,在她已经习惯成自然了。她这时不禁傲然的笑了一笑,忽然镜子里出现一个美貌丰姿的青年男人,她转过头来,娇痴痴的说:"怎么这样迟?"

"不是,我怕你的丈夫还不曾出去。"

"那要什么紧?"

"茜!你为什么不能同他离婚?"

"别忙,等有了三千块钱再说吧!并且暂时利用利用他也不坏!"

"哦!你为什么都要抓住,要钱要爱情,……一点都不肯牺牲!"

"我为什么要牺牲?女人除了凭借青春,抓住享乐,还有什么伟大的前途吗?"

"好奇怪的哲学!"

前　途

"你真是少见多怪，"她冷笑着说，"我们不要讲这些煞风景的话吧！你陪我出去吃午饭，昨天他领了薪水，我们今天有得开心了。"

"哦。"男人脸上陡然涌起一阵红潮，一种小小的低声从他心底响起道："女人是一条毒蛇，柔媚阴险！"他被这种想象所困恼了，眼前所偎倚着千娇百媚的情人，现在幻成了一只庞大的蛇，口里吐出两根蜿蜒的毒丝，向他扑过来。他禁不住打了个冷战，向后退了几步，但是当她伸出手臂来抱他的时候，一切又都如常了。

他俩联翩的在马路上走着，各人憬憧着那不可知的前途。

狂风里

"你为什么每次见我,都是不高兴呢?……既然这样不如……"

"不如怎样?……大约你近来有点讨厌我吧!"

"哼!……何苦来!"她没有再往下说,眼圈有点发红,她掉过脸看着窗外的秃柳条儿,在狂风里左右摆动,那黄色的飞沙打在玻璃上,发出沙沙的声音,凌碧小姐和她的朋友钟文只是沉默着,屋内屋外的空气都特别的紧张。

这是一间很精致的小卧房,正是凌碧小姐的香闺,随便的朋友是很不容易进来的,只有钟文来的时候,他可以得特别的优遇,坐在这温馨香闺中谈话,因此一般朋友有的羡慕钟文,有的忌恨他,最后他们起了猜疑,用他们最丰富的想像力,捏造许多关于他俩的恋爱事迹!在远道的朋友,听了这个消息,尽有写信来贺喜的,凌碧也曾知道这些谣言,但她并不觉得怎样刺心或是暗暗欢喜，她很冷静的对付这些谣言。

凌碧小姐是一个富于神经质，忧郁性的女子，但是她和一般朋友交际的时候她很浪漫，她喜欢和任何男人女人笑谑，她的词锋常常可以压倒一屋子的人，使人们感觉得她有点辣，朋友们给她起了一个绰号叫辣子鸡——她可以使人辣得流泪，同时又使人觉得颇可亲近。

但是有一次，她赴朋友的宴会，她喝了不少的酒，她醉了，钟文雇了汽车送她回来，她流着泪对他诉说她掩饰的苦痛，她说："朋友！你们只看见我笑，只看见我疯，你们也曾知道，我是常常流泪的吗？哎！我对什么都是游戏，……爱情更是游戏，……"

她越说越伤心，她竟呜咽的哭起来！

钟文是第一次接近女人，第一次看见和他没有关系的女人哭；他感到一种新趣味，他不知不觉挨近她坐着，从衣袋里掏出自己的手帕替她擦着眼泪，忽然一股兰麝的香气，冲进他的鼻观。他觉得心神有些摇摇无主，他更向她挨近，她懒慵慵的靠在汽车角落里，这时车走到一个胡同里，那街道高低不平，车颠簸得很厉害，把她从那角落里颠出来，她软得抬不起的头就枕在他的身上了。他伸出右臂来，轻轻的将她揽着，一股温香，从她的衣领那里透出来；他的心跳得更厉害了，悄悄的吻着她的头发，路旁的电灯如疏星般闪烁着，他竟恍惚如梦。但是不久车已停了，车夫开了车门，一股冰冷的寒气吹过来，凌碧小姐如同梦中醒来，看看自己睡在钟文的臂上，觉得太忘情，心里一阵狂跳，脸上觉得热烘烘的，只好装醉，歪歪斜斜的向里走；钟文怕她摔倒，连忙过来扶着她，一直送她到这所精致的卧房，才说了一声"再会！"然后含着甜蜜的迷醉走了。自从这一天以后，钟文便常常来找凌碧，并且是在这所精致卧房里会聚。

这一天下午的时候,天色忽然阴沉起来,不久就听到窗棂上的纸弗弗发发的响,院子里的枯树枝,也发出瑟瑟的悲声。凌碧小姐独自在房里闲坐,忽见钟文冒着狂风跑了进来,凌碧站起来笑道:"怪道刮这么大的西北风,原来是要把你刮了来!"

钟文淡漠的笑了一笑,一声不响的坐在靠炉子的椅上。好像有满怀心事般。凌碧小姐很觉得奇怪,曾经几次为这事,两人几乎闹翻了脸!

他们沉默了好久,凌碧小姐才叹了一口气道:"朋友是为了彼此安慰,才需要的,若果见面总是这么愁眉不展的,有什么意思呢?……与其这样还不如独自沉默着好!"

钟文抬头看了凌碧一眼,哎了一声道:"叫我也真没话说,……自然我是抓不住你的心的。"

凌碧小姐听了这话,似乎受了什么感触,她觉得自己曾无心中作错了一件事,不应该向初次和女人接触的青年男人,讲到恋爱;因为她自己很清楚,她是不能很郑重的爱一个男人,她觉得爱情这个神秘的玩意,越玩得神秘越有劲——可是一个纯洁的青年男人,他是不懂得这秘密的,他爱上了一个女人,他就要使这个女人成为他的禁脔,不用说不许别人动一下,连看一眼,也是对他的精神有了大伤害的。老实说钟文是死心蹋地的爱凌碧,凌碧也瞧着钟文很可爱,只可惜他俩的见解不同,因此在他们中间,常常有一层阴翳,使得他俩不见面时,却想见面,见了面却往往不欢而散。

今天他俩之间又有些不调协,凌碧小姐一时觉得自己对于钟文简直是一个罪人,把他的美满的爱情梦点破了,使他苦闷消沉,一时她又觉得钟文太跋扈了,使她失却许多自由,又觉得自己太不值。因此气愤愤的责备钟文。但是钟文一说到"她不爱他了",她又觉得伤心!

狂风里

凌碧小姐含着眼泪说道:"你怎么到现在还不了解我呢?……我就是这么一个奇怪的女人,我并非不需要爱,但我不是时时刻刻都需要它,我最喜欢有淡雾的早晨,我隔着淡雾看朝阳,我隔着淡雾看美丽的荼蘼花,在那时我整个的心,都充满着欢喜,我的精神是异常的活跃。唉!钟文这话我不只说过一次,为什么你总不相信我呵!"

钟文依然现着很忧疑的样子,对于凌碧小姐的话似解似不解,——其实呢,他是似信似不信,他总觉得凌碧小姐另外还爱着别的男人。

其实凌碧小姐除钟文以外虽然还爱过许多男人,玩弄过许多男人,但是自从认识钟文以后,她倒是只爱他呢,不过钟文是第一次尝到爱,自然滋味特别浓,也特别认真;而凌碧小姐,因为从爱中认识了许多虚伪和其他的滑稽事迹,她对于神圣的爱存了玩视的心,她总不肯钻在自己织就的情网里,但是事实也不尽然,她有时比什么人都迷醉,不过她的迷醉比别人醒得快而剪绝,她竟能有放下屠刀立地成佛的本领。

钟文永远为抓不住她的心而烦恼!这时他听了凌碧小姐似可信似不可信的话,他有点支不住了,他低下头,悄悄的用手帕拭泪。凌碧小姐望着他叹了一口气,彼此又都沉默了。

窗外的风好像飞马奔腾,好像惊涛骇浪,天色变成昏黄,口鼻间时时嗅到土味,吃到灰尘;凌碧小姐走到窗前,将窗幔放下来,屋子里立刻昏暗,对面不见人,后来开了电灯,钟文的眼睛有点发红,凌碧小姐不由得走近身旁,抚着他的肩说道:

"不要难过吧!……我永远爱你!"

钟文似乎不相信,摇头说道:"你不用骗我吧!……但是我相信我永远爱你!"

"哦!钟文!你这话才是骗我的!……我瞧你近来真变了,

你从前比现在待我好的多,因为从前总没有见你和我生过气——现在不然了,你总是像不高兴我。"凌碧小姐一面似笑非笑的瞧着他,钟文"咳!"了一声也由不得笑了,紧紧的握住凌碧小姐的手说道:"你真够利害的!"

"我!我就算利害了?……你真是个小雏儿,你还没遇见那利害的女人呢!"凌碧小姐回答说。

"自然!我是比较少接近女人,不过对于女人那种操纵人的手段,我也算领教了!"钟文说着,不住对凌碧小姐挤眼笑,凌碧小姐忽然变了面容,一种忧疑悲愤的表情,使得钟文震惊了。他不知不觉松了手,怔怔的望着凌碧发呆。停了些时,凌碧小姐深深的叹了一口气道:"钟文……我在你心目中,不知还是个什么狐狸精,或是魔鬼吧!"

钟文知道自己把话说错了,真不知怎样才好!急得脸色发青,在屋里踱来踱去。

凌碧小姐也触动心事,想着人生真没多大意思,谁对谁也不能以真心相见;整天口袋中藏着各种面具,时刻变换着敷衍对付。觉得自己这样掩饰挣扎,茫茫大地就没有一个人了解,真是太伤惨了!她想到这里也由不得悄悄落泪。

这时狂风已渐渐住了,钟文拿起帽子,一声不响的走了。

凌碧小姐望着他的后影,点头叹道:"又是不欢而散!"

曼　丽

晚饭以后，我整理了案上的书籍，身体觉得有些疲倦，壁上的时计，已经指在十点了，我想今夜早些休息了吧！窗外秋风乍起，吹得阶前堆满落叶，冷飕飕的寒气，陡感到罗衣单薄；更加着风声萧瑟，不耐久听，正想息灯寻梦，看门的老聂进来报说"有客！"我急忙披上夹衣，迎到院子里，隐约灯光之下只见久别的彤芬手提着皮箧进来了。

这正是出人意料的聚会，使我忘了一日的劳倦。我们坐在藤椅上，谈到别后的相忆，及最近的生活状况；又谈到许多朋友，最后我们谈到曼丽。曼丽是一个天真而富于情感的少女，她妙曼的两瞳，时时射出纯洁的神光，她最崇拜爱国舍身的英雄。今年的夏末，我们从黄浦滩分手以后，一真没有得到她的消息；只是我们临别时一幅印影，时时荡漾于我的脑海中。

那时正是黄昏，黄浦滩上有许多青年男女挽手并肩在那里徘徊，在那里密谈，天空闪烁着如醉的赤云，海波激射出万点银浪。蜿蜒的电车，从大马路开到黄浦滩旁停住了，纷纷下来许多人，我和曼丽也从人丛中挤下电车，马路上车来人往，简直一刻也难驻足。我们也就走到黄浦滩的绿草地上，慢慢的徘徊着。后来我们走到一株马樱树旁，曼丽斜倚着树身，我站在她的对面。

曼丽看着滚滚的江流说道："沙姊！我预备一两天以内就动身，姊姊！你对我此行有什么意见？"

我知道曼丽决定要走，由不得感到离别的怅惘；但我又不愿使她知道我的怯弱，只得噙住眼泪振作精神说道：

"曼丽！你这次走，早在我意料中，不过这是你一生事业的成败关头！希望你不但有勇气，还要再三慎重！……"

曼丽当时对于我的话似乎很受感动，她紧握着我的手说道："姊姊！望你相信我，我是爱我们的国家，我最终的目的是为国家的正义而牺牲一切。"

当时我们彼此珍重而别，现在已经数月了。不知道曼丽的成功或失败，我因向彤芬打听曼丽的近状，只见彤芬皱紧眉头，叹了一口气道："可惜！可惜！曼丽只因错走了一步，终至全盘失败，她现今住在医院里，生活十分黯淡，我离沪的时候曾去看她，唉！憔悴得可怜……"

我听了这惊人的消息，不禁怔住了。彤芬又接着说道："曼丽有一封长信，叫我转给你，你看了自然都能明白。"说着她就开了那小皮箧，果然拿出一封很厚的信递给我，我这时禁不住心跳，不知这里头是载着什么消息，忙忙拆开看道：

沙姊：

我一直缄默着，我不愿向人间流我悲愤的眼泪，但

曼　丽

是姊姊，在你面前，我无论如何不应当掩饰，姊姊你记得吧！我们从黄浦滩头别后，第二天，我就乘长江船南行。

江上的烟波最易使人起幻想的，我凭着船栏，看碧绿的江水奔驰，我心里充满了希望。姊姊！这时我十分的兴奋，同时十分的骄傲，我想在这沉寂荒凉的沙漠似的中国里，到底叫我找到了肥美的草地水源，时代无论怎样的悲惨，我就努力的开垦，使这绿草蔓延全沙漠，使这水源润泽全沙漠，最后是全中国都成绿野芊绵的肥壤，这是多么光明的前途，又是多么伟大的工作……

姊姊！我永远是这样幻想，不问沙鸥几番振翼，我都不曾为它的惊扰打断我的思路，姊姊你自然相信我一直是抱着这种痴想的。

然而谁知道幻想永远是在流动的，江水上立基础永远没有实现的可能，姊姊！我真悲愤！我真惭愧！我现在是睡在医院的病房里，我十分的萎靡，并不是我的身体支不起，实是我的精神受了惨酷的荼毒，再没方法振作呵！

姊姊！我惭恨不曾听你的忠告，——我不曾再三的慎重——我只抱着幼稚的狂热的爱国心，盲目的向前冲，结果我象是失了罗盘针的海船，在惊涛骇浪茫茫无际的大海里飘荡，最后，最后我触在礁石上了！姊姊！现在我是沉溺在失望的海底，不但找不到肥美的草地和水源，并且连希望去发现光明的勇气都没有了。姊姊！我实在不耐细说。

我本拼着将我的羞愤缄默的带到九泉，何必向悲惨人间哓舌；但是姊姊，最终我怀疑了，我的失败谁知不是我自己的欠高明，那么我又怪谁？在我死的以前，我怎可不向人间忏悔，最少也当向我亲爱的姊姊面前忏悔。

姊姊！请你看我这几页日记吧！那里是我彷徨歧路的残痕；同时也是一般没有主见的青年人，彷徨歧路的残痕；这是我坦白的口供，这是我藉以忏悔的唯一经签……

曼丽这封信，虽然只如幻云似的不可捉摸；但她涵盖着人间最深切的哀婉之情，使我的心灵为之震惊；但我要继续看她的日记，我不得不极力镇静……

八月四日　半个月以来，课后我总是在阅报室看报，觉得国事一天糟似一天，国际上的地位一天比一天低下。内政呢！就更不堪说了，连年征战，到处惨象环生……眼看着梁倾巢覆，什么地方足以安身？况且故乡庭园又早被兵匪摧残得只剩些败瓦颓垣，唉！……我只恨力薄才浅，救国有志，也不过仅仅有志而已！何时能成事实！

昨天杏农曾劝我加入某党，我是毫无主见，曾去问品绮，他也很赞成。

今午杏农又来了，他很诚挚的对我说："曼丽！你不要彷徨了。现在的中国除了推翻旧势力，培植新势力以外，还有什么方法希望国家兴盛呢？……并且时候到了，你看世界已经不象从前那种死寂，党军北伐，势如破竹，我们岂可不利用机会谋酬我们的夙愿呢？"我听了杏农的话，十分兴奋，恨不得立刻加入某党，与他们

曼　丽

努力合作。后来杏农走了，我就写一封信给畹若，告诉他我现在已决定加入某党，就请他替我介绍。写完信后，我悄悄的想着中国局势的危急，除非许多志士出来肩负这困难，国家的前途，实在不堪设想呢……这一天，我全生命都浸在热血里了。

八月七日　我今天正式加入某党了，当然填写志愿书的时候，我真觉得骄傲，我不过是一个怯弱的女孩子，现在肩上居然担负起这万钧重的革命事业！我私心的欣慰，真没有法子形容呢！我好像有所发见，我觉得国事无论糟到什么地步，只要是真心爱国的志士，肯为国家牺牲一切，那末因此国家永不至沦亡，而且还可产生出蓬勃的新生命！我想到这里，我真高兴极了，从此后我要将全副的精神为革命奔走呢！

下午我写信告诉沙姊，希望她能同我合作。

八月十五日　今天彤芬来信来，关于我加入某党，她似乎不大赞成。她的信说："曼丽！接到你的信，知道你已经加入某党，我自然相信你是因爱国而加入的，和现在一般投机分子不同。不过曼丽，你真了解某党的内容吗？你真是对于他们的主义毫无怀疑的信仰吗？你要革命，真有你认为必革的目标吗？曼丽，我觉得信仰主义和信仰宗教是一样的精神，耶稣吩咐他的门徒说：你们应当立刻跳下河去，拯救那个被溺的妇女和婴孩，那时节你能决不踌躇，决不怀疑的勇往直前吗？曼丽，我相信你的心是纯洁的；可是你的热情往往支配了你的理智，其实你既已加入了，我本不该对你发出这许多疑问，不过我们是很好的朋友，我既想到这里，我就不能缄默，曼丽，请你原谅我吧！"

彤芬这封信使我很受感动，我不禁回想我入党的仓猝，对于她所说的问题我实在未能详细的思量，我只凭着一腔的热血无目的的向人间喷射……唉！我今天心绪十分恶劣，我有点后悔了！

八月二十二日　现在我已正式加入党部工作了，一切的事务都呈露紊乱的样子，一切都似乎找不到系统——这也许是因我初加入合作，有许多事情是我们不知道其系统之所在，并不是它本身没有系统吧！可是也就够我彷徨了。

他们派我充妇女部的干事，每天我总照法定时间到办公室。我们妇女部的部长，真是一个奇怪的女人，她身体很魁伟；常穿一套棕色的军服，将头发剪得和男人一样，走起路来，腰干也能笔直，神态也不错；只可惜一双受过摧残，被解放的脚，是支不起上体的魁伟；虽是皮鞋作得很宽大，很充得过去，不过走路的时候，还免不了袅娜的神态，这一来可就成了三不象了。更足使人注意的，是她那如宏钟的喉音，她真喜欢演说，我们在办公处最重要的公事，大概就是听她的演说了……真的，她的口才不算坏，尤其使人动听的是那一句："我们的同志们"真叫得亲热！但我有时听了有些不自在……这许是我的偏见，我不惯作革命党，没有受过好训练——我缺乏她那种自满的英雄气概，——我总觉得我所想望的革命不是这么回事！

现在中国的情形，是十三分的复杂，比乱麻还难清

曼 丽

理。我们现在是要作刬清整理的革命工作,每一个革命分子,以我的理想至少要镇天的工作——但是这里的情形,绝不是如此。部长专喜欢高谈阔论,其他的干事员写情书的依然写情书,讲恋爱的照样讲恋爱,大家都仿佛天下指日可定,自己将来都是革命元勋,作官发财,高车驷马,都是意中事,意态骄逸,简直不可一世——这难道说也是全民所希冀的革命吗?唉!我真彷徨。

九月三日　我近来精神真萎靡,我简直提不起兴味来,这里一切事情都叫我失望!

昨天杏农来说是芸泉就要到美国去,这真使我惊异,她的家境很穷困,怎么半年间忽然又有钱到美国了?后来问杏农才知道她作了半年妇女部的秘书,就发了六七千元的财呵!这话真使我惊倒了,一个小小的秘书,半年间就发了六七千元的财,那若果要是作省党部的秘书长,岂不可以发个几十万吗?这手腕真比从前的官僚还要厉害——可是他们都是为民众谋幸福的志士,他们莫非自己开采得无底的矿吗?……呵!真真令人不可思议呵!

沙姊有信来问我入党后的新生命,真惭愧,这里原来没有光大的新生命,军阀要钱,这里的人们也要钱;军阀吃鸦片,这里也时时有喷云吐雾的盛事。呵!腐朽!一切都是腐朽的……

九月十日　真是不可思议,在一个党部里竟有各式各样不同的派别!昨天一天,我遇见三方面的人,对我疏通选举委员长的事。他们都称我作同志,可是三方面各有他们的意见，而且又是绝对不同的三种意见，这真叫我为难了，我到底是谁的同志呢？老实说吧，他们都是想膨胀自己的势力，那一个是为公忘私呢……并且又是一般只有盲目的热情的青年在那里把持一切……事前没有受过训练，唉！我不忍说——真有些倒行逆施，不顾民意的事情呢！

小珠今早很早跑来，告诉我前次派到C县作县知事的宏卿，在那边勒索民财，妄作威福，闹了许多笑话，真叫人听着难受。本来这些人，一点学识没有，他们的进党的目的，只在发财升官，一旦手握权柄，又怎免滥用？杏农的话真不错！他说："我们革命应有步骤，第一步是要充分的预备，无论破坏方面，建设方面，都要有充足的人材准备，第二步才能去作破坏的工作，破坏以后立刻要有建设的人才收拾残局……"而现在的事情，可完全不对，破坏没人才，建设更没人才！所有的分子多半是为自己的衣饭而投机的，所以打下一个地盘以后，没有人去作新的建设！这是多么惨淡的前途呢，土墙固然不好，可是把土墙打破了，不去修砖墙，那还不如留着土墙，还成一个片断。唉！我们今天越说越悲观，难道中国只有这默淡的命运吗？

九月十五日　今天这里起了一个大风潮……这才叫作丢人呢！

维春枪决了！因为他私吞了二万元的公款，被醒胡告发，但是醒胡同时却发了五十万的大财，据说维春在委员会里很有点势力！他是偏于右方的，当时惹起反对党的忌恨，要想法破坏他，后来知道醒胡和他极要好，

曼 丽

因约醒胡探听他的私事,如果能够致维春的死命,就给他五十万元,后来醒胡果然探到维春私吞公款的事情,到总部告发了,就把维春枪决了。

这真象一段小说呢!革命党中的青年竟照样施行了。自从我得到这消息以后,一直懊恼,我真想离开这里呢!

下午到杏农那里,谈到这件事,他也很灰心,唉!这到处腐朽的国事,我真不知应当怎么办呢?

九月十七日　这几天党里的一切事情更觉紊乱,昨夜我已经睡了,忽接到杏农的信,他说:"这几天情势很坏,军长兵事失利,内部又起了极大的内讧——最大的原因是因为某军长部下所用一般人,都是些没有实力的轻浮少年,可是割据和把持的本领均很强,使得一部分军官不愿意他们,要想反戈,某军长知道实在不可为了,他已决心不干,所以我们不能不准备走路……请你留意吧!"

唉!走路!我早就想走路,这地方越作越失望,再往下去我简直要因刺激而发狂了!

九月二十二日　支党部几个重要的角色都跑尽了,我们无名小角也没什么人注意,还照旧在这里鬼混,但也就够狼狈了!有能力的都发了财,而我们却有断炊的恐慌,昨晚检点皮箧只剩两块钱。

早晨杏农来了,我们照吃了五毛钱一桌的饭,吃完饭,大家坐在屋里,皱着眉头相对。小珠忽然跑来,她依然兴高采烈,她一进门就嘻嘻哈哈的又说又笑,我们对她诉说窘状，她说："愁什么！我这里先给你们二十块，用完了再计较。"杏农才把心放下，于是我们暂且不愁饭吃，大家坐着谈些闲话，小珠对着我们笑道："我告诉你们一件有趣的新闻：你们知道兰芬吗？她真算可以，她居然探听到敌党的一切秘密；自然兰芬那脸子长得漂亮，敌党的张某竟迷上她了！只顾讨兰芬的喜欢，早把别的事忘了……他们的经过真有趣，昨天听兰芬告诉我们，真把我笑死！前天不是星期吗？一早晨，张某就到兰芬那里，请兰芬去吃午饭，兰芬就答应了他。张某叫了一辆汽车，同兰芬到德昌饭店去。到了那里，时候还早，他们就拣了一间屋子坐下，张某就对兰芬表示好意，诉说他对兰芬的爱慕。兰芬笑道：'我很希望我们作一个朋友，不过事实恐怕不能！你不能以坦白的心胸对我……'张某听了兰芬的话，又看了那漂亮的面孔，真的，他恨不得把心挖出来给她，就说道：'兰芬，只要你真爱我，我什么都能为你牺牲，如果我死了，于你是有益的，我也可以照办。'兰芬就握住他的手说道，'我真感激你待我的诚意，不过我这个人有些怪僻，除非你告诉我一点别人所听不到的事情，那我就信了。'张某道：'我什么事都可以告诉你，现我背我的生平你听，兰芬！那你相信我了吧！'兰芬说：'你能将你们团体的秘密全对我说吗？……我本不当有这种要求，不过要求彼此了解起见，什么事不应当有掩饰呢！'张某简直迷昏了，他绝不想到兰芬的另有用意，他便把他的团体决议对付敌人种种方法告诉兰芬，以表示爱意……这真滑稽得可笑！"

小珠说得真高兴，可是我听了，心里很受感动，天

曼　丽

下多少机密事是误在情感上呢!

十月一日　在那紊乱的 N 城,厮守不出所以然来。今天我又回到了上海,早车到了这里,稍吃了些点心,我就去看朋友。走到黄浦滩,由不得想到前几个月和沙姊话别的情形,那时节是多么兴奋!多么自负!……唉!谁想到结果是这么狼狈。现在觉悟了,事业不但不是容易成功,便连从事事业的途径也是不易选择的呢!

回到上海——可是我的希望完全埋葬在 N 城的深土中,什么时候才能发芽蓬勃滋长,谁能知道?谁能预料呵?

十月五日　我忽然患神经衰弱病,心悸胸闷,镇天生气,今天搬到医院里来。这医院是在城外,空气很好,而且四周围也很寂静。我睡在软铁丝的床上,身体很舒适了。可是我的病是在精神方面,身体越舒服暇预,我的心思越复杂,我细想两三个月的经历,好像毒蛇在我的心上盘咬!处处都是伤痕。唉!我不曾加入革命工作的时候,我的心田里,万丛荆棘的当中,还开着一朵鲜艳的紫罗兰花,予我以前途灿烂的希望。现在呢!紫罗兰萎谢了,只剩下刺人的荆棘,我竟没法子迈步呢?

十月七日　两夜来,我只为已往的伤痕懊恼,我恨人类世界,如果我有能力,我一定要让它全个湮灭!……但是我有时并不这样想,上帝绝不这样安排的,世界上有大路,有小路,有走得通的路,有走不通的路，我并不曾都走遍，我怎么就绝望呢！我想我自己本没有下过探路的工夫，只闭着眼跟人家走，失败了！还不是自作自受吗？……

奇怪，我自己转了我愤恨的念头，变为追悔时，我心头已萎的紫罗兰，似乎又在萌芽了，但是我从此不敢再随意的摧残了，……我病好以后，我要努力找那走得通的路，去寻求光明。

以前的闭眼所撞的伤痕，永远保持着吧！……

曼丽的日记完了，我紧张的心弦也慢慢恢复了原状，那时夜漏已深，秋扇风摇，窗前枯藤，声更栗！彤芬也很觉得疲倦，我们暂且无言的各自睡了。我痴望今夜梦中能见到曼丽，细认她的心的创伤呢！

灵海潮汐致梅姊

亲爱的梅姊：

我接到你的来信后，对于你的热诚，十分的感激。当时就想抉示我心头的隐衷，详细为你申说。然自从我回到故乡以后，我虽然每天照着明亮的镜子，不曾忘却我自己的形容，不过我确忘记了整个儿我的心的状态。我仿佛是喝多了醇酒，一切都变成模糊。其实这不是什么很奇怪的事，因为你只要知道我的处境，是怎样的情形，和我的心灵怎样被捆扎，那末你便能想象到，纵使你带了十二分活泼的精神来到这里，也要变成阶下的罪囚，一切不能自由了。

我住的地方，正在城里的闹市上。靠东的一条街，那是全城最大的街市，两旁全是店铺，并不看见什么人们的住房。因为这地方的街市狭小，完全赁用人民的住房的门面作店铺，所以你可以想象到这店铺和住家是怎样的毗连。住户们自然有许多不便，他们店铺的伙计和老板，当八点以后闭了店门，便掇三两条板凳，放上一块藤绷子，横七竖八的睡着；倘若你夜里从外头回来的时候，必要从他们挺挺睡着的床边走过，不但是鼾声吓人，那一股炭气和汗臭，直熏得人呕吐。尤其是当你从朋友家里宴会回来以后，那一股强烈的刺激，真容易使得人宿酒上涌呢！

我曾记得有一次，我和玉姊同到青年会看电影，那天的片子是《月宫宝盒》，其中极多幽美的风景，使我麻木的感想，顿受新鲜的刺激，那轻松的快感仿佛置身另一世界。不久，影片映完，我们自然要回到家里，这时候差不多快十二点了。街上店铺大半全闭了门，电灯也都掩息，只有三数盏路灯，如曙后孤星般在那里淡淡的发着亮，可是月姊已明装窥云，遂使世界如笼于万顷清波之下似的，那一种使人悄然意远的美景，不觉与心幕上适才的印象，溶而为一……但是不久已到家门口，"赫！"一阵"鼾呼""鼾呼"的鼾声雷动，同时空气中渗着辣臭刺鼻，全身心被重浊的气压困着出不来气，这才体贴出人间的意味来。至于庭院里呢？为空间经济起见，并不种蓓蕾的玫瑰和喷芬的夜合，只是污浊破烂的洗衣盆，汲水桶，纵横杂陈。从这不堪寓目的街市，走到不可回旋的天井里，只觉手绊脚牵。至于我住的那如斗般的屋子里，虽勉强的把它美化，然终为四境的嘈杂，和孩子们的哭叫声把一切搅乱了。

这确是沉重的压迫，往往激起我无名的愤怒。我不耐烦再开口和人们敷衍，我只咒诅上帝的不善安置，使我走遍了全个儿的城市，找不到生命的休息处。我又怎能抉示我心头的灵潮，于我亲爱的梅姐之前呢！

不久又到了夏天，赤云千里的天空，可怜我不但心灵受割宰，而且身体更郁蒸，我实在支持不住了，因移到鼓岭来住——

灵海潮汐致梅姊

这是我们故乡三山之一。鼓岭位于鼓山之巅,仿佛宝塔之尖顶,登峰四望,可以极目千里,看得见福州的城市民房栉比,及汹涛骇浪的碧海,还有隐约于紫雾白云中的岩洞迷离,峰峦重叠。我第一天来到这个所在,不禁满心怅惘,仿佛被猎人久围于暗室中的歧路亡羊,一旦被释重睹天日,欣悦自不待说。然而回想到昔日的颠顿艰辛,不禁热泪沾襟!

然而透明的溪水,照见我灵海的潮汐,使它从新认识我自己。我现在诚意的将这潮汐的印影,郑重的托付云雀,传递给我千里外的梅姊,和凡关心我的人们,这是何等的幸运。使我诅咒人生之余,不免自惭,甚至忏悔,原来上帝所给予人们的宇宙,正不是人们熙攘奔波的所在。呵!梅姐,我竟是错了哟!

一　鸡声茅店月

当我从崎岖陡险的山径,攀缘而上以后,自是十分疲倦,没有余力更去饱觅山风岚韵;但是和我同来的圃,她却斜披夕阳,笑意沉酣的,来到我的面前说:"这里风景真好,我们出去玩玩吧!"我听了这话,不免惹起游兴,早忘了疲倦,因遵着石阶而上,陡见一片平坦的草地,静卧于松影之下。我们一同坐在那柔嫩的碧茵上,觉得凉风拂面,仿佛深秋况味。我们悄悄坐着,谁也不说什么,只是目送云飞,神并霞驰,直到黄昏后,才慢慢的回去。晚饭后,摊开被褥,头才着枕,就沉沉入梦了。这一夜睡得极舒畅。一觉醒来,天才破晓,淡灰色的天衣,还不曾脱却,封岩闭洞的白云,方姗姗移步。天边那一钩残月,容淡光薄,仿佛素女身笼轻绡,悄立于霜晨凌疏中。隔舍几阵鸡声,韵远趣清。推窗四望,微雾轻烟。掩映于山巅林际。房舍错落,因地为势,美景如斯,遂使如重囚的我,遽然被释,久已不波的灵海,顿起潮汐，芸芸人海中的我真只是一个行尸呵！

灵海既拥潮汐，其活泼腾越有如游龙，竟至不可羁勒。这一天黎明，我便起来，怔立在回廊上，不知是何心情，只觉得心绪茫然，不复自主。

记起五年前的一个秋天早晨，——天容淡淡，曙光未到之前，我和仪姐同住在一所临河的客店里，——那时正是我们由学校回家乡的时候。头一天起早，坐轿走了五十里，天已黑了，必须住一夜客店，第二天方能到芜湖乘轿。那一家客店，只有三间屋子，一间堂屋，一间客房，一间是账房，后头还有一个敞厅排着三四张板床，预备客商歇脚的。在这客店住着的女客除了我同仪姐没有第三个人，于是我们两人同住在一间房里——那是唯一的客房。我一走进去，只见那房子里阴沉沉的，好像从来未见阳光。再一看墙上露着不到一尺阔的小洞，还露着些微的亮光，原来这就是窗户。仪姐皱着眉头说："怎么是这样可怕的所在？你看这四面墙壁上，和屋顶上，都糊着十年前的陈报纸，不知道里面藏着多少的臭虫虱子呢……"我听了这话由不得全身肌肉紧张，掀开那板床上的破席子看了看，但觉臭气蒸溢，不敢再往那上面坐。这时我忽又想起《水浒》上的黑店来了，我更觉得心神不安。这一夜简直不敢睡，怔怔地坐着数更筹。约莫初更刚过，就来了两个查夜的人，我们也不敢正眼看他，只托店主替我们说明来历，并给了他一张学校的名片，他才一声不响的走了。查夜的人走了不久，就听见在我们房顶上，许多人嘻嘻哈哈的大笑。我和仪姐四目对望着，正不知怎么措置，刚好送我们的听差走进来了，问我们吃什么东西。我们心里怀着黑店的恐惧，因对他说一概不吃。仪姐又问他这上面有楼吗，怎么有许多人在上面呵？那听差的说："那里并不是楼，只是高不到三尺堆东西的地方，他们这些人都窝在上边过大烟瘾和赌钱。"我和仪姐听了这话，才把心放下了，然而一夜究竟睡不着。到三更后，那楼上的客人大概都睡了，因为我们曾听见鼾呼的声音，又坐了些时就听见远远的鸡叫，知道天快亮了。因悄悄的开了门到外面一看，倒是满庭好月色，茅店外稻田中麦秀迫风，如拥碧波。我同仪姐正在徘徊观赏，渐听见村人赶早集的声音，我们也就整装奔前途了。

灵潮正在奔赴间，不觉这时的月影愈斜，星光更淡，鸡鸣，犬吠，四境应响，东方浓雾渐稀，红晕如少女羞颜的彩霞，已择隙下窥，红而且大的昊日冉冉由山后而升，霎那间霞布千里，山巅云雾，逼炙势而匿迹，蔚蓝满空。唉！如浮云般的人生，其变易还甚于这月露风云呵，梅姊也以为然吗？

二　动人无限愁如织

梅姊！你不是最喜欢苍松吗？在弥漫黄沙的燕京，固然缺少这个，然而我们这里简直遍山都是。这种的树乡里的人都不看重它，往往砍下它的枝干作薪烧，可是我极爱那伏龙天矫的姿势。恰好在我的屋子前有数十株臂般的大松树，每逢微风穿柯，便听见涛声澎湃，我举目云天，一缕愁痕，直奔胸臆。噫！清翠的涛声呵！然而如今都变成可怕的涛声了。梅姊！你猜它是带来的什么消息？记得去年八月里，正是黄昏时候，我还是住在碧海之滨的小楼上，我们沿着海堤看去，只见斜阳满树，惊风鼓浪，细沫飞溅衣襟，也正是涛声澎湃，然而我那时对于这种如武士般的壮歌，只是深深的崇拜，崇拜它那伟大的雄豪。

我深深记得我们同行海堤共是五人，其间有一个J夫人——梅姊未曾见过——她的面貌很美丽，尤其她天性的真稚，仿佛出谷的雏莺。她从来不曾见过四无涯涘的海，这是她第一次看见了海。她极欣悦的对我说："海上的霞光真美丽，真同闪光的柔锦相仿佛,我几时也能乘坐那轮船,到外国遨游一番,便不负此生了。"我微笑道:"海行果然有趣。然而最怕遇见风浪……"J夫人道:"吓,如果遇见暴风雨,那真是可怕呢。我记得我母亲的一个内侄,有一次从天津到上海,遇到飓风,在海里颠沛了六七天,幸而倚傍着一个小岛,不然便要全船翻覆了!"我们说到海里的风浪,大家都感着心神的紧张。我更似乎受到什么暗示般,心头觉得忐忑不安。我忽想到涵曾对我说:星相者曾断定他二十八岁必死于水……这自然是可笑的联想,然而实觉得涵明年出洋的计划最好不要实现……这时涵正与铎谈讲着怎样为他的亡友编辑遗稿,我自不便打断他的话头,对他说我的杞忧……

我们谈着不觉天色已黑下来,并且天上又洒下丝丝的细雨来,我们便沿着海堤回去了。晚饭后我正伏着窗子看海,又听见涛声澎湃,陡的又勾起我的杞忧来。我因对涵说:"我希望你明年不要到外国去……"涵怔怔的道:"为什么?"我被他一问又觉得我的思想太可笑了!不说罢!然而不能,我嗫嚅着说:"你不记得星相者说你二十八岁要小心吗……"涵听了这话不觉嗤的一声笑道:"你真有些神经过敏了,怎么忽然又想起这个来!"我被他讪笑了一阵,也自觉惭沮,便不愿多说……而不久也就忘记了。

涛声不住的澎涛,然而涵却不曾被它卷入旋涡,但是涵还不到二十八岁,已被病魔拖了去。唉!这不但星相者不曾料到,便是涵自身也未曾梦想到呵!当他在浪拥波掀的碧海之滨,计划为他的亡友整理遗稿,他何尝想到第二年的今日,松涛澎湃中,我正为他整理残篇呢。我一页一页的抄着,由不得心凄目眩。我更拿出他为亡友预备编辑而未曾编辑的残简一叠,更不禁鼻酸泪涕。唉!不可预料的昙花般的生命,正不知我能否为他整理完全遗著,并且又不知道谁又为我整理遗著呢!梅姊!你看风神勤鼓着双翼，松涛频作繁响，它带来的是什么消息……正是动人无限愁如织呵！

三　斜阳正在烟柳断肠处

　　斜阳满山，繁英呈艳。我同圃绕过山径，那山路忽高忽低曲折蜿蜒。山洼处一方稻田，麦浪拥波，翠润悦目。走尽田垄，忽见奇峰壁立，一抹残阳，正反映其上。由这里拨乱草探幽径，转而东折，忽露出一条石阶，随阶而上，其势极险，弯腰曲背，十分吃力，走到顶巅，下望群峰起伏，都映掩于淡阳影里。我同圃坐在悬崖上，默默的各自沉思。

　　我记得那是一个极轻柔而幽静的夜景，没有银盆似的明月，只是点点的疏星，发着闪烁的微光。那寺里一声声钟鼓荡漾在空气里时，实含着一种庄严玄妙的暗示。那一队活泼的青年旅行者，正在那大殿前一片如镜般的平地上手搀着手，捉迷藏为嬉。我同圃德三人悄悄的走出了山门，便听见瀑布潺潺溅溅的声音，我们沿着石路慢慢的散着步，两旁的松香清澈，树影参差。我们唱着极凄凉的歌调，圃有些怅惘了，她微微的叹息道："良辰美景……"底下的话她不愿意更说下去，因换了话头说："这个景致，极像某一张影片上的夜景，真比什么都好，可是我顶恨这种太好的风景恒使我惹起无限莫名的怅惘来。"我仿佛有所悟似的，因道："圃，你猜这是什么原因……正是因为环境的轻松，内心得有回旋的余地，潜伏心底的灵性的要求自然乘机发动；如果不能因之满足，便要发生一道怅惘的情绪，然而这怅惘的情绪，却是一种美感，恒使我人迟徊不忍舍去。"我们正发着各自的议论，只有德一声不哼的感叹着。圃似乎不在意般的又接着道："我想无论什么东西，过于着迹，就要失却美感，风景也是如此，只要是自然的便好，那人工堆砌的究竟经不住仔细端相……甚至于交朋友，也最怕的是腻，因为腻了便觉得丑态毕露。世界上的东西，一面是美的，一面是丑的，若果能够掩饰住丑的，便都是美的可欣羡的，否则都是些罪恶！"唉！梅姊！圃的一席话，正合了我的心。你总当记得朋友们往往嫌我冷淡，其实这种电流般的交感，不过是霎时的现象，索居深思的时候，一切都觉淡然！我当时极赞同圃的话，但我觉得德这时有些仿佛失望似的。自然啦，她本是一个热情的人，对于朋友，常常牺牲了自己而宛转因人，而且是过分的细心，别人的一举一动，她都以为是对她而发的，或者是有什么深意。她近来待我很好，可是我久已冷淡的心情，虽愿意十分的和她亲热，无如总是落落的。她自然时常感到不痛快，可是我不能出于勉强的敷衍，不但这是对良心不住，而且也不耐烦；然而她现在没精打采的长叹着，我有些难受了。我想上帝太作弄我，既是给我这种冷酷而少信仰的心性，就不该同时又给我这种热情的焚炙。

最使我不易忘怀的，是德将要离开我们的那一天。午饭后，她便忙着收拾行装，我只怔怔的坐着发呆。她凄然的对我说："我每年暑假离开这个学校时，从不曾感到一些留恋的意味，可是这一次就特别了，老早的就心乱如麻说不出那种'剪不断，理还乱'的滋味……"她说着眼圈不觉红了。我呢？梅姊！若是前五年，我的眼泪早涌出来了，可是现在百劫之余的心灵，仿佛麻木了。我并不是没有同情心，然而我终没有相当的表现，使那对方的人得到共鸣的安慰。当我送她离开校门的时候，正是斜阳满树，烟云凄迷，我因冷冷的道："德！你看斜阳正在烟柳断肠处。"德听了这话，顿时泪如雨下，可是我已经干枯的泪泉，只有愧惭着，直到德的影子不可再见了，我才悄悄的回来。我想到了这里，不觉叹了一声，圃忽回头对我说："趁着好景未去的时候，我们回去吧！也留些不尽的余兴。"梅姊！这却是至理名言吧！

四　寒灰寂寞凭谁暖，落叶飘扬何处归

梅姊！我这个心终久是空落落的，然而也绝不想使这个心不空落，因为世界上究少可凭托的地方，至于归宿呢，除出进了"死之宫门"，恐怕没有归宿处呵！空落落的心不免到处生怯，明明是康庄大道，然而我从不敢坦然的前进，但是独立于落日参横，灰淡而沉寂的四空中，又不免怅然自问"寒灰寂寞凭谁暖？落叶飘扬何处归"了。梅姊！可怜以矛刺盾，转战灵田，不至筋疲力倦，奄然物化，尚有何法足于解脱？

有时觉得人们待我也很有情谊，聊以自慰吧！然而多半是必然的关系，含着责任的意味，而且都是搔不着痒处的安慰，甚于有时强我咽所不愿咽的东西。唉！转不如没有这些不自然的牵扯，反落得心身潇洒，到而今束身于桎梏之中，承颜仰色，何其无聊！

但是世界上可靠的人，究竟太少，怯生生的我，总不敢挣脱这个牢笼，放胆前去。我梦想中的乐园，并不是想在绮罗丛里，养尊处优，也不是想在饮宴席上，觥筹交错。我不过求两椽清洁质朴的茅屋，一庭寂寞的花草，容我于明窗净几之下，饮酽茶，茹山果，读秋风落叶之什，抉灵海潮汐，示我亲爱的朋友们。唉！我所望的原来非奢，然而蹉跎至今，依然夙愿莫偿，岁月匆匆，安知不终抱恨长辞。虽然我也知道在这世界上，正有许多醉梦沉酣的人们，膏沐春花秋月般的艳容，傲睨于一群为他们而颠倒的青年之前，是何等尊若天神。青年们如疯狂似的俯伏她们的足前，求她们的嫣然一笑时，是何等的沉醉迷离。呵！梅姊！你

当然记得从前在梅窠时你我的豪兴,我们曾谈到前途和事业,你说你希望诗神能够假你双翼,使你凌霄而上,采撷些仙果琼葩,赐与久不赏识美味的世人,这又是何等超越之趣,然而现在你却伫立在悲风惨日的新墓之旁,含泪仰视。呵!梅姊!你岂是已经掀开人间的厚幕,看到最后的秘密了吗?若果是的,请你不必深说罢!我并恳求你暂且醉于醇醪,以幻象为真实吧!更不必问到"落叶飘扬何处归"的消息,因为我不能相信在这世界上可以求到所谓凭托与归宿呵!

梅姊!只要我一日活着,我的灵海潮汐将掀腾没有已时,我尤其怕回首到那已经成尘的往事,然而我除了以往事的舍味,强为自慰外,我不知将何物向你诉说!现在的我,未来的我,真仿佛剩余的糟粕,无情的世界诚然厌弃我,然而我也同样的憎厌世界呵!

梅姊!我自然要感激你对我的共鸣,你希望我再到北京,并应许我在凄风苦雨之下伴我痛哭,唉!我们诚然是世界上的怯弱者,终不免死于失望呵⋯⋯梅姊!我兴念及此,一管秃笔不堪更续了哟!

月下的回忆

晚凉的时候,困倦的睡魔都退避了,我们便乘兴登大连的南山,在南山之巅,可以看见大连全市。我们出发的时候已经是暮色苍茫,看不见娇媚的夕阳影子了。登山的时候,眼前模糊,只隐约能辨人影;漱玉穿着高底皮鞋,几次要摔倒,都被淡如扶住,因此每人都存了戒心,不敢大意了。

到了山巅,大连全市的电灯,如中宵的繁星般,密密层层满布太空,淡如说是钻石缀成的大衣,披在淡装的素娥身上,漱玉说比得不确,不如说我们乘了云梯,到了清虚上界,下望诸星,吐豪光千丈的情景为逼真些。

他们两人的争论,无形中引动我们的幻想,子豪仰天吟道:"举首问明月,不知天上今夕是何年?"她的吟声未竭,大家的心灵都被打动了,互相问道:"今天是阴历几时?有月亮吗?"有的说十五;有的说十七;有的说十六;漱玉高声道:"不用争了!今日是十六,不信看我的日记本去!"子豪说:"既是十六,月光应当还是圆的,怎么这时候还没看见出来呢?"淡如说:"你看那两个山峰的中间一片红润,不是月亮将要出来的预兆吗?"我们集中目力,都望那边看去了,果见那红光越来越红,半边灼灼的天,像是着了火,我们静悄悄地望了些时,那月儿已露出一角来了;颜色和丹砂一般红,渐渐大了也渐渐淡了,约有五分钟的时候,全个团团的月儿,已经高高站在南山之巅,下窥芸芸众生了,我们都拍着手,表示欢迎的意思;子豪说:"是我们多情欢迎明月?还是明月多情,见我们深夜登山来欢迎我们呢?"这个问题提出来后,大家议论的声音,立刻破了深山的寂静,和夜的消沉,那酣眠高枝的鹧鸪也吓得飞起来了。

淡如最喜欢在清澈的月下,妩媚的花前,作苍凉的声音读诗吟词,这时又在那里高唱南唐李后主的《虞美人》,诵到"故国不堪回首月明中"声调更加凄楚;这声调随着空气震荡,更轻轻浸进我的心灵深处;对着现在玄妙笼月的南山的大连,不禁更回想到三日前所看见污浊充满的大连,不能不生一种深刻的回忆了。

在一个广场上,有无数的儿童,拿着几个球在那里横穿竖冲的乱跑,不久铃声响了,一个一个和一群蜜蜂般地涌进学校门去了;当他们往里走的时候,我脑膜上已经张好了白幕,专等照这形形式式的电影,顽皮没有礼貌的行动;憔悴带黄色的面庞,受压迫含抑闷的眼光,一色色都从我面前过去了,印入心幕了。

进了课堂,里头坐着五十多个学生,一个三十多岁,有一点胡须的男教员,正在那里讲历史,"支那之部"四个字端端正正写在黑板上;我心里忽然一动,我想大连是谁的地方啊?用的可是日本的教科书——教书的又是日本教员——这本来没有什么,

月下的回忆

教育和学问是没有国界的，除了政治的臭味——他是不许藩篱这边的人和藩篱那边的人握手，以外人们的心都和电流一般相通的——这个很自然……

"这是那里来的，不是日本人吗？"靠着我站在这边的两个小学生在那窃窃私语，遂打断我的思路，只留心听他们的谈话，过了些时，那个较小的学生说"这是支那北京来的，你没看见先生在揭示板写的告白吗？"我听了这口气真奇怪，分明是日本人的口气，原来大连人已受了软化了吗？不久，我们出了这课堂，孩子们的谈论听不见了。

那一天晚上，我们住的房子里，灯光格外明亮；在灯光之下有一个瘦长脸的男子，在那里指手画脚演说："诸君！诸君！你们知道用吗啡培成的果子，给人吃了，比那百万雄兵的毒还要大吗？教育是好名词，然而这种含毒质的教育，正和吗啡果相同……你们知道吗？大连的孩子谁也不晓得有中华民国呵！他们已经中了吗啡果的毒了！……

"中了毒无论怎样，终久是要发作的，你看那一条街上是西岗子一连有一千余家的暗娼，是谁开的，原来是保护治安的警察老爷，和暗探老爷们勾通地棍办的，警察老爷和暗探老爷，都是吃了吗啡果子的大连公学校的卒业生呵！"

他说到那里，两个拳头不住在桌上乱击，口里不住的诅咒，眼泪不竭的涌出，一颗赤心几乎从嘴里跳了出来！歇了一歇他又说："我有一个朋友，在一天下午，从西岗子路过；就见那灰色的墙根底下每一家的门口，都有一个邪形鸠面的男子蹲在那里，看见他走过去的时候，由第一个人起，连续着打起呼啸来；这种奇异的暗号，真是使人惊吓，好像一群恶魔要捕人的神气；更奇怪的，打过这呼啸以后立刻各家的门又都开了；有妖态荡气的妇人，向外探头，我那个朋友，看见她们那种样子，已明白她们要强留客人的意思,只得低下头,急急走过,经过他们门前,有的捉他的衣袖,有的和他调笑,幸亏他穿的是西装,他们不知道他到底是什么来历,不敢过于造次,他才得脱了虎口,当他才走出胡同口的时候,从胡同的那一头,来了一个穿着黄灰色短衣裤的工人;他们依样的作那呼啸的暗号,他回头一看,那人已被东首第二家的一个高颧骨的妇人拖进去了!"

唉!这不是吗啡果的种子,开的沉沦的花吗?

我正在回忆从前的种种,忽然漱玉在我肩上击了一下说:"好好的月亮不看,却在这漆黑树影底下发什么怔。"

漱玉的话打断我的回忆,现在我不再想什么了,东西张望,只怕辜负了眼前的美景!

远远地海水,放出寒栗的光芒来;我寄我的深愁于流水,我将我的苦闷付清光;只是那多事的月亮,无论如何把我尘浊的影子,清清楚楚反射在那块白石头上;我对着她,好像怜她,又好像恼她;怜她无故受尽了苦痛的磨折!恨她为什么自己要着迹,若没这有形的她,也没有这影子的她了,无形无迹,又何至被有形有迹的世界折磨呢?……连累得我的灵魂受苦恼……

夜深了!月儿的影子偏了,我们又从来处去了。

夏的歌颂

出汗不见得是很坏的生活吧,全身感到一种特别的轻松。尤其是出了汗去洗澡,更有无穷的舒畅,仅仅为了这一点,我也要歌颂夏天。

其久被压迫,而要挣扎过——而且要很坦然的过去,这也不是毫无意义的生活吧,——春天是使人柔困,四肢瘫软,好像受了酒精的毒,再无法振作;秋天呢,又太高爽,轻松使人忘记了世界上有骆驼——说到骆驼,谁也忘不了它那高峰凹谷之间的重载,和那慢腾腾,不尤不怨的往前走的姿势吧!冬天虽然是风雪严厉,但头脑尚不受压轧。只有夏天,它是无隙不入的压迫你,你每一个毛孔,每一棵神经,都受着重大的压轧;同时还有臭虫蚊子苍蝇助虐的四面夹攻,这种极度紧张的夏日生活,正是训练人类变成更坚强而有力量的生物。因此我又不得不歌颂夏天!

二十世纪的人类,正度着夏天的生活——纵然有少数阶级,他们是超越天然,而过着四季如春享乐的生活,但这太暂时了,时代的轮子,不久就要把这特殊的阶级碎为齑粉!——夏天的生活是极度紧张而严重,人类必要努力的挣扎过,尤其是我们中国不论士农工商军,哪一个不是喘着气,出着汗,与紧张压迫的生活拼命呢?脆弱的人群中,也许有诅咒,但我却认为只有虔敬的承爱,我们尽量的出汗,我们尽量的发泄我们生命之力,最后我们的汗液,便是甘霖的源泉,这炎威逼人的夏天,将被这无尽的甘霖所毁灭,世界变成清明爽朗。

夏天是人类生活中,最雄伟壮烈的一个阶段,因此,我永远的歌颂它。

丁玲之死

前五六年，我在北平常同胡也频来往，以此因缘，我曾见过丁玲两次。那时她还不曾发表过文章，也不曾用丁玲这个笔名，我只晓得她叫蒋冰之。她是一个圆脸，大眼睛，身材不高，而有些胖的女性。她不大说话，我们见了她只点头微笑。

在那时候，我就觉得她有点不平凡，但我可猜不透她是负着重大的革命工作。

不久也频和她离开北平到上海来。两个月后，我就在《小说月报》上读到她的处女作《莎菲日记》，署名是丁玲。有人告诉我，这就是蒋冰之的笔名，当时我心里很高兴，我知道我对于丁玲的猜想到底不错。

前几年我正在日本吧，忽然接到朋友的信说："胡也频以共产故被捕"，我得了这消息，想起也频那样一个温和的人，原来有这样的魄力，又是伤感，又是钦佩。后来我也到上海作事，有时很想看看丁玲，但听说她的行踪秘密，不愿意有人去看她，所以也就算了。不过无论如何，她的印象直到如今，依然很明显的在我心头。

最近忽听到丁玲被捕失踪，今又在《时事新报》上看到丁玲有已被枪决之说，如果属实，我不禁为中国文艺界的前途叹息了。不问丁玲的罪该不该死，只就她的天才而论，却是中国文艺界一个大损失。

唉，时代是到了恐怖，向左转向右转，都不安全，站中间吧，也不妙，万一左右夹攻起来，更是走投无路。唉，究竟哪里是我们的出路？想到这里，我不但为丁玲吊，更为恐怖时代下的民众吊了。

丽石的日记

今日春雨不住响的滴着,窗外天容倍淡,耳边风声凄厉,我静坐幽斋,思潮起伏,只觉怅然惘然!

去年的今天,正是我的朋友丽石超脱的日子,现在春天已经回来了,并且一样的风凄雨冷,但丽石那惨白梨花般的两靥,谁知变成什么样了!

丽石的死,医生说是心脏病,但我相信丽石确是死于心病,不是死于身病,她留下的日记,可以证实,现在我将她的日记发表了吧!

十二月二十一日　不记日记已经半年了。只感觉着学校的生活单调,吃饭,睡觉,板滞的上课,教员戴上道德的假面具,象俳优般舞着唱着,我们便象傻子般看着听着,真是无聊极了。

图书馆里,摆满了古人的陈迹,我掀开了屈原的《离骚》念了几页，心窃怪其愚——怀王也值得深恋吗？……

下午回家，寂闷更甚；这时的心绪，真微玄至不可捉摸……日来绝要自制，不让消极的思想入据灵台，所以又忙把案头的奋斗杂志来读。

晚饭后，得归生从上海来信——不过寥寥几行，但都系心坎中流出，他近来因得不到一个归宿地，常常自戕其身，白兰地酒，两天便要喝完一瓶，……他说："沉醉的当中，就是他忘忧的时候"唉！可怜的少年人！感情的海里，岂容轻陷？固然指路的红灯，只有一盏，但是这"万矢之的"底红灯，谁能料定自己便是得胜者呢？

其实像海兰那样的女子，世界上绝不是仅有，不过归生是永远不了解这层罢了。

今夜因为复归生的信，竟受大困——的确我搜尽枯肠，也找不出一句很恰当的话，那是足以安慰他的，……其实人当真正苦闷的时候，绝不是几句话所能安慰的哟！

十二月二十二日　今天因俗例的冬至节，学堂里放了一天假，早晨看姑母们忙着预备祭祖，不免起了想家的情绪，忆起"独在异乡为异客，每逢佳节倍思亲"怆然下泪！

姑丈年老多病，这两天更觉颓唐，干皱的面皮，消沉的心情，真觉老时的可怜！

午后沅青打发侍者送红梅来，并有一封信说："现由花厂买得红梅两株，遣人送上，聊袭古人寄梅伴读的意思"。我写了回信，打发来人回去，将那两盆梅花，放在书案的两旁，不久斜阳销迹，残月初升，那清淡的光华，正笼照在那两株红梅上，更见精神。

今夜睡得极迟，但心潮波涌，入梦仍难，寂寞长夜，只有梅花吐着幽香，安慰这生的漂泊者呵！

丽石的日记

十二月二十四日　穷冬严寒，朔风虎吼，心绪更觉无聊，切盼沉青的信，但是已经三次失望了。大约她有病吧？但是不至如此，因为昨天见面的时候，她依旧活泼泼地，毫无要病的表示呵，咳！除此还有别的原因吗？……我和她相识两年了，当第一次接谈时，我固然不能决定她是怎样的一个人，但是由我们不断的通信和谈话看来，她大约不至于很残忍和无情吧！……不过："爱情是不能买预约券的，也不是一成不变的……"变幻不测的人类，谁能认定他们要走的路呢？

下午到学校听某博士的讲演，不期遇见沉青，我的忧疑更深，心想沉青既然没病，为什么不来信呢？当时赌气也不去理她，草草把演讲听完，愁闷着回家去了，晚饭懒吃，独坐沉思，想到无聊的地方，陡忆起佛经所说："菩萨畏因，众生畏果"。我不自造恶因，安得生此恶果？从此以后，谨慎造因罢！情感的漩涡里，只是愁苦和忌恨罢了，何如澄澈此心，求慰于不变的"真如"呢……想到这里，心潮渐平，不久就入睡乡了。

十二月二十五日　昨夜睡时，心境平稳，恶梦全无，今早醒来，不期那红灼灼的太阳，照满绿窗了。我忙忙自床上坐了起来，忽见桌上放着一封信，那封套的尺寸和色泽，已足使我澄澈的心紊乱了，我用最速的目力，把那信看完了，觉得昨天的忏悔真是多余，人生若无感情维系，活着究有何趣？春天的玫瑰花芽，不是亏了太阳的照拂，怎能露出娇艳的色泽？人类生活，若缺乏情感的点缀，便要常沦到干枯的境地了，昨天的芥蒂，好似秋天的浮云，一阵风洗净了。

下午赴潄生的约，在公园聚会，心境开朗，觉得那庄严的松柏，都含着深甜的笑容，景由心造，真是不错。

十二月二十六日　今天到某校看新剧，得到一种极劣的感想，——当我初到剧场时，见她们站在门口，高声叫笑着，遇见来宾由她们身边经过,她们总作出那骄傲的样子来,惹得那些喜趁机侮辱女性的青年,窃窃评论,他们所说的话,自然不是持平之论,但是喜虚荣的缺点,却是不可避免之讥呵!

下午雯薇来——她本是一个活泼的女孩,可惜近来却憔悴了——当我们回述着儿时的兴趣,过去的快乐,更比身受时加倍,但不久我们的论点变了。

雯薇结婚已经三年了,在人们的观察,谁都觉得她很幸福,想不到她内心原藏着深刻的悲哀,今天却在我面前发现了,她说:"结婚以前的岁月,是希望的,也是极有生趣的,好像买彩票,希望中彩的心理一样,而结婚后的岁月,是中彩以后,打算分配这财产用途的时候,只感得劳碌,烦躁,但当阿玉——她的女儿——没出世之前,还不觉得,……现在才真觉得彩票中后的无趣了。孩子譬如是一根柔韧的彩线,被她捆住了,虽是厌烦,也无法解脱。"

四点半钟雯薇走了,我独自回忆着她的话,记得《甲必丹之女》书里,有某军官与彼得的谈话说:"一娶妻什么事都完了。"更感烦闷!

十二月二十七日　呵!我不幸竟病了,昨夜觉得心躁头晕,今天竟不能起床了,静悄悄睡在软藤的床上,变幻的白云,从我头顶慢慢经过,爽飒的风声,时时在我左右回旋,似慰我的寂寞。

我健全的时候,无时不在栗栗中觅生活,我只领略到烦搅,和疲敝的滋味,今天我才觉得不断活动的人类的世界,也有所谓"静"的境地。

我从早上八点钟醒来,现在已是下午四点钟了,我每回想到健全时的劳碌和压迫,我不免要恳求上帝,使我永远在病中,永远和静的主宰——幽秘之神——相接近。

丽石的日记

我实在自觉惭愧，我一年三百六十日中，没有一天过的是我真愿过的日子，我到学校去上课，多半是为那上课的铃声所勉强，我恬静的坐在位子上，多半是为教员和学校的规则所勉强，我一身都是担子，我全心也都为担子的压迫，没有工夫想我所要想的。

今天病了，我的先生可以原恕我，不必板坐在书桌里，我的朋友原谅我，不必勉强陪着她们到操场上散步，……因为病被众人所原谅，把种种的担子都暂且搁下，我简直是个被赦的犯人，喜悦何如？

我记得海兰曾对我说："在无聊和勉强的生活里，我只盼黑夜快来，并望永远不要天明，那末我便可忘了一切的烦恼了。"她也是一个生的厌烦者呵！

我最爱读元人的曲，平日为刻板的工作范围了，使我不能如愿，今夜神思略清，因拿了一本《元曲》就着烂闪的灯光细读，真是比哥伦布发现了新大陆，还要快活呢！

我读到《黄粱梦》一折，好像身驾云雾，随着骊山老母的绳拂，上穷碧落了。我看到东华帝君对吕岩说："……把些个人间富贵，都作了眼底浮云，"又说："他每得道清平有几人？何不早抽身？出世尘，尽白云满溪锁洞门，将一函经手自毁；一炉香手自焚，这的是清闲真道本。"似喜似悟，唉！可怜的怯弱者呵！在担子底下奋斗筋疲力尽，谁能保不走这条自私自利的路呢！

每逢遇到不如意事时，起初总是愤愤难平，最后就思解脱，这何尝是真解脱，唉！只自苦罢了！

十二月二十九日　二十八日热度稍高，全身软疲，不耐作字，日记因阙，今早服了三粒"金鸡纳霜"，这时略觉清楚。

回想昨天情景，只是昏睡，而睡时恶梦极多，不是被逐于虎狼，就是被困于水火，在这恐怖的梦中，上帝已指示出人生的缩影了。

　　午后雯薇使人来问病,并附一信说:"我吐血的病,三年以来,时好时坏,但我不怕死,死了就完了。"她的见解实在不错!人生的大限,至于死而已;死了自然就完了。但死终不是很自然的事呵!不愿意生的人固不少,可是同时也最怕死;这大约就是滋苦之因了。

　　我想起雯薇的病因,多半是由于内心的抑郁,她当初作学生的时代,十分好强,自从把身体捐入家庭,便弄得事事不如人了——好强的人,只能听人的赞扬,:不幸受了非议,所有的希望便要立刻消沉了。其实引起人们最大的同情,只能求之于死后,那时用不着猜忌和倾轧了。

　　下午归生的信又来了,他除为海兰而烦闷外,没有别的话说,恰巧这时海兰也正来看我,我便将归生的信让她自己看去,我从旁边观察她的态度,只见她两眉深锁,双睛发直;等了许久,她才对我说:"我受名教的束缚太甚了,……并且我不能听人们的非议,他的意思,我终久要辜负了,请你替我尽友谊的安慰吧!……这一定没有结果的希望!"她这种似迎似拒的心理,看得出她智情激战的痕迹。

　　正月一日　今天是新年的元旦,当我睡在床上,看小表妹把新日历换那旧的时,固然也感到日子的飞快;光阴一霎便成过去了。但跟着又成了未来,过去的不断过去,未来的也不断而来,浅近的比喻,就是一盏无限大的走马灯,究有什么意思!

　　今天看我病的人更多了,她们并且怕我寂寞,倡议在我房里打牌伴着我,我难却她们的美意,其实我实在不欢迎呢!

　　正月三日　我的病已经好了,今天沉青来看我,我们便在屋里围着火炉清谈竟日。

　　我自从病后,一直不曾和归生通信,——其实我们的情感只是友谊的,我从不愿从异性那里求安慰,因为和他们——异性——的交接,总觉得不自由。

沅青她极和我表同情,因此我们两人从泛泛的友谊上,而变成同性的爱恋了。

的确我们两人都有长久的计划,昨夜我们说到将来共同生活的乐趣,真使我兴奋!我一夜都是作着未来的快乐梦。

我梦见在一道小溪的旁边,有一所很清雅的草屋,屋的前面,种着两棵大柳树,柳枝飘拂在草房的顶上,柳树根下,拴着一只小船,那时正是斜日横窗,白云封洞,我和沅青坐在这小船里,御着清波,渐渐驰进那芦苇丛里去。这时天上忽下起小雨来,我们被芦苇严严遮住,看不见雨形,只听见淅淅沥沥地雨声,过了好久时已入夜,我们忙忙把船开回,这时月光又从那薄薄凉云里露出来,照得碧水如翡翠砌成,沅青叫我到水晶宫里去游逛,我便当真跳下水,忽觉心里一惊就醒了。

回思梦境,正是我们平日所希冀的呵!

正月四日　今天因为沅青不曾来,只感苦闷!走到我和沅青同坐着念英文的地方,更觉得忽忽如有所失。

我独自坐在葡萄架下,只是回忆和沅青同游同息的陈事:玫瑰花含着笑容,听我们甜蜜的深谈,黄莺藏在叶底,偷看我们欢乐的轻舞,人们看见我们一样的衣裙,联袂着由公园的马路上走过,如何的注目呵!唉!沅青是我的安慰者,也是我的鼓舞者,我不是为自己而生,我实在是为她而生呢?

晚上沅青遣人送了一封信来说:"亲爱的丽石!我决定你今天必大受苦闷了!……但是我为母亲的使命,不能不忍心暂且离开你。我从前不是和你说过,我有一个舅舅住在天津吗?因为小表弟的周岁,母亲要带我去祝贺,大约至迟五六天以内,总可以回来,你可以找雯薇玩玩,免得寂寞!"我把这信,已经反复看得能够背诵了，但有什么益处，寂寞益我苦！无聊使我悲！渴望增我怒！

正月十日　沅青走后，只觉恹恹懒动，每天下课后，只有睡觉，差强人意！

今天接到天津的电话，沅青今夜可以到京，我的心怀开放了，一等到柳梢头没了日影，我便急急吩咐厨房开饭；老妈子打脸水，姑母问我忙甚么？我才觉得自己的忘情，不禁羞惭得说不出话来。

到了火车站，离火车到时还差一点多钟呢！这才懊悔来的太早了！

盼得心头焦躁了，望得两眼发酸了，这才听见呜呜汽笛响，车子慢慢进了站台，接客的人纷纷赶上去欢迎他们的亲友，我只远远站着，对那车窗一个个望去；望到最后的一辆车子，果见沅青含笑望我招手呢！忙忙奔了过去，不知对她说什么好，只是嬉嬉对笑，出了站台，雇了车子一直到我家来，因为沅青应许我今夜住在这里。

正月十一日　昨夜和沅青说的话太多了，不免少睡了觉，今天觉得十分疲倦，但是因沅青的原故，今夜依旧要睡的很晚呢？

今天沅青回家去了，但黄昏时她又来找我，她进我屋门的时候，我只乐得手舞足蹈！不过当我看她的面色时，不禁使我心脉狂跳，她双睛红肿，脸色青黄，好像受了极大的刺激。我禁不住细细追问，她说"没有什么！作人苦罢了！"这话还没说完，她的眼泪却如潮涌般滚下来，后来她竟俯在我的怀里痛哭起来，急得我不知怎样才好，只有陪着她哭。我问她为什么伤心？她始终不曾告诉我，晚上她家里打发车子来接她，她才勉强擦干眼泪走了。

沅青走后，我回想适才的情境，又伤心，又惊疑，想到她家追问她,安慰她,但是时已夜深,出去不便。只有勉强制止可怕的想头,把这沉冥的夜度过。

正月十二日　为了昨夜的悲伤和失眠,今天觉得头痛心烦,不过仍旧很早起来,打算去看沉青,我在梳头的时候,忽沉青叫人送封信来,我急急打开念道:

丽石!丽石!

人类真是固执的,自私的呵!我们稚弱的生命完全被他们支配了!被他们戕贼了!

我们理想的生活,被她们所不容,丽石!我真不忍使你知道这恶劣的消息!但是我们分别在即了,我又怎忍始终瞒你呢!

我的表兄他或者是个有为的青年——这个并不是由我观察到的,只是我的母亲对他的考语,他们因为爱我,要我与这有为的青年结婚,咳!丽石!你为什么不早打主意,穿上男子的礼服,戴上男子的帽子,装作男子的行动,和我家里求婚呢?现在人家知道你是女子,不许你和我结婚,偏偏去找出那什么有为的青年来了。

他们又仿佛很能体谅人,昨晚母亲对我说:"你和表兄,虽是小时常见面的,但是你们的性情能否相合,还不知道,你舅舅和我的意思,都是愿意你到天津去读书,那末你们俩可以常见面,彼此的性情就容易了解了。如果合得来,你们就订婚,合不来再说。"丽石!母亲的恩情不能算薄,但是她终究不能放我们自由!

我大约下礼拜就到天津去。咳!丽石!从此天南地北,这离别的苦怎么受呢?咳!亲爱的丽石!我真不愿离开你,怎么办?你也能到天津来吗?我希望你来吧!

唉！失望呵！上帝真是太刻薄了！我只求精神上一点的安慰，他都拒绝我！"沅青！沅青！"唉！我此时的心绪，只有怨艾罢了！

正月十五日　我自得到沅青要走的消息，第二天就病了，沅青虽刻刻伴着我，而我的心更苦了！这几天我们的生活，就如被判决的死囚，唉！我回想到那一年夏天，那时正是雨后，蕴泪的柳枝，无力的荡漾着，阶前的促织，切切私语着，我和沅青，相倚着坐在浅蓝色的栏杆上，沅青曾清清楚楚对我说："我只要能找到灵魂上的安慰，那可怕的结婚，我一定要避免，"现在这话，只等于往事的陈迹了！

雯薇怜我寂寞，和失意，这两天常来慰我，但我深刻的悲哀，永远不能销除呵！

今天雯薇来时，又带了一个使我伤心的消息来，她告诉我说："可怜的欣于竟堕落了！"这实在使我惊异！"他明明是个志趣高尚的青年呵？"我这么沉吟着，雯薇说："是呵！志趣高尚的青年，但是为了生计的压迫，——结婚的结果——便把人格放弃了；他现在作了某党派的走狗，谄媚他的上司；只是为四十块钱呵！可怜！"

唉！到处都是污浊的痕迹！

二月一日　懊恼中，日记又放置半月不记了，我真是无用！既不能澈悟，又不能奋斗，只让无情的造物玩弄！

沅青昨天的来信，更使我寒心，她说："丽石，我们从前的见解，实在是小孩子的思想，同性的爱恋，终久不被社会的人认可，我希望你还是早些觉悟吧！

我表兄的确是个很有为的青年，他并且对我极诚恳，我到津后，常常和他聚谈，他事事都能体贴入微，而且能任劳怨！……"

丽石的日记

唉！人的感情，真容易改变，不过半个月的工夫，沅青已经被人夺去了，人类的生活，大约争夺是第一条件了！

上帝真不仁，当我受着极大的苦痛时，还不肯轻易饶我，支使那男性特别显著的少年郦文来纠缠我，听说这是沅青的主意，她怕我责备，所以用这个好方法堵住我的口，其实她愚得很，恋爱岂是片面的？在郦文粗浮的举动里，时时让我感受极强的苦痛，其实同是一个爱字，若出于两方的同意，无论在谁的嘴里说，都觉得自然和神圣，若有一方不同意，而强要求满足自己的欲望，那是最不道德的事实，含着极大的侮辱。郦文真使我难堪呵！唉！沅青何苦自陷？又强要陷人！

二月五日　今天又得到沅青的信，大约她和她表兄结婚，不久便可成事实。唉！我不恨别的，只恨上帝造人，为什么不一视同仁，分什么男和女，因此不知把这个安静的世界，搅乱到什么地步？……唉！我更不幸，为什么要爱沅青！

我为沅青的缘故，失了人生的乐趣！更为沅青故得了不可医治的烦纡！

唉！我越回忆越心伤！我每作日记，写到沅青弃我，我便恨不得立刻与世长辞，但自杀我又没有勇气，抑郁而死吧！抑郁而死吧！

我早已将人生的趣味，估了价啦，得不偿失，上帝呵！只求你早些接引！……

我看着丽石的这些日记，热泪竟不自觉的流下来了。唉！我什么话也不能再多说了！

血泊中的英雄

　　用斧子砍死一个人，因为他是我们的敌人，这是多么冠冕堂皇的话，谁能反对他这个理由呢？——由我们元祖宗亲已经给了我们放仇人不过的教训。

　　不幸的志玄，他被一般和他夙未谋面的人，认他是仇敌，这未免太滑稽了吧！但是他们原不懂谁是谁非，只要有人给他相当的利益，他自然乐得举起斧子给他一顿了！

　　大约在两个月以前吧。正是江寒雪白的时候，我正坐在屋里炉边向火。忽见一个青年——他是我新近认识的朋友，进来对我说："现在的世界实在太残酷了，好端端的一个人，从他由家里出来的时候，他绝梦想不到，从此只剩了魂魄同去了！可是他居然莫名其妙的睡在血泊中，那一群蓝布短衫，黑布短裤的人，好像恶狼似的，怒目张口向他咬啮，一群斧子不问上下的乱砍，于

血泊中的英雄

是左手折了,右腿伤了。他无抵抗的睡在血泊中。"

一种种的幻像,在他神志昏乱的时候悄悄的奔赴。

三间茅房,正晒着美丽的朝阳,绿油油的麦穗,在风地里袅娜弄姿。两鬓如霜的老母亲,正含笑从那短短的竹篱里赶出一群鸡雏,父亲牵着母牛,向东边池畔去喂草。可爱的小妹妹,采了油菜的花蕊,插在大襟上。母亲回过头来看见藏蕃薯的窖,不觉喜欢得笑出泪来,拉着妹妹的手说:"你玄哥哥最喜吃蕃薯,再两个月就放暑假了,他回来看见这一地窖子的白薯,该多么欢喜!你不许私自去拿,留着好的,等待你远道的玄哥。"母亲呵!如春晖如爱日的母亲,怎么知道你念念不忘的玄儿,正睡在血泊中和命运扎挣。

眼中觉得潮润,头脑似乎要暴裂,神志昏迷了;温爱的家园,已隐于烟雾之后了。

不知道什么时候,竟睡在一间陌生的屋子里,一个白衣白帽的女人,正将一个冷冰冰的袋子,放在自己头上,觉得神气清爽多了。

这是怎么一回事呢,我不曾得罪他们,为什么他们要拿斧子砍我?可是他们不也有母亲吗,为什么不替母亲想?母亲的伤心,他们怎么总想不到呢?"哎哟妈妈呀!"

站在志玄身旁的看护妇,忽听志玄喊妈妈,以为他的伤处痛疼,因安慰他道:"疼吗!忍耐点,不要紧的,明天就好了。"志玄摇摇头道:"不!……我想我的母亲,母亲来,我才能好,请赶快去叫我的母亲——我亲爱的妈妈!"

志玄流着恋慕的眼泪,渐觉得眼前一阵昏黑,便晕过去了。

几个来探病的同学,都悄悄的站在门外,医生按着脉,蹙着眉说:"困难,困难,伤虽不是绝对要紧,但是他的思想太多,恐怕心脏的抵抗力薄弱,那就很危险,最好不要想什么,使他热度稍微退一点才有办法。"医生说完忙忙的到别的病房去诊视去了。同学们默默的对望着,然而哪里有办法!有的说:"去打电报,叫他的母亲来吧?"有的说:"听说他母亲的年纪很大了,并且只有他这么一个儿子,若突然的接到电报宁不要吓杀。""那么怎么办呢,看着他这样真难过,这些人他们怎么没一点人心,难道他们是吃了豹子心的。"一个年轻的同学越说越恨,竟至掉下泪来,其余的同学看他这副神气,又伤心,又可笑,正要想笑,忽听志玄又喊起来道:"妈妈呀,他们摘了你的心肝去了,好朋友们你们打呵,他们是没有心肝的,……哎哟可怕呢,一群恶鬼他们都拿着斧子呢,你们砍伤母亲的儿子,母亲多么伤心呵!"

恐怖与哀悯,织成云雾,幔罩在这一间病室里,看护妇虽能勉强保持她那行若无事的态度,但当她听见病人喊妈妈的时候,她也许曾背过脸去拭泪,因为她的眼圈几次红着。医生又来看了一次,大约是绝望了,他虽不曾明明这样说,可是他蹙着眉摇着头说:"他的家里已经通知了吗?我想你们应当找他的亲人来。"哎!这恶消息顷刻传遍了,朋友们都不禁为这个有志而好学的青年流泪,回廊上站满了和志玄有关系的人,他们眼看着将走入死的程途的志玄,不免想到他一生。"志玄实在是一个不可多得的少年,他生成一副聪明沉毅的面孔和雄壮陡峭的躯格,谁能想得到收束得这样快呢?"

他曾梦想要作一个爱的使者,消除人间的隔膜,并且他曾立志要为人与人间的连锁线,他因为悲悯一般无知识的人们,为他们开辟光明的疆土,为他们设立学校,他主张伟大的爱,爱所有的人类,然而他竟因此作了血泊中的英雄。

悲愤——也许是人类的羞耻吧,——这时占据了病室中的人们的心,若果没有法子洗掉这种的羞耻,他们实在有被焚毁的可能。唉!上帝!在你的乐园里,也许是美满的,圣洁的,和永无愁容的灵魂,然而这可怕的人世,便是你安排的地狱吗?那么死实在是罪恶的结束了。

诅咒人生的青年们,被忧愁逼迫得不萎气,只是将眼泪努力往肚里咽,咽入丹田里的热泪,或者可以医他们的剧创。

昨天他们已打电报给志玄的家人了。大家都预备着看这出惨剧,他们不曾一时一刻放下这条心,算计怎样安慰志玄的老母或老父。然而他们胆怯,仿佛不可思议的大祸要到了,他们恐怕着忧愁着预备总有一阵大雷雨出现。

悚惧着又过了一天,已经将近黄昏了,医院的门口有一个穿蓝布长衫的乡下老头不断的探望,——那真是一个诚朴的乡下人,在他被日光蒸晒的绛色面皮上,隐隐露出无限的忧惶与胆怯,在他那饱受艰辛的眼睛里,发着闪烁的光,因为他正焦愁的预算自己的命运,万一有什么意外的事发生,那么将一生的血汁所培养的儿子一笔勾销了!唉,这比摘了他血淋淋的心肝尤觉苦痛!不明白苍天怎样安排!

这乡下老头在门外徘徊许久,才遇见一个看志玄病的同学,从里面出来,他这才嗫嚅着问道:

"请问先生,我们的孩子张志玄可是住在里面?"

那少年抬起头来,将那老儿上下打量了一番,由不得一阵酸楚几乎流下泪来。……心想可怜白发苍苍的老父,恐怕已不能和他爱子,作最后的谈话了,因为他方才出来的时候,志玄已经不会说话了……他极力将眼泪咽下去,然后说:

"是的,志玄正住在这里,先生是他的父亲吗?"老儿听见他儿子在里面,顾不得更和那青年周旋,忙忙往里奔,一壁却自言自语的道:"不知怎么样了……"

青年领着志玄的父亲,来到病房的门口,只见同学们都垂着头默默无言的站在那里,光景已没有挽回的希望了。这数百里外来的老父,这时赶到志玄的面前,只见他已经气息奄奄,不禁一把抱住他的头,摧肝断肠的痛哭起来:志玄的魂魄已渐渐离了躯壳,这可怜的老父连他最后的一瞬都不可得,不禁又悲又愤。他惨厉的哭着,捶胸顿足的说道:"玄儿我害了你,要你读什么书,挣什么功名,结果送了你的命,还不如在家作个种地的农人,叫你母亲和我老来还有个倚靠!哎,儿呵,你母亲若知道了这个信息,她怎么受得住。哎!冤孽的儿!……"志玄的老父越哭越惨,满屋的人都禁不住呜咽。

这真是一出可怕的惨剧,但是归真的志玄他哪里想得到在那风雪悲惨的时候,他苍颜白发的老父正运着他的尸壳回家。

可怜的母亲,还留着满地窖的蕃薯,等候她儿子归来,欢欣的享受。哪里知道她儿子已作了血泊中的英雄,留给这一对老人的只是三寸桐棺和百叫不应的遗像罢了。

人生的梦的一幕

　　这几天紫云的态度分外的柔媚,一丝笑痕常印在丰润的双颊上。每天她坐在公事房里,一边机械式的在一叠学生的课卷上批改,但她的灵宫是萦绕了一缕甜蜜的柔情,火炉里燃着熊熊的煤炭火舌旋掩着,同时夹着一阵阵的毕剥声,房中的空气十分温暖,冬天的阳光,也似知趣般的漾着金蛇的光波,射在她充溢春意的脸上。

　　"喂,紫云,几时请我们吃喜酒呀?"一个手里正织着绒线的荷芬含笑的问。

　　"我一个人都不请,……"紫云忸怩的说。

　　"那怎么可以呢?……你就是不请我们也是要来的!"荷芬仍是笑嘻嘻的说。

　　紫云听了这话,默静了一会,同时把手边的课卷往桌旁一推，娇柔的伸了个懒腰，手里一支半截的红色铅笔，仍然紧握着，在一张白纸上画了一些不规则的条纹，一面仰起头来对荷芬说："真的，你们以后可以常到我们那里去玩，我想把房子布置得干干净净的，非常艺术化！"她对于这一番话，似乎自己也感觉太喜形于色了，未免有些不好意思，于是立刻又转变了口气说道："咳！人生就是这么一回事，马马虎虎的过掉算啦！"

"喂！你们听，紫云对于那位先生够多么亲热呵！"坐在椅角里正在出神的莹玉向她身旁的若兰说："现在就已经我们，我们了。"她说着哈哈的笑起来。

若兰斜睨了她一眼，"你眼热吗？不妨也快些找一个好了！"

"我呀！没有那么容易，……假使我要想嫁，不怕你们笑话，儿女早就多大了。"

她俩在一旁悄悄的议论着，但紫云似乎并不曾注意，依然向荷芬说："你说是不是？一个人何必那么认真呢！"

"不错！"荷芬似乎很同情的说："Life is but a dream，这话实在不错，不过梦有甜的有苦的分别，我祝福你运气好，永远作甜梦！"

"是吗？……"其实甜也罢苦也罢，总不过是一场梦罢了！"紫云斜转头向荷芬嫣然一笑，便娥娜的走到隔壁房里去了。

这是一间布置简单的办公室，紫云坐在一张有手靠的椅子上，手里握着铅笔，默默的敲着桌子，这时其他的同事都出去了，她独自呆坐着，心头感觉着一种从来所未有的充实，谁说人生没有归宿呢？投在爱人的怀抱里，不就是最理想的归宿吗？……这几年来终日过着东飘西荡的生活，每逢看见别人享受着融融痒痒的家庭幸福，立时便有一种沉默的悲哀，悄悄向灵宫袭击，虽然为了女儿的尊严，不敢向人前低诉，但夜半梦回枕上常常找到孤独者的泪痕……现在哼！现在至少可以在那些没有归宿的人们面前昂起头来，傲然的向她们一笑了……"

她沉思到这里，从心坎里漾出来的笑意，浮在两片薄薄的唇上。正在这时，若蘅推门进来了。她把一叠书放在桌上很吃力的吁了一口长气，同时拖了一张椅子坐在炉旁，向紫云含笑道："你紫云的新家庭布置得怎样了？"

"简直是乱七八糟，我真烦死了，又是看房子，又要买家具，并且还得上课，岂不忙死人吗？"

"这种忙是甜蜜的，有人还希望不到呢！"若蘅天生一张忠厚的脸，使紫云不知不觉把心肝掏了出来说道："现在我也两个姓了，每天办完公回去，也有人谈谈笑笑，有时倦了我弹弹吉他，他唱唱歌，你想不是很快乐的生活吗？"

"对了，一个人最难得到是幸福的家庭，你现在有了这样一个满意的家庭，无形中可增加你许多生活的力量，我们都很替你开心！"

"真的吗？……"紫云说了一句忽然站了起来，道："我去打电话叫他就来同我去看看家具。"她匆匆的出门去了。

这小办公室里陆续的进来了几个同事，那个平素最有心计的莹玉低声向若蘅说道："紫云同你谈些什么？"

"谈她未来的美满的梦！"

"呵！人生真像作梦！"莹玉慨然的说："在一个多月以前，谁能料到紫云会同金约翰结婚，而且是这么快，……她现在真高兴极了！"

"对了。一个单身的人，本来有找个爱人的需要，这是 Nature。"若蘅很谅解似的说。

"不过我总觉得太快了，两方面情形都不曾深切的了解……但愿她们一直好下去！"很有经验的杨冰说。

"大概不会怎样吧！"荷芬推测着说："因为紫云是个多情人，

她要同男人结了婚,一定会死心蹋地的对他好,所怕就是男人靠不住罢。"

"对了。女人变心的很少……不过这位金先生人也很忠厚,并且他很固执,爱什么人就爱到底,……"若兰说。

"那么就没有问题了。"若蘅说。

"不过经济也是一个重要的问题,嫁一个男人,至少这个男人应有独力养家的能力……紫云初结婚时当然还可以来作事,将来生了儿女,又怎么办呢?"……杨冰说。

"那又有什么要紧,只要他俩有爱情,穷苦些又有什么关系呢!"荷芬很超然的说。

"那到不尽然。"杨冰接言说:"从前我有一个朋友,她爱了一个青年学生,不愿家庭的反对,竟和他结了婚,起先还勉强过得去,后来生了小孩,便经济更拮据了,两个人东住住西吃吃,真不知道有多苦,最后还是分开了!"

杨冰举出事实的证明,这使超然的荷芬也没话说了。大家都沉默着。

紫云打完电话回来了,笑咪咪的向若兰说道:"你昨天说的有一家卖西式家具的在什么地方,请你开个地名给我!"

"好!就离这里不远,坐二路电车可以直到门口。"

"请你把地名写给我好吧?Mr. 金就来同我去看看。"紫云一面说着,一面把屉子打开,从那里面拿出一个小小的立镜来,支在办公桌上,同时又拿出一盒香粉和鲜红的胭脂来,先用一块干手巾把脸上的浮油揩干了,然后轻轻的扑了些香粉,又淡淡的在两颊抹了一些的胭脂。

"唷!真漂亮!"莹玉打趣的说:"可是胭脂擦得太淡了!"

"不,你不知道 Mr. 金顶不欢喜人擦很厚的胭脂,他欢喜自然,不爱打扮得和妖精样的!"紫云得意的说。

人生的梦的一幕

"真是女为悦己者容呀！"从不会说笑话的若蘅也来了这么一句颇俏皮的话，这使得在座人们都笑了。

紫云收拾了一阵，站了起来把大衣穿上："你们看我美吗？"

"美极了！"大家不觉异口同声的叫了出来，紫云就在这些赞美声中，娥娜的出了办公室。

一阵橐橐的皮鞋声去得远了，大家脸上都不期然露出一种冷漠的表情。

——这真是人生的梦的一幕——

——可是作梦的人往往不觉得这是梦！

这一间小小的办公室里，这刹那间是充满着复杂的情绪。

雷峰塔下
——寄到碧落

涵！记得吧！我们徘徊在雷峰塔下，地上芊芊碧草，间杂着几朵黄花，我们并肩坐在那软绵的草上。那时正是四月间的天气，我穿的一件浅紫麻沙的夹衣，你采了一朵黄花插在我的衣襟上，你仿佛怕我拒绝，你羞涩而微怯的望着我。那时我真不敢对你逼视，也许我的脸色变了，我只觉心脏急速的跳动，额际仿佛有些汗湿。

黄昏的落照，正射在塔尖，红霞漾射于湖心，轻舟兰浆，又有一双双情侣，在我们面前泛过。涵！你放大胆子，悄悄的握住我的手，——这是我们头一次的接触，可是我心里仿佛被利剑所穿，不知不觉落下泪来，你也似乎有些抖颤，涵！那时节我似乎已料到我们命运的多磨多难！

山脚上忽涌起一朵黑云，远远的送过雷声，——湖上的天气,晴雨最是无凭,但我们凄恋着,忘记风雨无情的吹淋,顷刻间豆子般大的雨点,淋到我们的头上身上,我们来时原带着伞,但是后来看见天色晴朗,就放在船上了。

雨点夹着风沙,一直吹淋。我们拼命的跑到船上,彼此的衣裳都湿透了,我顿感到冷意,伏作一堆,还不禁抖颤,你将那垫的毡子,替我盖上,又紧紧的靠着我,涵!那时你还不敢对我表示什么!

晚上依然是好天气,我们在湖边的椅子上坐着,看月。你悄悄对我说:"雷峰塔下,是我们生命史上一个大痕迹!"我低头不能说什么,涵!真的!我永远觉得我们没有幸福的可能!

唉!涵!就在那夜,你对我表明白你的心曲,我本是怯弱的人,我虽然恐惧着可怕的命运,但我无力拒绝你的爱意!

从雷峰塔下归来,一直四年间,我们是度着悲惨的恋念的生活。四年后,我们胜利了!一切的障碍,都在我们手里粉碎了。我们又在四月间来到这里,而且我们还是住在那所旅馆里,还是在黄昏的时候,到雷峰塔下,涵!我们那时是毫无所拘束了。我们任情的拥抱,任意的握手,我们多么骄傲……

但是涵!又过了一年,雷峰塔倒了,我们不是很凄然的惋惜吗?不过我绝不曾想到,就在这一年十月里你抛下一切走了,永远的走了!再不想回来了!呵!涵!我从前惋惜雷峰塔的倒塌,现在,呵!现在,我感谢雷峰塔的倒塌,因为它的倒塌,可以扑灭我们的残痕!

涵!今年十月就到了。你离开人间已经三年了!人间渐渐使你淡忘了吗?唉!父亲年纪老了!每次来信都提起你,你们到底是什么因果?而我和你确是前生的冤孽呢!

涵!去年你的二周年纪念时,我本想为你设祭,但是我住在学校里,什么都不完全,我记得我只作了一篇祭文,向空焚化了。你到底有灵感没有？我总痴想你，给我托一个清清楚楚的梦，但是哪有?!

  只有一次，我是梦见你来了，但是你为甚那么冷淡？果然是缘尽了吗？涵！你抛得下走了，大约也再不恋着什么！不过你总忘不了雷峰塔下的痕迹吧！

  涵！人间是更悲惨了！你走后一切都变更了。家里呢，也是树倒猢狲散，父亲的生意失败了！两个兄弟都在外洋飘荡，家里只剩母亲和小弟弟，也都搬到乡下去住，父亲忍着伤悲，仍在洋口奔忙，筹还拖欠的债。涵！这都是你临死而不放心的事情，但是现在我都告诉了你，你也有点眷恋吗？

  我！大约你是放心的，一直扎挣着呢，涵！雷峰塔已经倒塌了，我们的离合也都应验了。——今年是你死后的三周年——我就把这断藕的残丝，敬献你在天之灵吧！

一九二八年

东京小品

一 咖啡店

橙黄色的火云包笼着繁闹的东京市,烈炎飞腾似的太阳,从早晨到黄昏,一直光顾着我住的住房;而我的脆弱的神经,仿佛是林丛里的飞茧,喜欢忧郁的青葱,怕那太厉害的太阳,只要太阳来统领了世界,我就变成了冬令的蛰虫,了无生气。这时只有烦躁疲弱无聊占据了我的全意识界;永不见如春波般的灵感荡漾,……呵!压迫下的呻吟,不时打破木然的沉闷。

有时勉强振作,拿一本小说在地席上睡下,打算潜心读两行,但是看不到几句,上下眼皮便不由自主的合拢了。这样昏昏沉沉挨到黄昏,太阳似乎已经使尽了威风,渐渐的偃旗息鼓回去，海风也凑趣般吹了来，我的麻木的灵魂，陡然惊觉了，"呵！好一个苦闷的时间，好像换过了一个世纪！"在自叹自伤的声音里，我从地席上爬了起来，走到楼下自来水管前，把头脸用冷水冲洗以后，一层遮住心灵的云翳遂向苍茫的暮色飞去，眼前现出鲜明的天地河山，久已凝闭的云海也慢慢掀起波浪，于是过去的印象，和未来的幻影，便一种种的在心幕上开映起来。

忽然一阵非常刺耳的东洋音乐不住的送来耳边，使听神经起了一阵痉挛。唉！这是多么奇异的音调，不像幽谷里多灵韵的风声，不像丛林里清脆婉转的鸣鸟之声，也不像碧海青崖旁的激越澎湃之声……而只是为衣食而奋斗的劳苦挣扎之声。虽然有时声带颤动得非常婉妙，使街上的行人不知不觉停止了脚步，但这只是好奇，也许还含着些不自然的压迫，发出无告的呻吟，使那些久受生之困厄的人们同样的叹息。

这奇异的声音正是从我隔壁的咖啡店里一个粉面朱唇的女郎樱口里发出来的。——那所咖啡店是一座狭小的日本式楼房改造成的，在三四天以前，我就看见一张红纸的广告贴在墙上，上面写着本咖啡店择日开张。从那天起，有时看见泥水匠人来洗刷门面，几个年青精壮的男人布置壁饰和桌椅，一直忙到今天早晨，果然开张了。当我才起来，推开玻璃窗向下看的时候，就见这所咖啡店的门口，两旁放着两张红白夹色纸糊的三角架子，上面各支着一个满缀纸花的华丽的花圈，在门楣上斜插着一支姿势活泼鲜红色的枫树，沿墙根列着几种松柏和桂花的盆栽，右边临街的窗子垂着淡红色的窗帘，衬着那深咖啡色的墙，真有一种说不出的鲜明艳丽。

在那两个花圈的下端，各缀着一张彩色的广告纸，上面除写着本店即日开张，欢迎主顾以外，还有一条写着"本店用女招待"字样，——我看到这里，不禁回想到西长安街一带的饭馆门口那些红绿纸写的雇用女招待的广告了。呵！原来东方的女儿都有招徕主顾的神通！

我正出神的想着，忽听见叮叮当当的响声，不免寻声看去，只见街心有两个年青的日本男人，身上披着红红绿绿仿佛袈裟式的半臂，头上顶着像是凉伞似的一个圆东西，手里拿着铙钹，像戏台上的小丑一般，在街心连敲带唱，扭扭捏捏，怪样难描，原来这就是活动的广告。

他们虽然这样辛苦经营，然而从清晨到中午还不见一个顾客光临，门前除却他们自己作出热闹外，其余依然是冷清清的。

黄昏到了，美丽的阳光斜映在咖啡店的墙隅，淡红色的窗帘被晚凉的海风吹得飘了起来，隐约可见房里有三个年青的女人盘膝跪在地席上，对着一面大菱花镜，细细的擦脸，涂粉，画眉，点胭脂，然后袒开前胸，又厚厚的涂了一层白粉，远远看过去真是"肤如凝脂，领如蝤蛴"，然而近看时就不免有石灰墙和泥塑美人之感了。其中有一个是梳着辫子的，最年轻也最漂亮，在打扮头脸之后，换了一身藕荷色的衣服，腰里拴一条橙黄色白花的腰带，背上驼着一个包袱似的东西，然后款摆着柳条似的腰肢，慢慢下楼来，站在咖啡店的门口，向着来往的行人"巧笑倩兮，美目盼兮"，大施其外交手段。果然没有经过多久，就进去两个穿和服木屐的男人。从此冷清清的咖啡店里骤然笙箫并奏，笑语杂作起来。有时那个穿藕荷色衣服的雏儿唱着时髦的爱情曲儿，灯红酒绿，直闹到深夜兀自不散。而我呢，一双眼的上眼皮和下眼皮简直分不开来，也顾不得看个水落石出。总而言之，想钱的钱到手，赏心的开了心，圆满因果，如是而已，只应合十念一声"善哉！"好了，何必神经过敏，发些牢骚，自讨苦趣呢！

二　庙会

　　正是秋雨之后，天空的雨点虽然停了，而阴云兀自密布太虚。夜晚时的西方的天，被东京市内的万家灯火照得起了一尺乌灰的绛红色。晚饭后，我们照例要到左近的森林中去散步。这时地上的雨水还不曾干，我们各人都换上破旧的皮鞋，拿着雨伞，踏着泥滑的石子路走去。不久就到了那高矗入云的松林里。林木中间有一座土地庙，平常时都是很清静的闭着山门，今夜却见庙门大开，门口挂着两盏大纸灯笼。上面写着几个蓝色的字——天主社——庙里面灯火照耀如同白昼，正殿上搭起一个简单的戏台，有几个戴着假面具的穿着彩衣的男人——那面具有的象龟精鳖怪，有的象判官小鬼。大约有四五个人，忽坐忽立，指手画脚的在那里扮演，可惜我们语言不通，始终不明白他们演的是什么戏文。看来看去，总感不到什么趣味，于是又到别处去随喜。在一间日本式的房子前，围着高才及肩的矮矮的木栅栏，里面设着个神龛，供奉的大约就是土地爷了。可是我找了许久，也没找见土地爷的法身，只有一个圆形铜制的牌子悬在中间，那上面似乎还刻着几个字，离得远，我也认不出是否写着本土地神位，——反正是一位神明的象征罢了。在那佛龛前面正中的地方悬着一个幡旌似的东西，飘带低低下垂。我们正在仔细揣摩赏鉴的时候，只见一个年纪五十上下的老者走到神龛面前，将那幡旌似的飘带用力扯动，使那上面的铜铃发出零丁之声，然后从钱袋里掏出一个铜钱——不知是十钱的还是五钱的，只见他便向佛龛内一甩，顿时发出铿锵的声响，他合掌向神前三击之后，闭眼凝神，躬身膜拜，约过一分钟，又合掌连击三声，这才慢步离开神龛，心安意得的走去了。

东京小品

自从这位老者走后,接二连三来了许多人,男的女的,老的少的,——还有尚在娘怀抱里的婴孩也跟着母亲向神前祈祷求福,凡来顶礼的人都向佛龛中舍钱布施。还有一个年纪二十多岁的女人,身上穿着白色的围裙,手中捧着一个木质的饭屉,满满装着白米,向神座前贡献。礼毕,那位道袍秃顶的执事僧将饭屉接过去,那位善心的女施主便满面欣慰的退出。

我们看了这些善男信女礼佛的神气,不由得也满心紧张起来,似乎冥冥之中真有若干神明,他们的权威足以支配昏昧的人群,所以在人生的道途上,只要能逢山开路,见庙烧香,便可获福无穷了。不然,自己劳苦得来的银钱柴米,怎么便肯轻轻易易双手奉给僧道享受呢?神秘的宇宙!不可解释的人心!

我正在发呆思量的时候,不提防同来的建扯了我的衣襟一下,我不禁"呀!"了一声,出窍的魂灵儿这才复了原位。我便问道:"怎么?"建含笑道:"你在想什么?好像进了梦境,莫非神经病发作了吗?"我被他说得也好笑起来,便一同离开神龛到后面去观光。吓!那地方更是非常热闹,有许多倩装艳服,然而脚着木屐的日本女人,在那里购买零食的也有,吃冰激凌的也有。其中还有几个西装的少女,脚上穿着长统丝袜和皮鞋,——据说这是日本的新女性,也在人丛里挤来挤去,说不定是来参礼的,还是也和我们一样来看热闹。总之,这个小小的土地庙里,在这个时候是包罗万象的。不过倘使佛有眼睛,瞧见我满脸狐疑,一定要瞪我几眼吧。

迷信——具有伟大的威权,尤其是当一个人在倒霉不得意的时候,或者在心灵失却依据徘徊歧路的时候,神明便成为人心的主宰了。我有时也曾经历过这种无归宿而想象归宿的滋味,然而这在我只象电光一瞥,不能坚持久远的。

说到这里,使我想起童年的时候——我在北平一个教会学校读书。那一个秋天，正遇着耶稣教徒的复兴会，——期间是一来复，在这一来复中，每日三次大祈祷，将平日所作亏心欺人的罪恶向耶稣基督忏悔，如是，以前的一切罪恶便从此洗涤尽净——哪怕你是个杀人放火的强盗，只要能悔罪便可得救，虽然是苦了倒霉钉在十字架的耶稣，然而那是上帝的旨意，叫他来舍身救世的，这是耶稣的光荣，人们的福音。——这种无私的教理，当时很能打动我弱小的心弦，我觉得耶稣太伟大了，而且法力无边，凡是人类的困苦艰难，只要求他，便一切都好了。所以当我被他们强迫的跪在礼拜堂里向上帝祈祷时，——我是无情无绪的正要到梦乡去逛逛，恰巧我们的校长朱老太太颤颤巍巍走到我面前也一同跪下，并且抚着我的肩说："呵！可怜的小羊，上帝正是我们的牧羊人，你快些到他们面前去罢，他是仁爱的伟大的呵！"我听了她那热烈诚挚的声音，竟莫明其妙的怕起来了，好像受了催眠术，觉得真有这么一个上帝，在睁着眼看我呢，于是我就在那些因忏悔而痛哭的人们的哭声中流下泪来了。朱老太太更紧紧的把我搂在怀里说道："不要伤心，上帝是爱你的。只要你虔心的相信他，他无时无刻不在你的左右……"最后她又问我："你信上帝吗？……好像相信我口袋中有一块手巾吗？"我简直不懂这话的意思，不过这时我的心有些空虚，想到母亲因为我太顽皮送我到这个学校来寄宿，自然她是不喜欢我的，倘使有个上帝爱我也不错，于是就回答道："朱校长，我愿意相信上帝在我旁边。"她听了我肯皈依上帝，简直喜欢得跳了起来，一面笑着一面擦着眼泪……从此我便成了耶稣教徒了。不过那年以后，我便离开那个学校，起初还是满心不忘上帝，又过了几年，我脑中上帝的印象便和童年的天真一同失去了。最后我成了个无神论者了。

但是在今晚这样热闹的庙会中，虔信诚心的善男信女使我不知不觉生出无限的感慨，同时又勾起既往迷信上帝的一段事实，觉得大千世界的无量众生，都只是些怯弱可怜的不能自造命运的生物罢了。

在我们回来时，路上依然不少往庙会里去的人，不知不觉又连想到故国的土地庙了，唉！……

三　邻居

别了，繁华的闹市！当我们离开我们从前的住室门口的时候，恰恰是早晨七点钟。那耀眼的朝阳正照在电车线上，发出灿烂的金光，使人想象到不可忍受的闷热。而我们是搭上市外的电车，驰向那屋舍渐稀的郊野去；渐渐看见陂陀起伏的山上，林木葱茏，绿影婆娑，丛竹上满缀着清晨的露珠，兀自向人闪动。一阵阵的野花香扑到脸上来，使人心神爽快。经过三十分钟，便到我们的目的地。

在许多整饬的矮墙里，几株姣艳的玫瑰迎风袅娜，经过这一带碧绿的矮墙南折，便看见那一座郁郁葱葱的松柏林，穿过树林，就是那些小巧精洁的日本式的房屋掩映于万绿丛中。微风吹拂，树影摩荡，明窗净几间，帘幔低垂，一种幽深静默的趣味，顿使人忘记这正是炎威犹存的残夏呢。

我沿着鹅卵石垒成的马路前进，走约百余步，便见斜刺里有一条窄窄的草径，两旁长满了红蓼白荻和狗尾草，草叶上朝露未干，沾衣皆湿。草底鸣虫唧唧，清脆可听。草径尽头一带竹篱，上面攀缘着牵牛茑萝，繁花如锦，清香醉人。就在竹篱内，有一所小小精舍，便是我们的新家了。淡黄色木质的墙壁、门窗和米黄色的地席，都是纤尘不染。我们将很简单的家具稍稍布置以后，便很安然的坐下谈天。似乎一个月以来奔波匆忙的心身，此刻才算是安定了。

但我们是怎么的没有受过操持家务的训练呵！虽是一个很简单的厨房，而在我这一切生疏的人看来，真够严重了。怎样煮饭——一碗米应放多少水，煮肉应当放些什么浇料呵！一切都不懂，只好凭想象力一件件的去尝试。这其中最大的难题是到后院井边去提水，老大的铁桶，满满一桶水真够累人的。我正在提着那亮晶晶发光的水桶不知所措的时候，忽见邻院门口走来一个身躯胖大，满面和气的日本女人，——那正是我们头一次拜访的邻居胖太太——我们不知道她姓什么，可是我们赠送她这个绰号，总是很适合吧！

她走到我们面前，向我们咕哩咕噜说了几句日本话，我们是又聋又哑的外国人，简直一句也不懂，只有瞪着眼向她呆笑。后来她接过我手里的水桶，到井边满满的汲了一桶水，放在我们的新厨房里。她看见我们新买来的锅呀、碗呀，上面都微微沾了一点灰尘，她便自动的替我们一件一件洗干净了，又一件件安置得妥妥帖帖，然后她鞠着躬说声サセラナラ（再见）走了。

据说这位和气的邻居，对中国人特别有感情，她曾经帮中国人作过六七年的事，并且，她曾嫁过一个中国男人，……不过人们谈到她的历史的时候，都带着一种猜度的神气，自然这似乎是一个比较神秘的人儿呢，但无论如何，她是我们的好邻居呵！

她自从认识我们以后，没事便时常过来串门。她来的时候，多半是先到厨房，遇见一堆用过的锅碗放在地板上，或水桶里的水用完了，她就不用吩咐的替我们洗碗打水。有时她还拿着些泡菜，辣椒粉之类零星物件送给我们。这种出乎我们意外的热诚，不禁使我有些赧然。

当我没有到日本以前，在天津大阪公司买船票时，为了一张八折的优待券，——那是由北平日本公使馆发出来的——同那个

东京小品

留着小胡子的卖票员捣了许久的麻烦。最后还是拿到天津日本领事馆的公函,他们这才照办了。而买票找钱的时候,只不过一角钱,那位含着狡狯面像的卖票员竟让我们等了半点多钟。当时我曾赌气牺牲这一角钱,头也不回的离开那里。他们这才似乎有些过不去,连忙喊住我们,从桌子的抽屉里拿出一角钱给我们。这样尖酸刻薄的行为,无处不表现岛里细民的小气。真给我一个永世不会忘记的坏印象。

及至我上了长城丸(日本船名)时,那两个日本茶房也似乎带着些欺侮人的神气。比如开饭的时候,他们总先给日本人开,然后才轮到中国人。至于那些同渡的日本人,有几个男人嘴脸之间时时表现着夜郎自大的气概,——自然也由于我国人太不争气的缘故。——那些日本女人呢,个个对于男人低首下心,柔顺如一只小羊。这虽然惹不起我们对她们的愤慨,却使我们有些伤心,"世界上最没有个性的女性呵,你们为什么情愿作男子的奴隶和傀儡呢!"我不禁大声的喊着,可惜她们不懂我的话,大约以为我是个疯子吧。

总之,我对于日本人从来没有好感,豺狼虎豹怎样凶狠恶毒,你们是想象得出来的,而我也同样的想象那些日本人呢。

但是不久我便到了东京,并且在东京住了两个礼拜了。我就觉得我太没出息——心眼儿太窄狭,日本人——在我们中国横行的日本人,当然有些可恨,然而在东京我曾遇见过极和蔼忠诚的日本人,他们对我们客气,有礼貌,而且极热心的帮忙,的确的,他们对待一个异国人,实在比我们更有理智更富于同情些。至于作生意的人,无论大小买卖,都是言不二价,童叟无欺,——现在又遇到我们的邻居胖太太,那种慈和忠实的行为,更使我惭愧我的小心眼了。

我们的可爱的邻居,每天当我们煮饭的时候,她就出现在我们的厨房门口。

"奥ザン(太太)要水吗?"柔和而熟习的声音每次都激动我对她的感愧。她是怎样无私的人儿呢!有一天晚上,我从街上回来,穿着一件淡青色的绸衫,因为时间已晏,忙着煮饭,也顾不得换衣服,同时又怕弄脏了绸衫,我就找了一块白包袱权作围裙,胡乱的扎在身上,当然这是有些不舒服的。正在这时候,我们的邻居来了。她见了我这种怪样,连忙跑到她自己房里,拿出一件她穿着过于窄小的白围裙送给我,她说:"我现在胖了,不能穿这围裙,送给你很好。"她说时,就亲自替我穿上,前后端祥了一阵,含笑学着中国话道:"很好!很好!"

她胖大的身影,穿过遮住前面房屋的树丛,渐渐的看不见了。而我手里拿着炒菜的勺子,竟怔怔的如同失了魂。唉!我接受了她的礼物,竟忘记向她道谢,只因我接受了她的比衣服更可宝贵的仁爱,将我惊吓住了;我深自忏悔,我知道世界上的人类除了一部分为利欲所沉溺的以外,都有着丰富的同情和纯洁的友谊,人类的大部分毕竟是可爱的呵!

我们的邻居,她再也想不到她在一些琐碎的小事中给了我偌大的启示吧。愿以我的至诚向她祝福!

四　沐浴

说到人,有时真是个怪神秘的动物,总喜欢遮遮掩掩,不大愿意露真相;尤其是女人,无时无刻不戴假面具,不管老少肥瘠,脸上需要脂粉的涂抹,身上需要衣服的装扮,所以要想赏鉴人体美,是很不容易的。

有些艺术团体,因为画图需要模特,不但要花钱,而且还找不到好的,——多半是些贫穷的妇女,看白花花的洋钱面上,才不惜向人间现示色相，而她们那种不自然的姿势和被物质所压迫的苦相，常常给看的人一种恶感，什么人体美，简直是怪肉麻的丑像。

至于那些上流社会的小姐太太们，若是要想从她们里面发见人体美，只有从细纱软绸中隐约的曲线里去想象了。在西洋有时还可以看见半裸体的舞女，然而那个也还有些人工的装点，说不上赤裸裸的。至于我们礼教森严的中国，那就更不用提了。明明是曲线丰富的女人身体，而束腰扎胸，把个人弄得成了泥塑木雕的偶像了。所以我从来也不曾梦想赏鉴各式各样的人体美。

但是，当我来到东京的第二天，那时正是炎热的盛夏，全身被汗水沸湿，加之在船上闷上好几天，这时要是不洗澡，简直不能忍受下去。然而说到洗澡，不由得我蹙起双眉，为难起来。

洗澡，本是平常已极的事情，何至于如此严重？然而日本人的习惯有些别致。男人女人对于身体的秘密性简直没有。有大街上，可以看见穿着极薄极短的衫裤的男人和赤足的女人。有时从玻璃窗内可以看见赤身露体的女人，若无其事似的，向街上过路的人们注视。

他们的洗澡堂，男女都在一处，虽然当中有一堵板壁隔断了，然而许多女人脱得赤条条的在一个汤池里沐浴，这在我却真是有生以来破题儿第一遭的经验。这不能算不是一个大难关吧。

"去洗澡吧，天气真热！"我首先焦急着这么提议。好吧，拿了澡布，大家预备走的时候，我不由得又踌躇起来。

"呵，陈先生，难道日本就没有单间的洗澡房吗？"我向领导我们的陈先生问了。

"有，可是必须到大旅馆去开个房间，那里有西式盆汤，不过每次总要三四元呢。"

"三四元！"我惊奇的喊着，"这除非是资本家，我们那里洗得起。算了,还是去洗公共盆汤吧。"

陈先生在我决定去向以后,便用安慰似的口吻问我道:"不要紧的,我们初来时也觉着不惯,现在也好了。而且非常便宜,每人只用五分钟。"

我们一路谈着,没有多远就到了。他们进了左边门的男汤池去。我呢,也只得推开女汤池这边的门,呵,真是奇观,十几个女人,都是一丝不挂的在屋里。我一面脱鞋,一面踌躇,但是既到了这里,又不能作唐明皇光着眼看杨太真沐浴,只得勉强脱了上身的衣服,然后慢慢的脱衬裙袜子,……先后总费了五分钟,这才都脱完了。急忙拿着一块大的洗澡毛巾,连遮带掩的跳进温热的汤池里,深深的沉在里面,只露出一个头来。差不多泡了一刻钟,这才出来,找定了一个角落,用肥皂乱擦了一遍,又跳到池子里洗了洗,就算万事大吉。等到把衣服穿起时,我不禁嘘了一口气,严紧的心脉才渐渐的舒畅了。于是悠然自得的慢慢穿袜子。同时抬眼看着那些浴罢微带娇慵的女人们,她们是多么自然的,对着亮晶晶的壁镜理发擦脸,抹粉涂脂,这时候她们依然是一丝不挂,并且她们忽而起立,忽而坐下,忽而一条腿竖起来半跪着,各式各样的姿势,无不运用自如。我在旁边竟得饱览无余。这时我觉得人体美有时候真值得歌颂,——那细腻的皮肤,丰美的曲线,圆润的足趾,无处不表现着天然的艺术。不过有几个鸡皮鹤发的老太婆,满身都是瘪皱的,那还是披上一件衣服遮丑些。

我一面赏鉴,一面已将袜子穿好,总不好意思再坐着呆看。只得拿了毛巾和换下来的衣服,离开这现示女人色相的地方了。

在回家的路上,我的神经似乎有些兴奋,我想到人间种种的束缚,种种的虚伪,据说这些是历来的圣人给我们的礼赐——尤其严重的是男女之大防,然而日本人似乎是个例外。究竟谁是更幸福些呢？

五　樱花树头

春天到了，人人都兴高采烈盼望看樱花，尤其是一个初到日本留学的青年，他们更是渴慕着名闻世界的蓬莱樱花，那红艳如天际的火云，灿烂如黄昏晚霞的色泽真足使人迷恋呢。

在一个黄昏里，那位丰姿翩翩的青年，抱着书包，懒洋洋的走回寓所。正在门口脱鞋的时候，只见那位房东西川老太婆接了出来，行了一叩首的敬礼后便说道："陈（日本对人之尊称）回来了，楼上有位客人在等候你呢！"那位青年陈应了一声，便匆匆跑上楼去，果见有一人坐在矮几旁翻《东方杂志》呢，听见陈的脚步声，便回过头叫道：

"老陈！今天回来得怎么这样晚呢？"

"老张，你几时来的？我今天因为和一个朋友打了两盘球，所以回来迟些。有什么事？我们有好久不见了。"

那位老张是个矮胖子，说话有点土腔，他用劲的说道：

"没事……什么大事，……只是……现在天气很，——好！樱花有的都开了，昨天有一个日本朋友——提起来，你大概也认得——就是长泽一郎，他家里有两棵大樱花开得很好……他请我们明天一早到他家里去看花，你去不？"

"哦，这么一回事呀！那当然奉陪。"

老张跟着又嘻嘻笑道："他家还有……很好看的漂亮姑娘呢！"

"你这个东西，真太不正经了。"老陈说。

"怎么太不正经呀！"老张满脸正色的说。

"得了！得了！那是人家的女眷，你开什么玩笑，不怕长泽一郎恼你！"老陈又说。

老张露着轻薄的神气笑道：

"日本的女儿，生来就是替男人开……心的呀！在他们德川时代，哪一个将军不是把酒与女人看成两件消遣品呢？你不要发痴了，要想替日本女人树贞节坊，那真是太开玩笑了！"

老陈一面蹙眉一面摇头道："咳！这是怎么说，老张简直愈变愈下流了……正经的说吧，明天我们怎么样去法？"

老张眯着眼想了想道："明早七点钟我来找你同去好了。"

"好吧！"老陈道，"你今天在这里吃晚饭吧！"

"不！"老张站起来说，"我还要去……看一个朋友……不打搅你了，明天会吧！"

"明天会！"老陈把老张送到门口回来，吃了晚饭，看了几页书，又写了两封家信就去睡了。

第二天七点钟时，老张果然跑来了。他们穿好衣服便一同到长泽一郎家里去，走到门口已看见两棵大樱花树，高出墙头，那上面花蕊异常稠密，现在只开了一小部分，但是已经很动人了。他们敲了两下门，长泽一郎已迎了出来，请他们在一间六铺席的客堂里坐下。不久，有一个十四五岁的女郎托着一个花漆的茶盘，里面放着三盏新茶，中间还有一把细瓷的小巧茶壶放在他们围坐着的那张小矮几上，一面恭恭敬敬的说了一声："诸位请用茶。"那声音娇柔极了，不禁使老陈抬起头来，只见那女孩头上盘着松松的坠马鬐，一张长圆形的脸上，安置着一个端正小巧的鼻子，鼻梁两旁一双日本人特有的水秀细长的眼睛，两片花瓣的唇含着驯良的微笑——老陈心里暗暗的想道："这个女孩倒不错"，只因初次见面不好意思有什么表示。但是老张却张大了眼睛，看着那女孩嘻嘻的笑道："呵！这位贵娘的相貌真漂亮！"

长泽一郎道："多谢张夸奖，这是我的小舍妹，今年才十四岁，年纪还小呢，她还有一个阿姐比她大四岁……"长泽一郎得意扬扬的夸说他的妹子，同时又看了陈一眼，向老张笑了笑。老张便向挤眉弄眼的暗传消息。

长泽一郎敬过茶后便起来道："我们可以到外面去看樱花吧！"

他们三个一同到了长泽一郎的小花园里，那是一个颇小而布置得有趣的花园：有玫瑰茶花的小花畦，在花畦旁还有几块假山石。长泽一郎同老张走到假山后面去了，这里只剩下老陈。他站在樱花树下，仰着头向上看时，只听见一阵推开玻璃窗的声音，跟着楼窗旁露出一个十八九岁的少女的艳影。她身上穿着一件淡绿色大花朵的和服，腰间系了一根藕荷色的带子，背上背着一个绣花包袱，那面庞儿和适才看见的那个小女孩有些相象，但是比她更艳丽些。有一枝樱花正伸在玻璃窗旁，那女郎便伸出纤细而白嫩的手摘了一朵半开的樱花，放在鼻边嗅了嗅，同时低头向老陈嫣然一笑。这真使老陈受宠若惊，连忙低下头装作没理会般。但是觉得那一刹那的印象竟一时抹不掉，不由自主的又抬起头来，而那个花微笑的女孩似乎害羞了，别转头去吃吃的笑，这些做作更使老陈灵魂儿飞上半天去了。不过老陈是一个很有操守的青年，而且他去年暑假才同他的爱人结婚，——这一个诱惑其势来得太凶，使老陈不敢兜揽，赶紧悬崖勒马，离开这小危险的处所，去找老张他们。

走到假山后，正见他们两人坐在一张长凳上，见他来了，长泽一郎连忙站起来让坐，一面含笑说道："陈看过樱花了吗？觉得怎么样？"

老陈应道："果然很美丽，尤其远看更好，不过没有梅花香味浓厚。"

"是的，樱花的好看只在它那如荼如火的富丽，再过几天我们可以到上野公园去看，那里樱花非常多，要是都开了，倒很有看头呢。"长泽一郎非常热烈的说着。

"那么很好,哪一天先生有工夫,我们再来相约吧。我们打搅了一早晨,现在可要告别了。"

"陈事情很忙吧?那么我们再会吧!"

"再会!"老张、老陈说着就离开了长泽一郎家里。在路上的时候,老张嬉皮笑脸的向老陈说道:

"名花美人两争艳,到底是哪一个更动心些呢?"老陈被他这一奚落,不觉红了脸道:"你满嘴里胡说些什么?"

"得了!别装腔吧!刚才我们走出门的时候,不看见人家美目流盼的在送你呢!你念过词没有——'若问行人去那边,眉眼盈盈处'。真算是为你们写真了。"

老陈急得连颈都红了道:"你真是无中生有,越说越离奇,我现在还要到图书馆去,没工夫和你斗口,改日闲了,再同你慢慢的算账呢!"

"好吧!改天我也正要和你谈谈呢,那么这就分手——好好的当心你的桃花运!"老张狡狯的笑着往另一条路上去了。老陈就到图书馆看了两点多钟的书,在外面吃过午饭后才回寓所。正好他的妻子的信到了。他非常高兴拆开读后,便急急的写回信。写到正中,忽然间停住笔,早晨那一出剧景又浮上在心头,但是最后他只归罪于老张的爱开玩笑,一切都只是偶然的值不得什么。这么一想,他的心才安定下来,把其余的半封信续完,又看了些时候的书,就把这天混过去了。第二天是星期一,老早便起来到学校去,走到半路的时候,他忽然想起他到学校去的那条路要经过长泽一郎的门口的。当他走到长泽一郎家的围墙时,那两棵樱花树在温暖的春风里微微向他点头,似乎在说"早安呵,先生!"这不禁使他站住了。正在这时候,那楼窗又露出一张熟识的女郎笑靥来,那女郎向他微微点着头,同时伸手折了一枝盛开的樱花含笑的扔了下来,正掉在老陈的脚旁,老陈踌躇了一下,便捡了起来说一声"谢谢",又急急的走了。隐隐还听见女郎关玻璃窗的声音。老陈一路走一路捉摸,这果真是偶然吗?但是怎么这样巧,有意吗?太唐突人了。不过老张曾说过日本女人是特别驯良,是特别没有身分的,也许是有意吧?管她呢,有意也罢,无意也罢,纵使"小姑居处本无郎",而"使君自有妇"……或者是我神经过敏,那倒冤枉了人家,不过魔由自招,我明天以后换条路走好了。

过了三四天,老张又来找他,一进门便嚷道:

"老陈!你真是红鸾星照命呵,恭喜恭喜!"

"喂!老张,你真没来由,我哪里有什么红鸾星照命,你不知道我已经结婚吗"

"自然!你结婚的时候还请我喝过喜酒,我无论如何不会把这件事忘了,可是谁叫你长得这么漂亮,人家一定要打你的主意,再三央告我作个媒,你想我受人之托怎好不忠人之事呢?"

"难道你不会告诉他我已经结过婚了吗?"老陈焦急地说。

"唉!我怎么没有说过啊,不过人家说你们中国人有的是三房四妾,结过婚,再结一个又有什么要紧。只要分开两处住,不是也很好的吗?"老张说了这一番话,老陈更有些不耐烦了,便道:"老张,您这个人的思想竟是越来越落伍,这个三妻四妾的风气还应当保持到我们这种时代来吗?难道你还主张不要爱情的婚姻吗?你知道爱情是要有专一的美德的啊!"

"老陈,你慢慢的,先别急得脸红筋暴,作媒只管作,允不允还在你。其实我早就知道这事一定是碰钉子的,不过我要你相信我一向的话——日本女人是太没个性,没身分的,你总以为我刻薄。就拿你这回事说吧,长泽一郎为什么要请你看樱花,就是想叫你和他的妹妹见面。他很知道青年人是最易动情的,所以他让他妹妹向你卖尽风情,要使这婚事易于成功……"

"哦!原来如此啊!怪道呢!……"

"你现在明白了吧!"老张插言道:"日本人家里只要有女儿,他便逢人就宣传这个女儿怎样漂亮,怎样贤慧,好像买卖人宣传他的货品一样,惟恐销不出去。尤其是他们觉得嫁给中国留学生是一个最好的机会,因为留学生家里多半有钱,而且将来回国后很容易得到相当的地位,并且中国女人也比较自由舒服。有了这些优点,他情愿把女儿给中国人作妾,而不愿为本国人的妻。所以留学生不和日本女人发生关系的可以说是很难得,而他们对于女人的贞操又根本没有这个观念。日本女人的性的解放在世界上可算首屈一指了,并且和她们发生关系之后,只要不生小孩,你便可以一点责任不负的走开,而那个女孩依然可以光明正大的嫁人。其实呢,讲到贞操本应男女两方面共同遵守才公平。如像我们中国人,专责备女人的贞操而男人眠花宿柳养情妇都不足为怪,倘使哪个女孩失去处女的贞洁便终身要为人所轻视,再休想抬头,这种残酷的不平等的习惯当然应当打破。不过像日本女人那样毫没有处女神圣的情感和尊严,也是太可怕的。唔!我是来作媒的,谁知道打开话匣子便不知说到哪里去了。怎么样,你是绝对否认的,是不是?"

"当然否认?那还成问题吗?"

"那么我的喜酒是喝不成了。好吧,让我给他一个回话,免得人家盼望着。"

"对了!你快些去吧!"

老张走后,老陈独自睡在地席上看着玻璃窗上静默的阳光,不禁把这件出乎意料的滑稽剧从头到尾想了一遍,心头不免有些不痛快。女权的学说尽管像海潮般涌了起来,其实只是为人类的历史装着好看的幌子,谁曾受到实惠?——尤其是日本女人,到如今还只幽囚在十八层的地狱里呵！难怪社会永远呈露着畸形病态了！……

六　那个怯弱的女人

我们隔壁的那所房子，已经空了六七天了。当我们每天打开窗子晒阳光时，总有意无意的往隔壁看看。有时我们并且讨论到未来的邻居，自然我们希望有中国人来住，似乎可以壮些胆子，同时也热闹些。

在一天的下午，我们正坐在窗前读小说，忽见一个将近三十岁的男子经过我们的窗口，到后边去找那位古铜色面容而身体胖大的女仆说道：

"哦！大婶，那所房子每月要多少房租啊？"

"先生，你说是那临街的第二家吗？每月十六元。"

"是的，十六元，倒不贵，房主人在这里住吗？"

"你看那所有着绿顶白色墙的房子，便是房主人的家；不过他们现在都出去了。让我引你去看看吧！"

那个男人同着女仆看过以后，便回去了。那女仆经过我们的窗口，我不觉好奇的问道：

"方才租房子的那个男人是谁？日本人吗？"

"哦！是中国人，姓柯……他们夫妇两个。……"

"他们已决定搬来吗？"

"是的，他们明天下午就搬来了。"

我不禁向建微笑道："是中国人多好呵！真的，从前在国内时，我不觉得中国人可爱，可是到了这里，我真渴望多看见几个中国人！……"

"对了！我也有这个感想；不知怎的他们那副轻视的狡猾

的眼光，使人看了再也不会舒服。"

"但是，建，那个中国人的样子，也不很可爱呢，尤其是他那撅起的一张嘴唇，和两颊上的横肉，使我有点害怕。倘使是那位温和的陈先生搬来住，又是多么好！建，我真感觉得此地的朋友太少了，是不是？"

"不错！我们这里简直没有什么朋友，不过慢慢的自然就会有的，比如隔壁那家将来一定可以成为我们的朋友！……"

"建，不知他的太太是哪一种人？我希望她和我们谈得来。"

"对了！不知道他的太太又是什么样子？不过明天下午就可以见到了。"

说到这里，建依旧用心看他的小说；我呢，只足望着前面绿森森的丛林，幻想这未来的邻居。但是那些太没有事实的根据了，至终也不曾有一个明了的模型在我脑子里。

第二天的下午，他们果然搬来了，汽车夫扛着沉重的箱笼，喘着放在地席上、发出邪许的呼声。此外还有两个男人说话和布置东西的声音。但是还不曾听见有女人的声音，我悄悄从竹篱缝里望过去，只看见那个姓柯的男人，身上穿了一件灰色的绒布衬衫，鼻梁上架了一副罗克式的眼镜，额前的头发蓬蓬的盖到眼皮，他不时用手往上梳掠，那嘴唇依然撅着，两颊上一道道的横肉，依然惹人害怕。

"建，奇怪。怎么他的太太还不来呢？"我转回房里对建这样说。建正在看书，似乎不很注意我的话，只"哦"了声道："还没来吗？"

我见建的神气是不愿意我打搅他，便独自走开了。借口晒太阳，我便坐到窗口，正对着隔壁那面的竹篱笆。我只怔怔的盼望柯太太快来。不久，居然看见门前走进一个二十多岁的少妇；穿着一件紫色底子上面有花条的短旗袍，脚上穿的是一双黑色高跟皮鞋,剪了发,向两边分梳着。身材很矮小,样子也长得平常,不过比柯先生要算强点。她手里提了一个白花布的包袱,走了进来。她的影子在我眼前撩过去以后,陡然有个很强烈的印象粘在我的脑膜上,一时也抹不掉。——这便是她那双不自然的脚峰,和她那种移动呆板直撅的步法,仿佛是一个装着高脚走路的,木硬无生气。这真够使人不痛快。同时在她那脸上,近俗而简单的表情里,证明她只是一个平凡得可以的女人,很难引起谁对她发生什么好感,我这时真是非常的扫兴!

建,他现在放了书走过来了。他含笑说:

"隐,你在思索什么?……隔壁的那个女人来了吗?"

"来是来了,但是呵;……"

"但是怎么样?是不是样子很难惹?还是过分的俗不可耐呢?"

我摇头应道:"难惹倒不见得,也许还是一个老好人。然而离我的想象太远了,我相信我永不会喜欢她的。真的,建,你相信吗?我有一种可以自傲的本领,我能在见任何人的第一面时,便已料定那人和我将来的友谊是怎样的。我举不出什么了不起的理由;不过最后事实总可以证明我的直觉是对的。"

建听了我的话,不回答什么,只笑笑,仍回到他自己的屋子里去了。

我的心快快的,有一点思乡病。我想只要我能回到那些说得来的朋友面前,便满足了。我不需要更认识什么新朋友,邻居与我何干?我再也不愿关心这新来的一对,仿佛那房子还是空着呢!

几天平平安安的日子过去了。大家倒能各自满意。忽然有一天,大约是星期一吧,我因为星期日去看朋友,回来很迟;半夜里肚子疼起来,星期一早晨便没有起床。建为了要买些东西,到市内去了。家里只剩我独自一个，静悄悄的正是好睡。陡然一个大闹声，把我从梦里惊醒，竟自出了一身冷汗。我正在心跳着呢，那闹声又起来了。先是砰磅砰磅的响，仿佛两个东西在扑跌；后来就听见一个人被捶击的声音，同时有女人尖锐的哭喊声：

"唉唷！你打死人了！打死人了！"

呀！这是怎样可怕的一个暴动呢？我的心更跳得急，汗珠儿沿着两颊流下来。全身打颤。我想，"打人……打死人了"唉！这是多么严重的事情？然而我没有胆量目击这个野蛮的举动。但隔壁女人的哭喊声更加凄厉了。怎么办呢？我听出是那个柯先生在打他矮小的妻了。不问谁是有理，但是女人总打不过男人，我不觉有些愤怒了。大声叫道："野蛮的东西！住手！在这里打女人，太不顾国家体面了呀……"但是他们的打闹哭喊声竟压过我这微弱的呼喊。我正在想从被里跳起来的时候，建正好回来了。我便叫道："隔壁在打架，你快去看看吧！建一面踌躇，一面自言自语道："这算是干什么的呢？"我不理他，又接着催道："你快去呀！你听，那女人又在哭喊：'打死人了！……'"建被我再三催促，只得应道："我到后面找那个女仆一同去吧！我也是奈何不了他们。"

不久就听见那个老女仆的声音道："柯样！这是为什么？不能，不能，你不可以这样打你的太太！"捶击的声音停了，只有那女人呜咽悲凉的高声哭着。后来仿佛听见建在劝解柯先生，——叫柯先生到外面散散步去。——他们两人走了。那女人依然不住声的哭。这时那女仆走到我们这边来了，她满面不干的道："柯样不对！……他的太太真可怜！……你们中国也是随便打自己的妻子吗？"

"不！"我含羞的说道，"这不是中国上等人能作出来的行为，他大约是疯子吧!"老女仆叹息着走了。

隔壁的哭声依然继续着。使得我又烦躁又苦闷。掀开棉被,坐起来,披上一件大衣,把头发拢拢,就跑到隔壁去,只见那位柯太太睡在四铺地席的屋里,身上盖着一床红绿道的花棉被,两泪交流的哭着。我坐在她身旁劝道:"柯太太,不要伤心了!你们夫妻间有什么不了的事呢?"

"唉唷!黄样,你不知道,我真是一个苦命的人呵!我的历史太悲惨了,你们是写小说的人,请你们替我写写。唉!我是被人骗了哟!"

她无头无尾的说了这一套,我简直如堕入五里雾中,只怔怔的望着她,后来我就问她道:

"难道你家里没有人吗?怎么他们不给你作主?"

"唉!黄样,我家虽有父亲,母亲,还有哥哥嫂嫂,人是很多的。不过这其中有一个缘故,就是我小的时候我父亲替我定下了亲;那是我们县里一个土财主的独子。他有钱,又是独子,所以他的父母不免太纵容了他,从小就不好生读书,到大了更是吃喝嫖赌不成材料。那时候我正在中学读书,知识一天一天开了,渐渐对于这种婚姻不满意。到我中学毕业的时候,我就打算到外面来升学,同时我非常不满意我的婚姻。要请求取消婚约,而我父亲认为这个婚姻对于我是很幸福的,就极力反对。后来我的两个堂房侄儿,他们都是受过新思潮洗礼的,对于我的这种提议倒非常表同情,并且答应帮助我。不久他们到日本来留学。我也就随后来了。那时日本的生活,比现在低得多,所以他们每月帮我三四十块钱,我倒也能安心读书。

"但是不久我的两个侄儿都不在东京了。一个回国服务,一个到九州进学校去了。只剩下我一个人在东京,那时我是住在女生寄宿舍里。当我侄儿临走的时候,他便托付了一位同乡照应我,就是柯先生,所以我们便常常见面,并且我有什么疑难事,总是去请教他,请他帮忙。而他也非常殷勤的照顾我。唉!黄样!你想我一个天真烂漫的女孩,哪里有什么经验?哪里猜到人心是那样险诈……

"在我们认识了几个月之后,一天,他到寄宿舍来看我,并且约我到井之头公园去玩。我想同个朋友出去逛逛公园,也是很平常的事,没有理由拒绝人家,所以我就和他同去了。我们在井之头公园的森林里的长椅上坐下,那里是非常寂静,没有什么游人来往,而柯先生就在这种时候开始向我表示他对我的爱情。——唉!说的那些肉麻话,到现在想来,真要脸红。但在那个时候,我纯洁的童心里是分别不出什么的,只觉得承他这样的热爱,是应当有所还报的。当他要求和我接吻时,我就对他说:'我一个人跑到日本来读书,现在学业还没有成就,哪能提到婚姻上去?即使要提到这个问题,也还要我慢慢想一想;就是你,也应当仔细思索思索。'他听了这话,就说道'我们认识已经半年了,我认为对你已十分了解,难道你还不了解我吗?……'那时他仍然要求和我接吻,我说你一定要吻就吻我的手吧;而他还是坚持不肯。唉,你想我一个弱女子,怎么强得过他,最后是被他占了胜利。从此以后,他向我追求得更加厉害。又过了几天,他约我到日光去看瀑布,我就问他:'当天可以回来吗?'他说:'可以的',因此我毫不迟疑的便同他去了。谁知在日光玩到将近黄昏时,他还是不肯回来,看看天都快黑了,他才说:'现在已没有火车了,我们只好在这里过夜吧!'我当时不免埋怨他,但他却作出种种哀求可怜的样子,并且说倘使我再拒绝他的爱,他立即跳下瀑布去。唉!这些恐吓欺骗的话,当时我都认为是爱情的保障,后来我就说:'我就算答应你,也应当经过正当的手续呵!他于是就发表他对于婚姻制度的意见,极力毁诋婚姻制度的坏习，结局他就提议我们只要两情相爱，随时可以营共同生活。我就说：'倘使你将来负了我呢？'他听了这话立即发誓赌咒，并且还要到铁铺里去买两把钢刀，各人拿一把，倘使将来谁背叛了爱情，就用这刀取掉谁的生命。我见这种信誓旦旦的热烈情形，简直不能再有所反对了。我就说：'只要你是真心爱我，那倒用不着耍刀弄枪的，不必买了吧！'他说，'只要你允许了我，我就一切遵命。'

"这一夜我们就找了一家旅馆住下，在那里我们私自结了婚。我处女的尊严，和未来的光明，就在沉醉的一霎那中失掉了。"

"唉！黄样！……"

柯太太述说到这里，又禁不住哭了，她呜咽着说："从那夜以后，我便在泪中过日子了！因为当我同他从日光回来的时候，他仍叫我回女生寄宿舍去，我就反对他说：'那不能够，我们既已结了婚，我就不能再回寄宿舍去过那含愧疚心的生活。'他听了这话，就变了脸说：'你知道我只是一个学生，虽然每月有七八十元的官费，但我还须供给我兄弟的费用。'在这种情形之下，我不免气愤道：'柯泰南！你是个男子汉，娶了妻子能不负养活的责任吗？当时求婚的时候，你不是说我以后的一切事都由你负责吗？'他被我问得无言可答，便拿起帽子走了，一去三四天不回来，后来由他的朋友出来调停，才约定在他没有毕业的时期，我们的家庭经济由两方彼此分担——在那时节我侄儿还每月寄钱来，所以我也就应允了。在这种条件之下，我们便组织了家庭。唉！这只是变形的人间地狱呵，在我们私自结婚的三个月后，我家里知道这事，就写信给我，叫我和柯泰南非履行结婚的手续不可。同时又寄了一笔款作为结婚时的费用；由我的侄儿亲自来和柯办交涉。柯被迫无法，才勉强行过结婚礼。在这事发生以后，他对我更坏了。先是骂，后来便打起来了。唉！我头一个小孩怎么死的呵？就是因为在我怀孕八个月的时候，他把我打掉了的。现在我又已怀孕两个月了，他又是这样将我毒打。你看我手臂上的伤痕！"

柯太太说到这里，果然将那紫红的手臂伸给我看。我禁不住一阵心酸，也陪她哭起来。而她还在继续的说道："唉！还有多少的苦楚，我实在没心肠细说。你们看了今天的情形，也可以推想到的。总之，柯泰南的心太毒，到现在我才明白了，他并不是真心想同我结婚，只不过拿我耍耍罢了！"

"既是这样，你何以不自己想办法呢？"我这样对她说了。

她哭道："可怜我自己一个钱也没有。"

我就更进一步的对她说道："你是不是真觉得这种生活再不能维持下去？"

她说："你想他这种狠毒。我又怎么能和他相处到老？"

"那么，我可要说一句不客气的话了，"我说，"你既是在国内受过相当的教育，自谋生计当然也不是绝对不可能，你就应当为了你自身的幸福，和中国女权的前途，具绝大的勇气，和这恶魔的环境奋斗，干脆找个出路。

她似乎被我的话感动了，她说："是的，我也这样想过，我还有一个堂房的姊姊，她在京都，我想明天先到京都去，然后再和柯泰南慢慢的说话。"

我握住她的手道："对了？你这个办法很好？在现在的时代，一个受教育有自活能力的女人，再去忍受从前那种无可奈何的侮辱，那真太没出息了。我想你也不是没有思想的女人，纵使离婚又有什么关系？倘使你是决定了，有什么用着我帮忙的地方，我当尽力……！

说到这里，建和柯泰南由外面散步回来了。我不便再说下去，就告辞走了。

这一天下午，我看见柯太太独自出去了，直到夜深才回来。第二天我趁柯泰南不在家时，走过去看她，果然看见地席上摆着捆好的行李和箱笼，我就问道："你吃了饭吗？"

她说："吃过了，早晨剩的一碗粥，我随便吃了几口，唉！气得我也不想吃什么！"

我说："你也用不着自己作贱身体，好好的实行你的主张便了。你几时走？"

她正伏在桌上写行李上的小牌子，听见我问她，便抬头答道："我打算明天乘早车走！"

"你有路费吗？"我问她。

"有了，从这里到京都用不了多少钱，我身上还有十来块钱。"

"希望你此后好好努力自己的事，开辟一个新前途，并希望我们能常通消息。"我对她说到这里，只见有一个男人来找她，——那是柯泰南的朋友，他听见他们夫妻决裂，特来慰问的。我知道再在那里不便，就辞了回来。

第二天我同建去看一个朋友，回来的时候，已经下午七点了。走过隔壁房子的门外，忽听有四五个人在谈话，而那个捆好了行李，决定今早到京都去的柯太太，也还是谈话会中之一员。我不免低声对建说，"奇怪，她今天怎么又不走了？"

建说："一定他们又讲和了！"

"我可不能相信有这样的事，并不是两个小孩子吵一顿嘴，隔了会儿又好了。"我反对建的话。但是建冷笑道："女孩儿有什么胆量？有什么独立性？并且说实在话，男人离婚再结婚还可以找到很好的女子，女人要是离婚再嫁可就难了？"

建的话何尝不是实情，不过当时我总不服气，我说："从前也许是这样，可是现在的时代不是从前的时代呵！纵使一辈子独身,也没有什么关系,总强似受这种的活罪。哼!我不瞒你说,要是我,宁愿给人家去当一个佣人,却不甘心受他的这种凌辱而求得一碗饭吃。"

"你是一个例外;倘使她也象你这么有志气,也不至于被人那样欺负了。"

"得了,不说吧!"我拦住建的话道:"我们且去听听他们开的什么谈判。"

似乎是柯先生的声音,说道:"要叫我想办法,第一种就是我们干脆离婚。第二种就是她暂时回国去,每月生活费,由我寄日金二十元,直到她分娩两个月以后为止。至于以后的问题,到那时候再从长计议。第三种就是仍旧维持现在的样子,同住下去,不过有一个条件,我的经济状况只是如此,我不能有丰富的供给,因此她不许和我麻烦。这三种办法随她选一种好了。"

但是没有听见柯太太回答什么,都是另外诸个男人的声音,说道:"离婚这种办法,我认为你们还不到这地步。照我的意思,还是第二种比较稳当些。因为现在你们的感情虽不好,也许将来会好,所以暂时隔离,未尝没有益处,不知柯太太的意思以为怎样?……"

"你们既然这样说,我就先回国好了。只是盘费至少要一百多块钱才能到家,这要他替我筹出来。"

这是柯太太的声音,我不禁唉了一声。建接着说:"是不是女人没有独立性,她现在是让步了,也许将来更让一步,依旧含着苦痛生活下去呢……"

我也不敢多说什么了,因为我也实在不敢相信柯太太作得出非常的举动来,我只得自己解嘲道:"管她三七二十一,真是吹皱一池春水,干卿底事?……我们去睡了吧"。

他们的谈判直到夜深才散。第二天我见着柯太太,我真有些气不过，不免讥讽她道："怎么昨天没有走成呢？柯太太。我还认为你已到了京都呢？"她被我这么一问，不免红着脸说："我已定规月底走！……"

"哦，月底走！对了，一切的事情都得慢慢的预备，是不是？"

她真羞得抬不起头来。我心想饶了她吧，这只是一个怯弱的女人罢了。

果然建的话真应验了，已经过了两个多月，她还依然没走。"唉！这种女性"！我最后发出这样叹息了，建却含着胜利的笑。……

七　柳岛之一瞥

我到东京以后，每天除了上日文课以外，其余的时间多半花在漫游上。并不是一定自命作家，到处采风问俗，只是为了满足我的好奇心；同时又因为我最近的三四年里，困守在旧都的灰城中，生活太单调，难得有东来的机会，来了自然要尽量的享受了。

人间有许多秘密的生活，我常抱有采取各种秘密的野心。但据我想象最秘密而且最足以引起我好奇心的，莫对于娼妓的生活。自然这是因为我没有逛妓女的资格，在那些惯于章台走马的王孙公子们看来，那又算得什么呢？

在国内时，我就常常梦想：哪一天化装成男子，到妓馆去看看她们轻颦浅笑的态度，和纸迷金醉的生活，也许可以从那里发见些新的人生。不过，我的身材矮小，装男子不够格，又因为中国社会太顽固，不幸被人们发见，不一定疑神疑鬼的加上些什么不堪的推测。我存了这个怀惧，绝对不敢轻试。——在日本的漫游中,我又想起这些有趣的探求来。有一天早晨,正是星期日,补习日文的先生有事不来上课,我同建坐在六铺席的书房间。秋天可爱的太阳,晒在我们微感凉意的身上;我们非常舒适的看着窗外的风景。在这个时候,那位喜欢游逛的陆先生从后面的房子里出来,他两手插在磨光了的斜纹布的裤袋里,拖着木屐,走近我们书房的窗户外,向我们用日语问了早安,并且说道:"今天天气太好了,你们又打算到哪里去玩吗?"

"对了,我们很想出去,不过这附近的几处名胜,我们都走遍了,最好再发现些新的;陆,请你替我们作向导,好不好?"建回答说。

陆"哦"了一声,随即仰起头来,向那经验丰富的脑子里,搜寻所谓好玩的地方。而我忽然心里一动,便提议道:"陆,你带我们去看看日本娼妓生活吧!"

"好呀!"他说:"不过她们非到四点钟以后是不作生意的,现在去太早了。"

"那不要紧,我们先到郊外散步,回来吃午饭,等到三点钟再由家里出发,不就正合适了吗?"我说。建听见我这话,他似乎有些诧异,他不说什么,只悄悄的瞟了我一眼。我不禁说道:"怎么,建,你觉得我去不好吗?"建还不曾回答,而陆先说道:"那有什么关系,你们写小说的人,什么地方都应当去看看才好。"建微笑道:"我并没有反对什么,她自己神经过敏了!"我们听了这话也只好一笑算了。

午饭后,我换了一件西式的短裙和薄绸的上衣。外面罩上一件西式的夹上衣,我不愿意使她们认出我是中国人。日本近代的新妇女,多半是穿西装的。我这样一打扮,她们绝对看不出我本来的面目。同时,陆也穿上他那件蓝底白花点的和服,更可以混充日本人了。据陆说日本上等的官妓,多半是在新宿一带,但她们那里门禁森严，女人不容易进去。不如到柳岛去。那里虽是下等娼妓的聚合所，但要看她们生活的黑暗面，还是那里看得逼真些。我们都同意到柳岛去。我的手表上的短针正指在三点钟的时候，我们就从家里出发，到市外电车站搭车，——柳岛离我们的住所很远，我们坐了一段市外电车，到新宿又换了两次的市内电车才到柳岛。那地方似乎是东京最冷落的所在，当电车停在最后一站——柳岛驿——的时候，我们便下了车。当前有一座白石的桥梁，我们经过石桥，沿着荒凉的河边前进，远远看见几根高矗云霄的烟筒，据说那便是纱厂。在河边接连都是些简陋的房屋，多半是工人们的住家。那时候时间还早，工人们都不曾下工。街上冷冷落落的只有几个下女般的妇女，在街市上来往的走着。我虽仔细留心，但也不曾看见过一个与众不同的女人。我们由河岸转弯，来到一条比较热闹的街市，除了几家店铺和水果摊外，我们又看见门额上挂着"待合室"牌子的房屋。那些房屋的门都开着，由外面看进去，都有一面高大的穿衣镜，但是里面静静的不见人影。我不懂什么叫作"待合室"，便去问陆。他说，这种"待合室"专为一般嫖客，在外面钓上了妓女之后，便邀着到那里去开房间。我们正在谈论着，忽见对面走来一个姿容妖艳的女人，脸上涂着极厚的白粉，鲜红的嘴唇，细弯的眉梢，头上梳的是蟠龙髻；穿着一件藕荷色绣着凤鸟的和服，前胸袒露着，同头项一样的僵白，真仿佛是大理石雕刻的假人，一些也没有肉色的鲜活。她用手提着衣襟的下幅，姗姗的走来。陆忙道："你们看，这便是妓女了。"我便问他怎么看得出来。他说："你们看见她用手提着衣襟吗？她穿的是结婚时的礼服，因为她们天天要和人结婚，所以天天都要穿这种礼服，这就是她们的标志了。"

"这倒新鲜！"我和建不约而同的这样说了。

穿过这条街，便来到那座"龟江神社"的石牌楼前面。陆告诉我们这座神社是妓女们烧香的地方，同时也是她们和嫖客勾诱的场合。我们走到里面，果见正当中有一座庙，神龛前还点着红蜡和高香，有几个艳装的女人在那里虔诚顶礼呢。庙的四面布置成一个花园的形式，有紫藤花架，有花池，也有石鼓形的石凳。我们坐在石凳上休息，见来往的行人渐渐多起来，不久工厂放哨了，工人们三五成群从这里走过。太阳也已下了山，天色变成淡灰，我们就到附近中国料理店吃了两碗乔麦面，那时候已经七点半了。陆说："正是时候了，我们去看吧。"我不知为什么有些胆怯起来，我说："她们看见了我，不会和我麻烦吗？"陆说："不要紧，我们不到里面去，只在门口看看也就够了。"我虽不很满意这种办法，可是我也真没胆子冲进去，只好照陆的提议作了。我们绕了好几条街，好容易才找到目的地，一共约有五六条街吧，都是一式的白木日本式的楼房，陆和建在前面开路，我象怕猫的老鼠般，悄悄怯怯的跟在他俩的后面。才走进那胡同，就看见许多各阶级的男人——有穿洋服的绅士，有穿和服的浪游者；还有穿制服的学生，和穿短衫的小贩。人人脸上流溢着欲望的光艳，含笑的走来走去。我正不明白那些妓女都躲在什么地方，这时我已来到第一家的门口了。那纸隔扇的木门还关着。但再一仔细看，每一个门上都有两块长方形的空隙处，就在那里露出一个白石灰般的脸，和血红的唇的女人的头。谁能知道这时她们眼里射的哪种光？她们门口的电灯特别的阴暗，陡然在那淡弱的光线下，看见了她们故意作出的妖媚和淫荡的表情的脸；禁不住我的寒毛根根竖了起来。我不相信这是所谓人间，我仿佛曾经经历过一个可怕的梦境：我觉得被两个鬼卒牵到地狱里来。在一处满是脓血腥臭的院子里，摆列着数株艳丽的名花，这些花的后面，都藏着一个缺鼻烂眼，全身毒疮溃烂的女人。她们流着泪向我望着，似乎要向我诉说什么；我吓得闭了眼不敢抬头。忽然那两个

东京小品

鬼卒，又把我带出这个院子！在我回头看时，那无数株名花不见踪影，只有成群男的女的骷髅，僵立在那里。"呀！"我为惊怕发出惨厉的呼号，建连忙回头问道："隐，你怎么了？……快看，那个男人被她拖进去了。"这时我神志已渐清楚，果然向建手所指的那个门看去，只见一个穿西服的男人，用手摸着那空隙处露出来的脸，便听那女人低声喊道："请，哥哥……洋哥哥来玩玩吧！"那个男人一笑，木门开了一条缝，一双纤细的女人的手伸了出来，把那个男人拖了进去。于是木门关上，那个空隙处的纸帘也放下来了，里面的电灯也灭了……

我们离开这条胡同，又进了第二条胡同，一片"请呵，哥哥来玩玩"的声音，在空气中震荡。假使我是个男人，也许要觉得这娇媚的呼声里，藏着可以满足我欲望的快乐，因此而魂不守舍的跟着她们这声音进去的吧。但是实际我是个女人，竟使那些娇媚的呼声，变了色彩。我仿佛听见她们在哭诉她们的屈辱和悲惨的命运。自然这不过是我的神经作用。其实呢，她们是在媚笑，是在挑逗，引动男人迷荡的心。最后她们得到所要求的代价了。男人们如梦初醒的走出那座木门，她们重新在那里招徕第二个主顾。我们已走过五条胡同了。当我们来到第六条胡同的时候，看见第二家门口走出一个穿短衫的小贩。他手里提着一根白木棍，笑眯眯的，似乎还在那里回味什么迷人的经过似的。他走过我们身边时，向我看了一眼，脸上露出惊诧的表情，我连忙低头走开。但是最后我还逃不了挨骂。当我走到一个没人照顾的半老妓女的门口时，她正伸着头在叫："来呵！可爱的哥哥，让我们快乐快乐吧！"一面她伸出手来要拉陆的衣袖。我不禁"呀"了一声，——当然我是怕陆真被她拖进去，那真太没意思了。可是她被我这一惊叫，也吓了一跳，等到仔细认清我是个女人时，她竟恼羞成怒的骂起来。好在我的日本文不好，也听不清她到底说些什么？我只叫建快走。我逃出了这条胡同，便问陆道："她到底说些什么？"陆道："她说你是个摩登女人，不守妇女清规，也跑到这个地方来逛，并且说你有胆子进去吗？"这一番话，说来她还是存着忠厚呢！我当然不愿怪她，不过这一来我可不敢再到里边去了。而陆和建似乎还想再看看。他们说："没关系，我们既来了，就要看个清楚。"可是我极力反对，他们只好随我回来了。在归途上，我问陆对于这一次漫游的感想，他说："当我头一次看到这种生活时，的确心里有些不舒服；不过看过几次之后，也就没有什么了。"建他是初次看，自然没有陆那种镇静，不过他也不像我那样神经过敏。我从那里回来以后，差不多一个月里头每一闭眼就看见那些可怕的灰白脸，听见含着罪恶的"哥哥！来玩"的声音。这虽然只是一瞥，但在心幕上已经留下不可磨灭的印象了！

八　井之头公园

自从我们搬到市外以来，天气渐渐凉快了。当那些将要枯黄的毛豆叶子，和白色的小野菊，一丛丛由草堆里钻出头来，还有小朵的黄色紫色的野花，在凉劲的秋风中抖颤，景象是最容易勾起人们秋思，使人兴"帘卷西风，人比黄花瘦"的感慨。

这种心情是包含着怅惘，同时也有兴奋，很难平心静气的躲在单调的书房里工作。而且窗外蔚蓝色的天空，和淡金色的秋阳，还有夹了桂花香的冷风，这一切都含着极强的挑拨人们心弦的力量，我们很难勉强继续死板的工作了。吃过午饭以后，建便提议到附近的吉祥寺的公园去看风景；在三点十分的时候，我们已到了那里。从电车轨道绕过，就是一条石子大马路，前面有一座高耸的木牌坊，上面写着几个很大的汉字："井之头恩赐公园"。过了牌坊,便见马路旁树木浓密,绿荫沉沉,陡然有一种幽秘的意味萦缠着我们的心情,使人想象到深山的古林中,一个披着金黄色柔发赤足娇羼而拖着丝质白色的长袍的仙女,举着短笛在白毛如雪的羊群中远眺沉思。或是孤独的诗人,抱着满腔的诗思,徘徊于这浓绿森翠的帷幔下歌颂自然。我们自己漫步其中,简直不能相信这仅仅是一个人间的公园而已。

走过这一带的森林,前面露出一条鹅卵石堆成的斜坡路,旁边植着修剪整齐的冬青树,阵阵的青草香从风里吹过来。我们慢慢地散着步,只觉心神爽疏,尘虑都消。下了斜坡,陡见面前立着一所小巧的日本式茶馆,里面陈设着白色的坐垫和红漆的矮几,两旁柜台上摆着水果及各种的零食。

"呵,这个地方多么眼熟呀!"我不禁失声喊了出来。于是潜伏于心底的印象,如蛰虫经过春雷的震撼惊醒其来。唉,这时我简直被那种感怀往事的情绪所激动了,我的双眼怔住了,胸膈间充塞这怅惘,心脉紧急的搏动着,眼前分明的现出那些曾被流年蹂躏过的往事。

唉!往事!只是不堪回首的往事呦!

那一群骄傲与幸福的少女们,正憧憬于未来的希望中,享乐于眼前的风光里;当她将由学校毕业的那一年夏天,曾随着她们的师长,带着欢乐的心情渡过日本海,来访蓬莱的名声。那时候恰是暮春的天气,温和的杨柳风,和到处花开如锦的景色,更使她们乐游忘倦了。当她们由上野公园看过樱花的残妆后,便回到东京市内,第二天清晨便乘电车到井之头公园里来,为了奔走的疲倦也曾到这所小茶馆休息过——大家团团围着矮几坐下,酌着日本的清茶,嚼着各式的甜点心;有几个在高谈阔论,有几个在低歌宛转;她们真如初出谷的雏莺,只觉到处都是生机。的确,她们是被按在幸福之神的两臂中,充满了青春的爱娇和快乐活泼的心情：这是多么值得艳羡的人生呵！

但是，谁能相信今天在这里低徊感叹的我，也正是当年幸福者之一呢！哦，流年，残刻的流年呦！它带走了我的青春，它蹂躏了我的欢乐，而今旧地重游，当年的幸福都变成可诅咒的回忆了！

唉！这仅仅是七年后的今天呀，这短短的七年中，我走的是什么样的人生的路？我迎接的是哪一种神明？唉！我攀援过陡峭的岸壁，我曾被陨坠于险恶的幽谷；虽是恶作剧的运命之神，他又将我由死地救活，使我更忍受由心头滴血的痛苦，他要我吮干自己的血，如像喝玫瑰酒汁般。幸福之神，他遗弃我。正像遗弃他的仇人一样。这时我禁不住流出辛酸的泪滴，连忙躲开这激动情感的地方，向前面野草丛中，花径不扫的密松林里走去。忽然听见一阵悲恻的唏嘘，我仿佛望到张着黑翅的秋神，徘徊于密叶背后；立时那些枝柯，都抖颤起来，草底下的促织和纺车儿也都凄凄切切奏着哀乐；我也禁不住全身发冷，不敢在向前去，便在路旁的长木凳上坐了。我用凝涩的眼光，向密遮的矮树丛隙睁视，不时看见那潆湀的碧水，经过一阵秋风后，水面上涌起一层细微的波纹来，两个少女乘着一只小划子在波心摇着划浆，低低的唱着歌。我看到这里，又无端伤感起来，觉得喉头梗塞，不知不觉叹道："故国不堪回首呵！"同时那北海的绿漪清波便浮现在眼前。那些携了情侣的男男女女，恐怕也正摇着划浆指点眼前倩丽的秋景，低语款款吧！况且又是菊茂蟹肥的时候，长安市上正不少欢乐的宴聚；这被摒弃在异国的漂泊者，当然再也没有人想起她了。不过她却晨夕常怀着祖国，希望得些国内的好消息呢。并且她的神经又是怎样的过敏呵，她竟会想到树叶凋落的北平市，凄风吹着，冷雨洒着那些穷苦无告的同胞，正向阴暗的苍穹哭号。唉！破碎絮乱的祖国呵，北海的风光能掩盖那凄凉的气象吗？来金雨轩的灯红酒绿能够安慰忧惧的人心吗？这一切我都深深地怀念着呵！

连环不断的忧思占据了我整个的心灵，眼底的景色我竟无心享受了。我忙忙辞别了曾经二度拜访过的井之头公园。虽然如少女酡颜的枫叶，我还不曾看过，而它所给我灵魂的礼赠已经太多了；真的，太多了呦！

九　烈士夫人

异国的生涯，使我时时感到陌生和飘泊。自从迁到市外以来，陈和我们隔得太远，就连这唯一的朋友也很难有见面的机会。我同建只好终日幽囚在几张席子的日本式的房屋里读书写文章——当然这也是我们的本分生活，一向所企求的，还有什么不满足；不过人总是群居的动物，不能长久过这种单调的生活而不感动不满意。

在一天早饭后，我们正在那临着草原的窗子前站着，——这一带的风景本不坏，远远有滴翠的群峰，稍近有万株矗立的松柯，草原上虽仅仅长些蓼荻同野菊，但色彩也极鲜明，不过天天看，也感不到什么趣味。我们正发出无聊的叹息时，忽见从松林后面转出一位中年以上的女人。她穿着黑色白花纹的和服，拖着木屐往我们的住所的方向走来，渐渐近了，我们认出正是那位嫁给中国人的柯太太。唉！这真仿佛是那稀有而陡然发现的空谷足音，使我们惊喜了，我同建含笑的向她点头。

来到我们屋门口，她脱了木屐上来了，我们请她在矮几旁的垫子上坐下，她温和的说：

"怎么，你们住得惯吗？"

"还算好，只是太寂寞些。"我有些怅然的说。

"真的，"建接着说，"这四周都是日本人，我们和他们言语不通，很难发生什么关系。"

柯太太似乎很了解我们的苦闷，在她沉思以后，便替我们出了以下的一条计策。她说："我方才想起在这后面西川方里住着一位老太婆，她从前曾嫁给一个四川人，她对于中国人非常好，并且她会煮中国菜，也懂得几句中国话。她原是在一个中国人家里帮忙，现在她因身体不好，暂且在这里休息。我可以去找她来，替你们介绍，以后有事情尽可请她帮忙。"

"那真好极了，就是又要麻烦柯太太了！"我说。

"哦，那没有什么，黄太客气了，"柯太太一面谦逊着，一面站起来，穿了她的木屐，绕过我们的小院子，往后面那所屋里去。我同建很高兴的把坐垫放好，我又到厨房打开瓦斯管，烧上一壶开水。一切都安排好了，恰好柯太太领着那个老太婆进来——她是一个古铜色面孔而满嘴装着金牙的硕胖的老女人，在那些外表上自然引不起任何人的美感，不过当她慈和同情的眼神射在我们身上时，便不知不觉想同她亲近起来。我们请她坐下，她非常谦恭的伏在席上向我们问候。我们虽不能直接了解她的言辞，但那种态度已够使我们清楚她的和蔼与厚意了。我们请柯太太当翻译，随意的谈着。

在这一次的会见之后，我们的厨房里和院子中便时常看见她那硕大而和蔼的身影。当然，我对于煮饭洗衣服是特别的生手，所以饭锅里发出焦臭的气味，和不曾拧干的衣服，从晒竿上往下流水等一类的事情是常有的；每当这种时候，全亏了那位老太婆来解围。

那一天上午因为忙着读一本新买来的《日语文法》，煮饭的时候完全"心不在焉"，直到焦臭的气味一阵阵冲到鼻管时，我才连忙放下书，然而一锅的白米饭，除了表面还有几颗淡黄色的

东京小品

米粒可以辨认,其余的简直成了焦炭。我正在不知所措的时候,那位老太婆也为着这种浓重的焦臭气味赶了来。她不说什么,立刻先把瓦斯管关闭,然后把饭锅里的饭完全倾在铅筒里,把锅拿到井边刷洗干净;这才重新放上米,小心的烧起来。直到我们开始吃的时候,她才含笑的走了。

我们在异国陌生的环境里,居然遇到这样热肠无私的好人,使我们忘记了国籍,以有一切的不和谐,常想同她亲近。她的住室只和我们隔着一个小院子。当我们来到小院子里汲水时,便能看见她站在后窗前向我们微笑;有时她也来帮我,抬那笨重的铅筒;有时闲了,她便请我们到她房里去坐,于是她从橱里拿出各式各种的糖食来请我们吃,并教我们那些糖食的名辞;我们也教她些中国话。就在这种情形之下,大家渐渐也能各抒所怀了。

有一个星期六的下午,建同我都不到学校去。天气有些暗,阵阵初秋的凉风吹动院子里的小松树,发出觫觫的响声。我们觉得有些烦闷,但又不想出去,我便提议到附近点心铺里买些食品,请那位老太婆来吃茶,既可解闷,又应酬了她。建也赞成这个提议。

不久我们三个人已团团围坐在地席上的一张小矮几旁,喝着中国的香片茶。谈话的时候,我人便问到她的身世,——我们自从和她相识以来,虽然已经一个多月了,而我们还不知道她的姓名,平常只以"オパサソ"(伯母之意)相称。当这个问题发出以后,她宁静的心不知不觉受了撩拨,在她充满青春余辉的眸子中宣示了她一向深藏的秘密。

"我姓斋藤,名叫半子,"她这样的告诉我们以后,忽然由地席上站了起来,一面向我们鞠躬道:"请二位稍等一等,我去取些东西给你们看。"她匆匆的去了。建同我都不约而同的感到一种新奇的期待,我们互相沉默的猜想着等候她。约莫过了十分钟她回来了，手里拿着一个淡灰色棉绸的小包，放在我们的小茶几上。于是我们重新围着矮几坐下，她珍重的将那棉绸包袱打开，只见里面有许多张的照片，她先拣了一张四寸半身的照片递给我们看，一面叹息着道："这是我二十三年前的小照，光阴比流水还快，唉，现在已这般老了。你们看我那时是多么有生机？实在的，我那时有着青春的娇媚——虽然现在是老了！"我听了她的话，心里也不免充满无限的怅惘，默然的看着她青春时的小照。我仿佛看见可怕的流光的锤子，在捣毁一切青春的艺术。现在的她和从前的她简直相差太远了，除了脸的轮廓还依稀保有旧时的样子，其余的一切都已经被流光伤害了。那照片中的她，是一个细弱的身材，明媚的眼睛，温柔的表情，的确可以使一般青年沉醉的。我正在呆呆的痴想时，她又另递给我一张两人的合影：除了年轻的她以外，身旁还站着一个英姿焕发的中国青年。

"这位是谁？"建很质直的问她。

"哦，那位吗？就是我已死去的丈夫呵！"她答着话时，两颊上露出可怕的惨白色，同时她的眼圈红着。我同建不敢多向她看，连忙想用别的话混过去，但是她握着我的手，悲切的说道："唉，他是你们贵国一个可钦佩的好青年呵，他抱着绝大的志愿，最后他是作了黄花岗七十二个烈士中的一个，——他死的时候仅仅二十四岁呢，也正是我们同居后的第三年……"

老太婆说到这些事上，似乎受不住悲伤回忆的压迫。她低下头抚着那些像片，同时又在那些像片堆里找出一张六寸的照像递给我们看道："你看这个小孩怎样？"我拿过照片一看，只见是个十五六岁的男孩，穿着学生装，含笑的站在那里，一双英敏的眼眸很和那位烈士相像，因此我一点不迟疑的说道："这就是你们的少爷吗？"她点头微笑道："是的，他很有他父亲的气概咧。"

"他现在多大了，在什么地方住，怎么我们不曾见过呢？"

东京小品

"唉!"她叹了一口气道,"他今天二十一岁了,已经进了大学,但是,"说到这里,她的眼皮垂下来了,鼻端不住的掀动,似乎正在那里咽她的辛酸泪液。这使我觉得窘迫了,连忙装着拿开水对茶,走出去了!建也明白我的用意,站起来到外面屋子里去拿点心。过了些时,我们才重新坐下,请她喝茶,吃糖果,她向我们叹口气道:"我相信你们是很同情我的,所以我情愿将我的历史告诉你们:

"我家里的环境,一向都不很宽裕,所以在我十八岁的时候,我便到东京来找点职业作。后来遇到一个朋友,他介绍我在一个中国人的家里当使女,每月有十五块钱的工资,同时吃饭住房子都不成问题。这是对于我很合宜的,所以就答应下来。及至到了那里,才知道那是两个中国学生合租的贷家,他们没有家眷,每天到大学里去听讲,下午才回来。事情很简单,这更使我觉得满意,于是就这样答应下来。我从此每天为他们收拾房间,煮饭洗衣服,此外有的是空闲的时间,我便自己把从前在高等学校所读过的书温习温习,有时也看些杂志,遇到不明白的地方,常去请求那两位中国学生替我解释。他们对于我的勤勉,似乎都很为感动,在星期日没有什么事情的时候,便和我谈论日本的妇女问题,等等。这两个青年中有一个姓余的,他是四川人,对我更觉亲切。渐渐的我们两人中间就发生了恋爱,不久便在东京私自结了婚。我们自从结婚后,的确过着很甜蜜的生活;所使我们觉得美中不足的,就是我的家庭不承认这个婚姻,因此我们只能过着秘密的结婚生活。两年后我便怀了孕,而余君便在那一年的暑假回国。回国以后,正碰到中国革命党预备起事的时期,他为了爱祖国,不顾一切的加入工作,所以暑假后他就不曾回日本来。过了半年多,便接到黄花岗七十二烈士遭难的消息,而他的噩耗也同时传了来。唉!可怜我的小孩,也就是在他死的那一个月中诞生了。唉!这个可怜的一生下来就没有父亲的小孩,叫我怎样安排?而且我的家族既不承认我和余君的婚姻,那么这个小孩简直就算是个私生子,绝不容我把他养在身边。我没有办法,恰好我的妹子和妹夫来看我,见了这种为难,就把孩子带回去作为她的孩子了。从此以后,我的孩子便姓了我妹夫的姓,与我断绝母子关系;而我呢,仍在外面帮人家作事,不知不觉已过了二十多年。……"

"呵,原来她还是烈士夫人呢!"建悄悄的对我说。

"可不是吗?……但她的境遇也就够可怜了。"我说。

建和我都不免为她叹息,她似乎很感激我们对她的同情,紧紧握着我的手,好久才说道:"你们真好呵!"一面含笑将绸包收起告辞走了。

过了两个月,天气渐渐冷了,每天自己作饭洗碗够使人麻烦的,我便和建商议请那位烈士夫人帮帮我们。但我们经济很穷,只能每月出一半的价钱,不知道她肯不肯就近帮帮忙,因此我便去找柯太太请她代我们接洽。

那时柯太太正坐在回廊晒太阳,见我们来了,便让我们也坐在那里谈话,于是我便把来意告诉她。柯太太笑了笑道:"这正太不巧,……不然的话,那个老太婆为人极忠厚,绝不会不帮你们的。不过现在她正预备嫁人,恐怕没有工夫吧!"

"呀,嫁人吗?"我不禁陡然的惊叫起来道:"这真是想不到的事,她现在将近五十岁的人,怎么忽然间又思起凡来呢?"

柯太太听了这话也不禁笑了起来,但同时又叹了一口气道:"自然,她也有她的苦痛,照我看来,以为她既已守了二十多年寡,断不至再嫁了。不过,她从前的结婚始终是不曾公布的,她娘家父母仍然认为她没有结婚,并且余先生家里她势不能回去。而她的年纪渐渐老上来,孤孤单单一个无依无靠的人,将来死了都找不到归宿,所以她现在决定嫁了。"

"嫁给什么人?"建问。

"一个日本老商人,今年有五十岁吧!"

"倒也是个办法!"建含笑的说。

他这句话不知为什么惹得我们全笑起来。我们谈到这里,便告辞回去。在路上恰好遇见那位烈士夫人,据说她本月就要结婚,但她脸上依然憔悴颓败,再也看不出将要结婚的喜悦来。

真的,人们都传说,"她是为了找死所而结婚呢!"呵!妇女们原来还有这种特别的苦痛……

水灾

萨县有好几天，不听见火车经过时的汽笛声，和车轮辗过轨道时的隆隆声了。这是怎样沉闷的天气呵！丝丝的细雨，从早飘到夜，从夜飘到明，天空黑黝黝的，如同泼上了一层淡墨，人们几乎忘记了太阳的形色。那雨点虽不是非常急骤的倾泻着，而檐前继续的雨漏声，仿佛奏着不调协的噪乐，使人感到天地间这时是弃塞了非常沉重的气流。头顶上的天，看着往下坠，几乎要压在人们的眉梢上了，便连呼吸也象是不容易呢。有时且听见浪涛的澎湃声，就是那些比较心胸旷达的人，用一种希冀那仅仅是松涛的幻想，来自慰藉，也仍然不能使他们的眉峰完全舒展，一个大的隐忧正搅乱着这一县民众的心。

一天一天过去了，雨也跟着时间加增它的积量，愁苦也更深的剥蚀着村民的心。

水　灾

忠信村的农夫王大每日每日，闷坐在家门口的草棚下，看着那被雨打得偃伏在地上的麦梗，和那渐渐萎黄的嫩麦穗，无论如何，他不能不被忧苦所熬煎。

"唉，老天爷！"他讷讷的叫着。忽然有一张绛红色的小圆面孔，从草屋的门口现了出来，在那鲜红的唇里包满着山药，两辅上下的扯动着，同时一双亮晶晶的深而大的眼睛，不住的看着那正在叹气的王大叫道："爹爹！"

这是一种沁心的甜美的声调，王大的心弦不禁颤动了，嘴角上挂了不能毁灭的笑容，伸手拉过这个可爱的孩子，温和的抚弄他额前的短发。但是雨滴又一阵急狂的敲在草棚上，王大只觉眼前一黑，陡然现出一个非常可怕的境地，他看见那一片低垂着头，而大半萎黄了的麦穗，现在更憔悴得不象样了，仿佛一个被死神拖住的人，什么希冀都已完结。同时看见麦田里涌起一股一股的白浪来，象一个张牙舞爪的恶魔，正大张着嘴，吞噬着稼禾、屋舍、人畜。渐渐的，水涌到他的草房里来，似乎看见自己的黑儿，正被一个大浪头卷了去，他发狂地叫了起来。

正在编草帘的妻子，听见这惊恐的吼叫，连忙从屋里抢了出来，一把拖住王大，只见他两眼大睁着，不住地喘气。

"唷！黑儿的爹！这是怎么啦？"妻惊慌的问他，这时黑儿也从草棚的木桌底下钻了过来，用小手不住地推王大，叫道："爹爹！爹爹！"王大失去的魂灵，才又渐渐地归了原壳，抬眼看看妻和黑儿，眼里不禁滴下大颗大颗的眼泪，一面牵着黑儿，长叹道："这雨还只是下，后河里的水已经和堤一般高了，要是雨还不止，这地方就不用想再有活人了！"

"唉，黑儿的爹，这是天老爷的责罚，白发愁也不济事，我想还是到村东关帝庙，烧烧香，求求大慈大悲的关帝爷吧！也许天可怜见，雨不下了，岂不是好？"王大的妻，在绝望中，想出这唯一的办法来。王大觉得妻子的主意是对的，于是在第二天，东方才有些发亮时，他便连忙起来，洗净了手脸，叫起黑儿，拿了香烛纸锭往村东的关帝庙去。

到了那里，只见那庙的矮墙，已被水冲倒了一半，来到大殿上，礼参了关公的法像。王大一面烧化纸锭，一面叫黑儿跪下叩头，他自己并且跪在神前，祷祝了许久，才站起来，恭恭敬敬地又作了三个揖，这才心安理得的，同着黑儿回去了。

这一天下午，雨象是有住的意思，泼墨似的黑云已渐渐退去，王大心里虔信关帝爷的百灵百验，便自心里许愿，如能免了这次的水灾，他一定许买个三牲供祭。同时美丽的幻梦，也在脑子里织起来。他在麦地里绕着圈子，虽是有些麦穗已经涝了，但若立刻天晴，至少还有六七成的收获，于是一捆一捆的粮食，在那金色的太阳下面闪光了；一担担的米谷，挑到打麦场去；跟着一叠叠的银元握在手里了。王大抱着希望而快乐的心情奔回草屋里去。走进房，正迎着黑儿在抱着一个饼子啃呢，王大含笑的，把黑儿抱在膝上，用着充满快乐的语调向黑儿说道："黑儿，你想到村学里去读书吗？"

黑儿笑嘻嘻地扳着王大的颈子道："爹爹，我要念书，你得给我买一顶好看的帽子，也要作一件长衫，象邻家阿英一样的。"

"好吧，只要我们今年有收成，爹爹全给你买。"

黑儿真觉爹爹太好了，用嘴亲着爹爹的手，渐渐的眼睛闭起来，他已走进甜美的梦境去了。王大轻轻地把他放平在大木床上，自己吃了一袋烟，和妻子吃过饭，也恬然地睡去。

半夜里一个霹雷，把这一家正在作着幸福之梦的人惊醒了。王大尤其心焦的不能睡，草房上正飞击着急骤的雨点，窗眼里闪着火龙似的电光。王大跳下地来，双手合十地念道："救苦救难的关帝爷。……"

水 灾

轰隆，轰隆，一阵巨响，王大的妻发抖地叫道："你听，你听，黑儿的爹，这是什么声音呵？"

王大开了门，借着一道光亮的闪电，看见山那边，一团，一团的山水向下奔，王大失声叫道："老天，这可罢了，快些收拾东西逃命吧！"

王大帮着妻，打开床旁的木箱，抓了一堆衣服，用一个大包袱包了；又郑重地把那历年来存积的五十元光洋钱抢出来，塞在怀里；一面背了黑儿，冒着急雨，一脚高一脚低地奔那高坡去。

轰隆，轰隆，又是一阵惊天动地的巨响，他们回头一看自己的草屋和草棚都被山水冲去了。许多的黑影，都向高处狂奔着，凄厉地叫着哭着。黑儿躲在王大的背上，叫道："我怕，我怕，爹爹呀！"王大喘着气，拉着妻子已来到高坡上了。他放下黑儿，这时天色已渐亮了，回头一看，这村子已成了茫茫的大海了，而水势依然狂涨，看看离这高坡只有二三尺了。王大的妻把黑儿紧搂在怀里，一面喊着："菩萨救命呵！"但是一切的神明都象聋了耳朵，再听不见这绝望的呼声。正在这个时候，一个高掀的大浪头，向这土坡卷过来，于是这三个人影便不见了，土坡也被淹没，只露出那土面上面的一株树梢。

这样恐怖的三天过去了，忠信村的水也渐渐退了，天色也已开晴，便是阳光，也仍然灿烂的照着。但在这灿烂光影下的一切的东西，却是令人可怕。被水泡肿了庞大的黄色尸体，人和牲畜凌乱的摆着。在那一株松树根下，正睡着王大的妻和黑儿可怕的尸体，而王大却失了踪迹。不久来了灰衣灰裤的工兵，拿着铁锹工具，正在从事掩埋的工作，还有几个新闻记者，带了照相机，在这里拍照。

忠信村已被这次的大水所毁灭了，现在虽然水已退净，而房屋倒塌，田具失落，村民就是不死，也无法生存，但是有些怀恋着故土的村人们，仍然回来，草草搭个草棚，苦挨着度日。在一天早晨，邻村的张泉从这忠信村经过，看见一个老农人，坐在一个小土坡前，低头垂泪，走近细认，原来正是失踪的王大，他站住叫道："王大叔。"

"是你啊！泉哥儿！"王大愁着眉说。

"王大叔！婶子和黑儿兄弟呢？"张泉问。

王大听见阿泉提起他妻和黑儿，抖颤着声音道："完了，什么都完了！这一次的水灾真够人受啊！你们那里倒还好？"

"哦，"阿泉说："比这里好些，不过也淹了不少的庄稼，冲倒三五十间草房呢！……王大叔，你这些日子在什么地方躲着的？"

五大叹了一口气道："你这里坐下吧。"

阿泉坐在他身旁，于是王大开始述说他被救的经过：

"那夜大水来的时候，我们一家人都躲到屋后的高土坡上去，忽然一个浪头盖了下来，我连忙攀住一块木板，任着它漂了下去。几阵浪头，从我身上跳过去时，我呛了两口水，就昏迷过去了，后来不知怎么我竟被冲到一块沙滩上。醒来时，看见一个打渔的老人正蹲在我身边。看见我睁开眼，他叫道：'大嫂，这个人活了。'于是一个老婆婆从一只渔船里走来，给我喝了些水，我渐渐清楚起来，又蒙那好心的渔翁，给我换了衣裳，熬了热粥调养我，一连住了三天，便辞别了他们回到村里来。唉，阿泉你看这地方还象是一个村落吗？我今早绕着村子走了一遍，也不曾看见黑儿和他的娘，后来碰到李大叔，他才告诉我他们已经被水淹死了，那边的大冢埋着几十个尸首呢，他们也在那里边。唉，泉哥儿，什么都完了啊！"

"王大叔，你现在打算怎么过活？"

"我已经答应李大叔同去修河堤。"王大说。

水　灾

"是的,昨天我已经看见县里招募民夫修河堤的告示了!"张泉停了停,接着说道:"我们村里大半的人都要去,这倒是一件好事,修好了河堤,以后的村民就不会再遭殃了。"

"我也正是这样想,"王大说:"我自己受了苦,我不忍心以后的人再受苦。"

阿泉站起来点点头道:"那么明天我们河堤上见吧!"阿泉说完便走了。王大又向着那大冢滴了些泪,便去应募了。

几个月以后,河堤完工了。王大仍然回到忠信村来,他仍在他本来的草屋那里,盖了一间草屋,种了一些青菜和麦子,寂寞的生活着。

第二年的夏天到了,虽然仍接连着下了几天雨,但因河堤的坚固高峻,村子里是平安的,只有王大他是无福享受自己创造的命运,在那一年的秋初,他已被沉重的忧伤,销毁了他的生命。

异国秋思

自从我们搬到郊外以来,天气渐渐清凉了。那短篱边牵延着的毛豆叶子,已露出枯黄的颜色来,白色的小野菊,一丛丛由草堆里攒出头来,还有小朵的黄花在凉劲的秋风中抖颤,这一些景象,最容易勾起人们的秋思,况且身在异国呢!低声吟着"帘卷西风,人比黄花瘦"之句,这个小小的灵宫,是弥漫了怅惘的情绪。

书房里显得格外清寂,那窗外蔚蓝如碧海似的青天,和淡金色的阳光,还有夹着桂花香的阵风,都含了极强烈的,挑拨人类心弦的力量。在这种刺激之下,我们不能继续那死板的读书工作了。在那一天午饭后,波便提议到附近吉祥寺去看秋景,三点多钟我们乘了市外电车前去,——这路程太近了,我们的身体刚刚坐稳便到了。走出长甬道的车站,绕过火车轨道,就看见一座高

异国秋思

笕的木牌坊,在横额上有几个汉字写着"井之头恩赐公园"。我们走进牌坊,便见马路两旁树木葱茏,绿阴匝地,一种幽妙的意趣,萦绕脑际,我们怔怔的站在树影下,好像身入深山古林了。在那枝柯掩映中,一道金黄色的柔光正荡漾着。使我想象到一个披着金绿柔发的仙女,正赤着足,踏着白云,从这里经过的情景。再向西方看,一抹彩霞,正横在那迭翠的峰峦上,如黑点的飞鸦,穿林翩翩,我一缕的愁心真不知如何安排,我要吩咐征鸿它带回故国吧!无奈它是那样不着迹的去了。

我们徘徊在这浓绿深翠的帷幔下,竟忘记前进了。一个身穿和服的中年男人,脚上穿着木屐,提塔提塔的来了。他向我们打量着,我们为避免他的觑视,只好加快脚步走向前去。经过这一带森林,前面有一条鹅卵石堆成的斜坡路,两旁种着整齐的冬青树,只有肩膀高,一阵阵的青草香,从微风里荡过来。我们慢步的走着,陡觉神气清爽,一尘不染。下了斜坡,面前立着一所小巧的东洋式的茶馆,里面设了几张小矮几和坐褥,两旁列着柜台,红的蜜桔,青的苹果,五色的杂糖,错杂的罗列着。

"呀!好眼熟的地方!"我不禁失声的喊了出来。于是潜藏在心底的印象,陡然一幕幕的重映出来,唉!我的心有些抖颤了,我是被一种感怀已往的情绪所激动,我的双眼怔住,胸膈间充塞着悲凉,心弦凄紧的搏动着。自然是回忆到那些曾被流年蹂躏过的往事:

"唉!往事,只是不堪回首的往事呢!"我悄悄的独自叹息着。但是我目前仍然有一幅逼真的图画再现出来……

一群骄傲于幸福的少女们,她们孕育着玫瑰色的希望,当她们将由学校毕业的那一年,曾随了她们德高望重的教师,带着欢乐的心情,渡过日本海来蓬莱的名胜。在她们登岸的时候,正是暮春三月樱花乱飞的天气,那些缀绵点翠的花树,都是使她们乐游忘倦。她们从天色才黎明，便由东京的旅舍出发；先到上野公园看过樱花的残妆后，又换车到井之头公园来。这时疲倦袭击着她们，非立刻找个地点休息不可。最后她们发现了这个位置清幽的茶馆，便立刻决定进去吃些东西。大家团团围着矮凳坐下，点了两壶龙井茶，和一些奇甜的东洋点心，她们吃着喝着，高声谈笑着，她们真象是才出谷的雏莺；只觉眼前的东西，件件新鲜，处处都富有生趣。当然她们是被搂在幸福之神的怀抱里了。青春的爱娇，活泼快乐的心情，她们是多少可艳羡的人生呢？

但是流年把一切都毁坏了！谁能相信今天在这里低徊追怀往事的我，也正是当年幸福者之一呢！哦！流年，残刻的流年呵！它带走了人间的爱娇，它蹂躏了英雄的壮志，使我站在这似曾相识的树下，只有咽泪，我有什么方法，使年光倒流呢？

唉！这仅仅是九年后的今天。呀，这短短的九年中，我走的是崎岖的世路，我攀缘过陡峭的崖壁，我由死的绝谷里逃命，使我尝着忍受由心头淌血的痛苦，命运要我喝干自己的血汗，如同喝玫瑰酒一般……

唉！这一切的刺心回忆，我忍不住流下辛酸的泪滴，连忙离开这容易激动感情的地方吧！我们便向前面野草漫径的小路上走去。忽然听见一阵悲恻的唏嘘声，我仿佛看见张着灰色翅翼的秋神，正躲在那厚密的枝叶背后。立时那些枝叶都息息索索的颤抖起来。草底下的秋虫，发出连续的唧唧声，我的心感到一阵阵的凄冷，不敢向前去，找到路旁一张长木凳子坐下。我用滞呆的眼光，向那一片阴阴森森的丛林里睁视，当微风分开枝柯时，我望见那小河里的潺湲碧水了。水上皱起一层波纹，一只小划子，从波纹上溜过。两个少女摇着桨，低声唱着歌儿。我看到这里，又无端感触起来，觉到喉头梗塞，不知不觉叹道："故国不堪回首呵！"同时那北海的红漪清波浮现眼前，那些手携情侣的男男女

异国秋思

女,恐怕也正摇着画桨,指点着眼前清丽秋景,低语款款吧!况且又是菊茂蟹肥时候,料想长安市上,车水马龙,正不少欢乐的宴聚,这飘泊异国,秋思凄凉的我们当然是无人想起的。不过,我们却深深的眷怀着祖国,渴望得些好消息呢!况且我们又是神经过敏的,揣想到树叶凋落的北平,凄风吹着,冷雨洒着的那些穷苦的同胞,也许正向茫茫的苍天悲诉呢!唉,破碎紊乱的祖国呵!北海的风光不能粉饰你的寒伧!来今雨轩的灯红酒绿,不能安慰忧患的人生,深深眷念着祖国的我们,这一颗因热望而颤抖的心,最后是被秋风吹冷了。

月色与诗人

　　艺术家固然是一种天才卓绝的人，因为他们的情感特别热烈；想象特别丰富；思想特别精密；直觉的力特别强，这绝不是后天所可培成的。但是无论是怎样多才卓绝的艺术家，他们绝不能躲避环境的影响，所谓环境，一方面是人为的政治风俗教育等，一方面是天然的如清莹之月，蓊蔚之草，旖旎之花，峥嵘之山，凡自然的种种都是。

　　每个时代代表的作家，他作品里绝没有不含时代色彩的，这是关于人为的环境说，至于与自然接触各不同的方面，也绝没有不影响于作家，而表现于其作品。太史公说得好，要想文章有奇特之气，必要多游天下之名山巨川，这就是说艺术家与自然的关系了。

　　我闲尝翻阅中国古人的诗词，看他们所用为描写的材料，风

月色与诗人

花雪月，固然是常用的，而其中关于月要特别多些，现在就唐诗的一部分举几个例子来看看：——

"共看明月应垂泪"——白居易

"松月生夜凉"——孟浩然

"山月映石壁"——王维

"山月静垂纶"——李颀

"月色偏秋凉"——李巅

"浩歌待明月"，

"对此石上月"，

"山月随人归"，

"花间一壶酒，独酌无相亲，举杯邀明月，对影成三人。月既不解饮，影徒随我身，暂伴月将影，行乐须及春，我歌月徘徊……"——以上皆李白之作。

"中天悬明月"，

"初月出不高"——以上杜甫

"秋月照潇湘。月明闻荡桨"——刘长卿

"缺月烦屡瞰"——韩愈

"月下谁家砧"——孟郊

"月明松下房拢静"——王维

"何用孤高比秋月"，

"莫使金樽空对月"——以上李白

"行宫见月伤心色"，

"秋月春风等闲度"，

"别时茫茫江浸月"，

"唯见江心秋月白"，

"绕船明月江水寒"——以上白居易

"夜半月高弦索鸣"——元稹

"明月来相照"——王维

"床前明月光"——李白

"故为待月处"——刘禹锡

"澹月照中庭"——韩愈

"只今唯有西江月"——李白

"虎溪闲月引相过"——释灵一

"江村月落正堪眠"——司空曙

"月照高楼一曲歌"——温庭筠

"秋来见月多归思"——雍关

"月光如水水如天，同来玩月人何在"——赵嘏

"多情只有春庭月"——张泌

"明月自来还自去"——崔橹

"秋月夜窗虚"——孟浩然

"明月松间照"——王维

"客散青天月"——李白

"等舟望秋月"——李白

"风林纤月落"——杜甫

"不夜月临关"——杜甫

"晓月过残垒"——司空曙

"泡江好涅月"——杜牧

"深夜月当花"——李商隐

"沙场烽火侵胡月"——祖咏

"中天月色好谁看"——杜甫

"请看石上藤萝月"——杜甫

"西楼望月几回圆"——韦应物

"万里归心对月明"——卢纶

月色与诗人

"明月好同三径夜"——白居易

"五更残月有莺啼"——温庭筠

以上的例子,不过是一部分,他如张若虚"春江花月夜"等,还不知有多少。诗人为什么喜欢用风花雪月这些字呢?最大的原因,这些字所包含的内容是很美的,所以诗人多喜欢用他,太史公评屈原的《离骚》有句话说"其行洁,故其称物芳"就是这个意思了。

况月色的美,和"风花雪"等又不同。月色以青为至色,青是寒色,且是寒色的主体;寒色与暖色不同,暖色如红,看了足使人兴奋,其结果使人生渴怒烦躁之感。而青色是使人消沉平静,其结果使人得到闲适慰藉之感。

再说到由青色所生的变化色(1)为绿色——和青黄而成——画家谓黄是理想色(主意志变化),绿色使人生希望,故称为希望色。(2)为紫色——和青红而成——紫色画家称为渴仰色。

又月的青色,与其它不同。盖其色淡近白,而光较日暗而带灰,白色则洁无我相,灰色则近黑而消沉,使人不生利禄想,超越的情感遂油然而生,艺术的冲动亦因之而起了。

况且月所照的世界为夜,日为奋斗于生活的时候,而夜是休养生息的时候,所以日所照的世界,各个自相皆异色而现,不免为外界引诱而此心亦紊乱了,此时只想如何对付事实,绝对没有超卓之想;而月所照的世界,则无自相,使人觉得"实在世界之消失"而忘我相。这时的喜怒哀乐,绝不止以一身的喜怒哀乐为标准。因为在这种纯洁消沉的月光之下,已将人们的小我忘了,而入于大我之境。有限的现实的桎梏,既除去,于是想象波涌,高尚之情鼎沸,艺术的冲动就不可制止了。

因为艺术——无论人生的艺术，或是艺术的艺术，——美总是个必需的条件；月色，既如此的美，那么诗人提笔每联想到月色，或因月色而想提笔，那是很自然的事呵！

由此看来，月色实在能帮助艺术家得到好作品了，又何怪艺术家常喜欢在月下吟咏，和以月色为他们艺术的背景呢？

红玫瑰

伊拿着一朵红玫瑰，含笑倚在那淡绿栏杆旁边站着，灵敏的眼神全注视在这朵小花儿上，含着无限神秘的趣味；远远地只见伊肩膀微微地上下颤动着——极细弱呼吸的表示。

穿过玻璃窗的斜阳正射在我的眼睛上，立时金星四散，金花撩乱起来，伊手里的红玫瑰看过去，似乎放大了几倍，又好似两三朵合在一处，很急速又分开一样，红灼灼地颜色，比胭脂和血还要感着刺目，我差不多昏眩了。"呵！奇怪的红玫瑰。"或者是拿着红玫瑰的伊，运用着魔术使我觉得方才"迷离"的变化吗？……是呵！美丽的女郎，或美丽的花儿，神经过敏的青年接触了，都很容易发生心理上剧烈的变态呢？有一个医生他曾告诉我这是一种病——叫作"男女性癫痫"。我想到这里，忽觉心里一动，他的一件故事不由得我不想起来了。

当那天夜里，天上布满着阴云，星和月儿的光都遮得严严地，宇宙上只是一片黑，不能辨出甚么，到了半夜竟渐渐沥沥地下起雨来，直到了第二天早起，阴云才渐渐地稀薄，收起那惨淡的面孔，露出东方美人鲜明娇艳的面庞来，她的光彩更穿过坚厚透明的玻璃窗，射在他——一个面带青黄色的少年脸上。"呀！红玫瑰……可爱的伊！"他轻轻地自言自语的说着，抬起头看着碧蓝的天，忽然他想起一件事情——使他日夜颠倒的事情，从床上急速的爬了起来，用手稍稍整理他那如刺猬般的乱发，便急急走出房门，向东边一个园子里去。他两只脚陷在泥泞的土里，但他不顾这些没要紧的事，便是那柳枝头的积雨，渗着泥滴在他的头上脸上，他也不觉得。

园中山石上的兰草，被夜间的雨水浇了，益发苍翠青郁，那兰花蕊儿，也微微开着笑口，吐出澈骨的幽香来；但他走过这里也似乎没有这一回事，竟像那好色的蜂蝶儿，一直奔向那一丛艳丽的玫瑰花去。

那红玫瑰娇盈盈地长在那个四面白石砌成的花栏里，衬着碧绿的叶子，好似倚在白玉栏杆旁边的倩妆美人——无限的姣艳。他怔怔地向那花儿望着，全身如受了软化，无气力的向那花栏旁边一块石头上坐下了。

过了一刻，他忽然站起来，很肃敬向着那颜色像胭脂的玫瑰怔怔的望了半天，后来深深的叹了一声道：——"为什么我要爱伊，……丧失知觉的心，唉！"

他灰白的面孔上，此刻满了模糊的泪痕，昏迷的眼光里，更带着猜疑忧惧的色彩，他不住的想着伊，现在他觉得他自己是好像在一个波浪掀天的海洋里，渺渺茫茫不知什么地方是归着，这海洋四面又都是黑沉沉地看不见什么，只有那远远一个海洋里照路的红灯，隐隐约约在他眼前摆动，他现在不能放过伊了——因

红玫瑰

为伊正是那路灯,他前途的一线希望——但是伊并不明白这些,时时或隐或现竟摆布得他几次遇到危险——精神的破产。

他感到这个苦痛,但他决不责怪伊,只是深深地恋着伊,现在他从园子里回来了,推开门,壁上那张水彩画——一束红艳刺眼的红玫瑰,又使他怔住了。扶着椅背站着,不转眼对着那画儿微笑,似乎这画儿能给他不少的安慰。后来他拿着一支未用的白毛羊毫笔,沾在胭脂里润湿了,又抽出一张雪白的信笺在上面写道:

"我是很有志气的青年,一个美丽的女郎必愿意和我交结……我天天对着你笑,哦!不是!不是!他们都说那是一种花——红玫瑰——但是他们不明白你是喜欢红玫瑰的,所以我说红玫瑰就是你,我天天当真是对着你笑,有时倚在我们学校园的白石栏里;有时候就在我卧室的白粉壁上,呵!多么娇艳!……但是你明白我的身世吗?……我是堂堂男子,七尺丈夫呵!世界上谁不知道大名鼎鼎的顾颖明呢?可是我却是个可怜人呢!你知道我亲爱的父母当我才三四岁的时候,便撇下我走了,……他们真是不爱我……所以我总没尝过爱的滋味呀!错了!错了!我说谎了!那天黄昏的时候,你不是在中央公园的水榭旁,对着那碧清的流水叹息吗?……我那时候便尝到爱的滋味了。

"你那天不是对我表示很委曲的样子吗?……他们都不相信这事——因为他们都没有天真的爱情——他们常常对我说他们对于什么女子他们都不爱;这话是假的,他们是骗人呵!我知道青年男子——无处寄托爱情,他必定要丧失生趣呢,……"

他写完很得意的念了又念,念到第三次的时候,他脸上忽一阵红紫,头筋也暴涨起来,狂笑着唱道:

　　她两颊的绯红恰似花的色!

  她品格的清贵,恰似花的香!
  哈哈!她竟爱我了!
  柳荫底下,
  大街上头,
  我和她并着肩儿走,
  拉着手儿笑,
  唉!谁不羡慕我?

  他笑着唱,唱了又笑,后来他竟笑得眼泪鼻涕一齐流出来了,昏昏迷迷出了屋子,跑到大街上,依旧不住声的唱和笑,行路的人,受了示唆,都不约而同的围起他来。他从人丛中把一个二十余岁的青年——过路的人拉住对着人家嘻嘻的笑;忽然他又瞪大了眼睛,对着那人狠狠的望着,大声的叫道:"你认得我吗?……是的,你比我强,你戴着帽子,……我,我却光着头;但是伊总是爱我呢!我告诉你们,我是很有志气的人,我父母虽没有给我好教育,哼!他们真是不负责任!你们不是看见伊倚在栏杆上吗?……哎呀!坏了!坏了!"

  他大哭起来了!竟不顾满地的尘土,睡倒泥土中,不住声的哀哭,一行行的血泪,湿透了他的衣襟。他的知觉益发麻木了,两只木呆的眼睛,竟睁得像铜铃一般大,大家都吓住了,彼此对看着。警察从人丛中挤进来,把他搀扶起来,他忽如受了什么恐怖似的,突然立起来,推开警察的手,从人丛里不顾命的闯了出来;有许多好事的人,也追了他去;有几个只怔地望着他的背影,轻轻的叹道:"可怜!他怎么狂了!"说着也就各自散去。

  他努力向前飞奔,迷漫的尘烟,围随着他,好似"千军万马"来到一般,他渐渐的支持不住了,头上的汗像急雨般往下流,急促的呼吸——他实在疲倦了,两腿一软,便倒在东城那条

红玫瑰

胡同口里。

这个消息传开了。大家都在纷纷的议论着，但是伊依旧拿着红玫瑰倚着栏杆出神，伊的同学对着伊，含着隐秘的冷笑，但是伊总不觉得，伊心里总是想着：这暗淡的世界，没有真情的人类——只有这干净的红玫瑰可以安慰伊，伊觉得舍了红玫瑰没有更可以使伊注意的事，便是他一心的爱恋，伊从没梦见过呢！

他睡在病院里，昏昏沉沉。有一天的功夫，他什么都不明白，他的朋友去望他，他只怔怔地和人家说："伊爱我了！"有一个好戏谑的少年，忍着笑，板着面孔和他说："你爱伊吗？……但是很怕见你这两道好像扫帚的眉，结婚的时候，因此要减去许多美观呢！"他跳了起来，往门外奔走，衰软无力的腿不住的抖颤，无力的喘息，他的面孔涨红了。"剃头匠你要注意——十分的注意，我要结婚了，这两道宽散的眉毛，你替我修整齐！咦！咦！伊微微的笑着——笑着欢迎我，许多来宾也都对着我这眉毛不住的称美，……伊永远不会再讨厌我了！哈哈！"他说着笑着俯在地上不能动转。他们把他慢慢地搀扶到床上，他渐渐睡着了。

过了一刻钟，他忽然从梦中惊醒，拉着看护生的白布围裙的一角，哀声的哭道："可恶的狡鬼，恶魔！不久要和伊结婚了，……他叫作陈荣……你替我把那把又尖又利的刀子拿来，哼！用力的刺着他的咽喉，他便不能再拿媚语甘言去诱惑伊了！……伊仍要爱着我，和我结婚，……呵！呵！你快去吧……迟了他和伊手拉着手，出了礼拜堂便完了。"说到这里，他心里十分的焦愁苦痛，抓着那药瓶向地上用力的摔去，狠狠的骂道："恶魔！……你还敢来夺掉我的灵魂吗？"

他闭着眼睛流泪，一滴滴的泪痕都湿透了枕芯，一朵娇艳的红玫瑰，也被眼泪渲染成愁惨憔悴，斑斑点点，隐约着失望的血泪。他勉强的又坐了起来，在枕上对着看护生叩了一个头，哀求道:"救命的菩萨,你快去告诉伊,千万不要和那狡恶的魔鬼——陈瞋结婚,我已经把所有生命的权都交给伊了;等着伊来了,便给我带回来,交还我!……千万不要忘记呢!"

看护生用怜悯的眼光对着他看:"呵!青黄且带淡灰色的面孔,深陷的眼窝,突起的颧骨,从前活泼泼地精彩那里去了?坚强韧固的筋肉也都消失了——颠倒迷离的情状,唉!为甚么一个青年的男子,竟弄成差不多像一个坟墓里的骷髅了!……人类真危险呵!一举一动都要受情的支配——他便是一个榜样呢!"他想到这,也禁不住落下两滴泪来。只是他仍不住声的催他去告诉伊。看护生便走出来,稍避些时,才又进去,安慰他说:"先生!你放心养病吧!……伊一定不和别人结婚,伊已经应许你的要求,这不是可喜的一件事吗?"他点点头,微微地笑道:"是呵!你真是明白人,伊除了和我结婚,谁更能享受这种幸福呢?"

他昏乱的脑子,过敏的神经,竟使他枯瘦得像一根竹竿子;他的朋友们只有对着他叹息,谁也没法子能帮助他呵!

日子过得很快,他进病院已是一个星期了。当星期六下午的时候,天上忽然阴沉起来,东南风吹得槐树叶子,刷刷价刺着耳朵响个不休,跟着一阵倾盆大雨从半天空倒了下来;砰澎,刷拉,好似怒涛狂浪。他从梦中惊醒了,脆弱的神经,受了这个打激,他无限的惊慌惨凄,呜呜的哭声,益发增加了天地的暗淡。

"唉呀!完了!完了!伊怎经得起空上摧残?……伊绯红的双颊,你看不是都消失了吗?血泪从伊眼睛里流出来啦,看呵!……唉唉!"

"看呵!……看呵!"我此时心里忽觉一跳,仰起头来,只见伊仍是静悄悄地站在那里,对着我微微地笑,"伊的双颊何尝消失了绯红的色呢?"我不觉自言自语的这么说,但是那原是他的狂话,神经过敏的表示呵!嗳!人类真迷惑的可怜!……

秋光中的西湖

我像是负重的骆驼般,终日不知所谓的向前奔走着。突然心血来潮,觉得这种不能喘气的生涯,不容再继续了,因此便决定到西湖去,略事休息。

在匆忙中上了泸杭的火车,同行的有朱王二女士和建,我们相对默然的坐着,不久车身蠕蠕而动了,我不禁叹了一口气道:"居然离开了上海。"

"这有什么奇怪,想去便去了!"建似乎不以我多感慨的态度为然。

查票的人来了,建从洋服的小袋里掏出了四张来回票,同时还带出一张小纸头来,我捡起来看见上面写着:"到杭州:第一大吃而特吃,大玩而特玩……"真滑稽,这种大计划也值得大书而特书,我这样说着递给朱、王二女士看,她们也不禁哈哈大笑了。

车到嘉兴时,天已大黑,我们肚子都有些饿了,但火车上的大菜既贵又不好吃,我便提议吃茶叶蛋,便想叫茶房去买,他好像觉得我们太吝啬,坐二等车至少也应当吃一碗火腿炒饭,所以他冷笑道:"要到三等车里才买得到。"说着他便一溜烟跑了。

"这家伙真可恶!"建愤怒的说着,最后他只得自己跑到三等车去买了来,吃茶叶蛋我是拿手,一口气吃了四个半,还觉得肚子里空无所有,不过当我伸手拿第五个蛋时,被建一把夺了去,一面满怒道:"你这个人真不懂事,吃那么许多,等些时又要闹胃痛了。"

这一来只好咽一口唾沫算了。王女士却向我笑道:"看你个子很瘦小,吃起东西来倒很凶!"其实我只能吃茶叶蛋,别的东西倒不可一概而论呢!——我很想这样辩护,但一转念,到底觉得无谓,所以也只有淡淡的一笑,算是我默认了。

车子进杭州城站时,已经十一点半了,街上的店铺多半都关了门,几盏黯淡的电灯,放出微弱的黄光来,但从火车上下来的人,却吵成一片挤成一堆,此外还有那些客栈的招揽生意的茶房,把我们围得水泄不通,不知花了多少力气,才打出重围叫了黄包车到湖滨去。

车子走过那石砌的马路时,一些熟习的记忆浮上我的观念里来,一年前我同建曾在这幽秀的湖山中作过寓公,转眼之间早又是一年多了,人事只管不停的变化,而湖山呢,依然如故,清澈的湖波,和笼雾的峰峦似笑我奔波无谓吧!

我们本决意住清泰第二旅馆,但是到那里一问,已经没有房间了,只好到湖滨旅馆去。

深夜时我独自凭着望湖的碧栏,看夜幕沉沉中的西湖,天上堆叠着不少的雨云,星点像怕羞的女郎,踯躅于流云间,其光隐

秋光中的西湖

约可辨。十二点敲过许久了,我才回到房里睡下。

晨光从白色的窗幔中射进来,我连忙叫醒建,同时我披了大衣开了房门,一阵沁肌透骨的秋风,从桐叶梢头穿过,飒飒的响声中落下了几片枯叶,天空高旷清碧,昨夜的雨云早已躲得无形无踪了,秋光中的西湖,是那样冷静,幽默,湖上的青山,如同深绿的玉色,桂花的残香,充溢于清晨的气流中,这时我忘记我是一只骆驼,我身上负有人生的重担。我这时是一只紫燕,我翱翔在清隆的天空中,我听见神祇的赞美歌,我觉到灵魂的所在地,……这样的,被释放不知多少时候,总之我觉得被释放的那一霎那,我是从灵宫的深处流出最惊喜的泪滴了。

建悄悄的走到我的身后,低声说道:"快些洗了脸去访我们的故居吧!"

多怅惘呵,他惊破了我的幻梦,但同时又被他引起了怀旧的情绪,连忙洗了脸,等不得吃早点便向湖滨路崇仁里的故居走去。到了弄堂门口,看见新建的一间白木的汽车房,这是我们走后唯一的新鲜东西。此外一切都不曾改变,墙上贴着一张招租的帖子,一看是四号吉房招租……"呀!这正是我们的故居,刚好又空起来了,喂,隐!我们再搬回来住吧!"

"事实办不到……除非我们发了一笔财……"我说。

这时我们已到那半开着的门前了,建轻轻推门进去,小小的院落,依然是石缝裏长着几根青草,几扇红色的木门半掩着,我们在各厅里站了些时,便又到楼上去看了一遍,这虽然只是几间空房,但那里面的气分,引起我们既往的种种情绪,最使我们觉得怅然的是陈君的死,那时他每星期六多半来找我们玩,有时也打小牌,他总是摸着光头懊恼的说道:"又打错了!"这一切影像仍逼真的现在目前,但是陈君已作了古人。我们在这空洞的房子里,沉默了约有三分钟,才怅然的离去。走到弄堂门的时候,正遇到一个面熟的娘姨——那正是我们邻居刘君的女仆,她很殷勤的要我们到刘家坐坐。我们难却她的盛意,随她进去,刘君才起床,她的夫人替小孩子穿衣服。我们这两个不速之客够使她们惊诧了。谈了一些别后的事情抽过一枝烟后我们告辞出来,到了旅馆里吃过鸡丝面,王、朱两位女士已在湖滨叫小划子,我们议定今天一天玩水,所以和船夫讲定到夜给他一块钱,他居然很高兴的答应了。我们买了一些菱角和瓜子带到小划子上去吃,船夫是一个五十多岁的忠厚老头子,他洒然的划着,温和的秋阳照着我——使全身的筋肉都变成松缓,懒洋洋的靠在长方形的藤椅背上。看着画桨所激起的波纹,好像万道银蛇蜿蜒不息。这时船已在三潭印月前面,白云庵那里停住了,我们上了岸走进那座香烟阒然的古庙,一个老和尚坐在那里向阳。菩萨案前摆了一个笺筒,我先抱起来摇了一阵,得了一个上上笺,于是朱、王二女士同建也都每人摇出一根来,我们大家拿了笺条嘻嘻哈哈笑了一阵,便拜别了那四个怒目咧嘴的大金刚,仍旧坐上船向前泛去。

  船身微微的撼动,仿佛睡在儿时的摇篮里,而我们的同伴朱女士她不住的叫头疼。建像是天真般的同情地道:"对了,我也最喜欢头疼,随便到那里去,一吃力就头疼,尤其是昨夜太劳碌了不曾睡好。"

  "就是这话了,"朱女士说:"并且,我会晕车!"

  "晕车真难过……真的呢!"建故作正经的同情她,我同王女士禁不住大笑,建只低着头,强忍住他的笑容,这使我更要大笑。船泛到湖心亭,我们在那里站了些时,有些感到疲倦了;王女士提议去吃饭。建说:"到了实行我'大吃而特吃'的计划的时候了。"

  我说:"如要大吃特吃就到楼外楼去吧,那是这西湖上有名的饭馆,去年我们曾在这里遇到宋美龄呢!"

秋光中的西湖

"哦，原来如此，那我们就去吧！"王女士说。

果然名不虚传，门外停了不少辆的汽车，还有几个丘八先生点缀这永不带有战争气氛的湖边。幸喜我们运气好，仅有唯一的一张空桌，我们四个人各霸一方，但是我们为了大家吃得痛快，互不牵掣起见，各人叫各人的菜，同时也各人出各人的钱，结果我同建叫了五只湖蟹，一尾湖鱼，一碗鸭掌汤，一盘虾子冬笋；她们二位女士所叫的菜也和我们大同小异。但其中要推王女士是个吃喝能手，她吃起湖蟹来，起码四五只，而且吃得又快又干净。再衬着她那位最不会吃湖蟹的朋友朱女士，才吃到一个的时候，便叫起头疼来。

"那么你不要吃了，让我包办吧！"王女士笑嘻嘻的说。

"好吧！你就包办，……我想吃些辣椒，不然我简直吃不下饭去。"朱女士说。

"对了，我也这样，我们两人真是事事相同，可以说百分之九九一样，只有一分不一样……"建一般正经的说。

"究竟不同是那一分呢！"王女士问。

"你真笨伯，这点都不知道，一个是男人一个是女人呵！"建说。

这时朱女士正捧着一碗饭待吃，听了这话笑得几乎把饭碗摔到地上去。

"简直是一群疯子，"我心里悄悄的想着，但是我很骄傲，我们到现在还有疯的兴趣，于是把我们久已抛置的童年心情，从坟墓里重新复活，这不能说不是奇迹罢！

黄昏的时候，我们的船荡到艺术学院的门口，我同建去找一个朋友，但是他已到上海去了；我们嗅了一阵桂花的香风后，依然上船，这时凉风阵阵的拂着我们的肌肤，朱女士最怕冷，裹紧大衣，仍然不觉得暖，同时东方的天边已变成灰黯的色彩，虽然西方还漾着几道火色的红霞，而落日已堕到山边，只在我们一霎眼的工夫，已经滚下山去了。远山被烟雾整个的掩蔽着，一望苍茫。小划子轻泛着平静的秋波，我们好像驾着云雾，冉冉的已来到湖滨。上岸时，湖滨已是灯火明耀，我们的灵魂跳出模糊的梦境。虽说这马路上依然是可以慢步无碍，但心情却已变了。回到旅馆吃了晚饭后，我们便商量玩山的计划，上山一定要坐山兜，所以叫了轿班的头老，说定游玩的地点和价目。这本是小问题，但是我们却充分讨论了很久；第一因为山兜的价钱太贵，我同朱女士有些犹疑；可是建同王女士坚持要坐，结果是我们失败了，只得让他们得意扬扬的吩咐轿班第二天早晨七点钟来。

今日是十月九日——正是阴历重九后一日，所以登高的人很多，我们上了山兜，涌出金门，先到净慈观去看浮木井——那是济颠和尚的灵迹。但是在我看来不过一口平凡的井而已，所闻木头浮在当中的话，始终是半信半疑。

出了净慈观又往前走，路渐荒芜，虽然满地不少黄色的野花，半红的枫叶，但那透骨的秋风，唱出飒飒瑟瑟的悲调，不禁使我又悲又喜；像我这样劳碌的生命，居然能够抽出空闲的时间来听秋蝉最后的哀调，看枫叶鲜艳的色彩，领略丹桂清绝的残香，——灵魂绝对的解放，这真是万千之喜。但是再一深念，国家危难人生如寄，此景此色只是增加人们的哀痛，又不禁悲从中来了……我尽管思绪如麻，而那抬山兜的夫子，不断的向前进行，渐渐的已来到半山之中，这时我从兜子后面往下一看，但见层崖垒壁，山径崎岖，不敢胡思乱想了，捏着一把汗，好容易来到山顶，才吁了一口长气，在一座古庙里歇下了。

同时有一队小学生也兴致勃勃的奔上山来，他们每人手里拿了一包水果一点吃的东西，都在庙堂前面院子里的雕栏上坐着边唱边吃。我们上了楼坐在回廊上的藤椅上，和尚泡了上好的龙井茶来。又端了一碟瓜子，我们坐在藤椅上，东望西湖，漾着滟滟光波。南望钱塘，孤帆飞逝；激起白沫般的银浪。把四围无限的景色，都收罗眼底。我们正在默然出神的时候，忽听朱女士说道："适才上山我真吓死了，若果摔下去简直骨头都要碎的，等会儿我情愿走下去。"

"对了，我也是害怕，回头我们两人走下去吧，让她们俩坐轿！"建说。

"好的，"朱女士欣然的说。

我知道建又在使捉狭，我不禁望着他好笑，他格外装得活泼说道："真的我越想越可怕，那样陡峭的石级，而且又很滑，万一伕子脚一软那还了得，……"建补充的话和他那种强装正经的神气，只惹得我同王女士笑得流泪，一个四十多岁的和尚，他悄然坐在大殿里，看见我们这一群疯子，不知他作何感想，但见他默默无言只光着眼睛望着前面的山景。也许他也正忍俊不禁，所以只好用他那眼观鼻，鼻观心的苦功吧！我们笑了一阵，喝了两遍茶才又乘山兜下山。朱女士果然实行她步行的计划，但是和她表同情的建，却趁朱女士回头看山景的一刹那，悄悄躲在轿子里去了。

"喂！你怎么又坐上去了？"朱女士说。

"呀！我这时忽然想开了，所以就不怕摔，……并且我还有一首诗奉劝朱女士不要怕，也坐上去吧！"

"到底是诗人，……快些念来我们听昕吧！"我打趣他。

"当然，当然，"他说着便高声念道："'坐轿上高山，头后脚在先，请君莫要怕，不会成神仙。'"

这首诗又使得我们哄然大笑。但是朱女士却因此一劝她才不怕摔，又坐上山兜了。中午的时候我们在龙井的前面齐堂里吃了一顿素菜，那个和尚说得一口漂亮的北京话，我因问他是不是北方人。他说:"是的,才从北方游方驻扎此地。"这和尚似乎还文雅,他的庙堂里挂了不少名人的字画,同时他还问我在什么地方读书,我对他说家里蹲大学,他似解似不解的诺诺连声的应着,而建的一口茶已喷了一地。这简是太大煞风景,我连忙给了他三块钱的香火资,跑下楼去,这时日影已经西斜了,不能再流连风景,不过黄昏的山色特别富丽,彩霞如垂幔般的垂在西方的天际,青翠的岗峦笼罩着一层干绡似的烟雾,新月已从东山冉冉上升,远远如弓形的白堤和明净的西湖都笼在沉沉的暮霭中,我们的心灵浸醉于自然的美景里,永远不想回到热闹的城市去,但是轿夫们不懂得我们的心事,只愿奔他们的归程。"唷咿"一声山兜停了下来,我们翱翔着的灵魂,重新被摔到满是陷阱的人间。于是疲乏无聊,一切的情感围困了我们。

晚饭后草草收拾了行装,预备第二天回上海,这秋光中的西湖又成了灵魂上的一点印痕,生命的一页残史了。

可怜被解放的灵魂眼看着它垂头丧气的又进了牢囚。

寄燕北故人

亲爱的朋友们：

在你们闪烁的灵光里，大约还有些我的影子吧！但我们不见已经四年了，以我的测度你们一定不同从前了——至少梅姊给我的印影——夕阳下一个倚新坟而凝泪的梅姊，比起那衰草寒烟的梅窠，吃鸡蛋煎菊花的豪情逸兴要两样了。至于轩姐呢，听说愁病交缠，近来更是人比黄花瘦，那么中央公园里，慢步低吟的幽趣，怕又被病魔销尽了……啊！现在想到隽妹，更使我心惊！我记得我离开燕京的时候，她还睡在医院里，后来虽常常由信里知道她的病终久痊愈了，并且她又生了两个小孩子，但是她活泼的精神，和天真的情态，不会因为病后改变了吗？唉！不过四年短促的岁月中，便有这许多变迁了，谁还敢打开既往的生活史看，更谁敢向那未来的生活上推想！

我自从去年自己害了一场大病，接着又遭人生的大不幸，终日只是被暗愁锁着。无论怎样的环境，都是我滋感之菌——清风明月，苦雨寒窗，我都曾对之泣泪泛澜，去年我不是告诉你们：我伴送涵的灵柩回乡吗？那时我满想将我的未来命运，整个的埋没于僻塞的故乡，权当归真的墟墓吧！但是当我所乘的轮船才到故乡的海岸时，已经给我一个可怕的暗示——一片寒光，深笼碧水，四顾不禁毛发为之悚栗，满不是我意想中足以和暖我战惧灵魂的故乡。及至上了岸，就见家人，约了许多道士，在一张四方木桌上，满插着招魂幡旗，迎冷风而飘扬。只见涵的衰年老父，揾泪长号，和那招魂的磬钹繁响争激。唉！马江水碧；鼓岭云高；渺渺幽冥，究竟何处招魂！徒使劫余的我，肝肠俱断。到家门时，更是凄冷鬼境，非复人间。唉！那高举的丧幡，沉沉的白幔，正同五年前我奔母亲丧时的一样刺心伤神——不过几年之间，我却两度受造物者的宰割。哎！雨打风摧，更经得几番磨折——再加着故乡中的俚俗困人，我究竟不过住了半年，又离开故乡了——正是谁念客身轻似叶，千里飘零！

去年承你们的盛情约我北去，更续旧游；只恨我胆怯，始终不敢应诺。按说北京是我第二故乡，我七八岁的时候，就和它相亲相近。直到我离开它，其间差不多十八九年。它使我发生对它的好感，实远胜我发源地的故乡。我到北京去，自然是很妥当而适意的了。不过你们应当知道，我为什么不敢去？东交民巷的皎月馨风，万牲园的幽廊斜晖，中央公园的薄霜淡雾，都深深的镂刻着我和涵的往事前尘！我又怎么敢去？怎么忍去！朋友们！你们千里外的故人，原是不中用的呢！不过也不必因此失望，因为近来我似乎又找到新生路了，只要我的灵魂出了牢狱，我便可和你们相见了！

我这一次重到上海，得到一个出我意料外的寂静的环境，读书作稿,都用不着等待更深夜静。确是蓼荻绕宅,梧桐当户,荒坟蔓草,白杨晚鸦,而它们萧然的长叹,或冷漠,都给我以莫大的安慰,并且启示我,为俗虑所掩遮的灵光——虽只是很淡薄的灵光,然而我已经似有所悟了。

我所住的房子,正对着一片旷野,窗前高列着几棵大树,枝叶繁茂,宿鸟成阵,时时鼓舌如簧,娇啭不绝。我课余无事,每每开窗静听,在它们的快乐声中,常常告诉我,它们是自由的……有时竟觉得,它们在嘲笑我太不自由了。因为我灵魂永远不曾解放过,我不能离开现实而体察神的隐秘。无论作什么事情,都只能宛转因人,这不是太怯弱了吗?

有一天我正向窗外凝视,忽然看见几个小孩子,满脸都是污泥,衣服也和他们的脸一样的肮脏,在我们房子左右落满了落叶枯枝的草地上,撷拾那落叶枯枝。这时我由不得心里一惊——天寒岁暮了,这些孩子们,捡这枯枝,想来是,燃了取暖的。昨天听说这左右发现不少小贼,于是我告诉门房的人,把那些孩子赶了出去;并且还交代小工,将那破损的竹篱笆修修好,不要让闲杂人进来……这自然是我的责任,但是我可对不起那几个圣洁的小灵魂了。我简直是蔑视他们,贼自然是可怕的罪恶,然而我没有用的人,只知道关紧门,不许他们进来,这只图自己的安适,再不为那些不幸的人们一回顾,这是多么卑鄙的灵魂?除自私之外没有更大的东西了!朋友们:在这灵光一瞥中,我发见了人类的丑恶,所以现在除了不幸的人外,我没有朋友。有许多人,对着某一个不幸的人,虽有时也说可怜,然而只是上下唇,及舌头筋肉间的活动,和音带的震响罢了——真是十三分的漠然,或者可以说,其间含着幸灾乐祸的恶意呢!总之,一个从来不懂悲哀和痛苦真义的人,要叫他能了解悲哀和痛苦的神秘,未免太不容易!所以朋友们!你们要好好记住,如果你们是有痛苦悲哀的时候，与其对那些不能了解的人诉说，希冀他们予以同情的共鸣，那只是你们的幻想，决不会成事实的。不如闭紧你们的口，眼泪向肚里流要好得多呢。

悲哀才是一种美妙的快感，因为悲哀的纤维，是特别的精细。它无论是触于怎样温柔的玫瑰花朵上，也能明切的感觉到。比起那近于欲的快乐的享受，真是要耐人寻味多了。并且只有悲哀，能与超乎一切的神灵接近。当你用怜悯而伤感的泪眼，去认识神灵的所在，比较你用浮夸的享乐的欲眼时，要高明得多，悲哀诚然是伟大的！

朋友们！你们读我的信到这个地方，总要放下来揣想一下吧！甚或要问这倒是怎么一回事——想来这个不幸的人，必要被暗愁搅乱了神经，不然为何如此尊崇悲哀和不幸者呢？……要不然这个不幸的人，一定改了前此旷达的心胸，自囿于凄栗之中……呵！朋友们！如果你们如是的怀疑，我可以诚诚实实的告诉你们，这揣想完全错了。我现在的态度，固然是比较从前严肃，然而我却好久不掉眼泪了。看见人家伤心，我仿佛是得到一句隽永的名句，有意义的，耐人寻味的名句。我得到这名句，一面是刻骨子的欣赏，一面又从其中得到慰安，这真是一种灵的认识，从悲哀的历程中，所发见的宝藏。

我前此常常觉得人生，过于单调；青春时互相的爱恋者，一天天平凡的度过去，究竟什么是生命的意义——有什么无上的价值，完全不明了。现在我仿佛得到神明的诏示，真了解悲哀才有与神接近的机会，才能与鲜红的热血为不幸者牺牲，朋友们！我相信你们中一定有能了解我这话的人，至少梅姊可以和我表同情，是不是？

我自从沦入失望和深愁浸渍的漩涡中，一直总是颓废不振，我常常自危，幸而近来灵光普照，差不多已由颓废的漩涡中扎挣起来了。只要我一旦对于我的灵魂，更能比较的解放，更认识得清楚些，那么那个人的小得失，必不至使我惊心动魄了。

梅姊的近状如何？我记得上半年来信，神气十分萎靡，固然我也知道梅姊的遭遇多苦；但是，我希望梅姊把自己的价值看重些，把自己的责任看大些，像我们这种个人的失意，应该把它稍为靠后些，因为这悲哀造成的世界，本以悲哀为原则，不过有的是可医治的悲哀，有的是不可医治的悲哀。我们的悲哀，是不可医治的根本的烦冤，除非毁灭，是不能使我们与悲哀相脱离。我们只有推广这悲哀的意味，与一切不幸者同运命，我们的悲哀岂不更觉有意义些吗？呵！亲爱的朋友！为了怜悯一个贫病的小孩子而流泪，要比因自己的不幸而流泪，要有意味得多呢！

神实在是不可思议的，所以能够使世界瑰琦灿烂，不可逼视。在这里我要告诉你一件很有趣味的事实。前天下午，我去看星姊。那时美丽的太阳，正射着玫瑰色的玻璃窗上，天边浮动着变幻的浅蓝的飞云，我走到星姊的房间的时候，正静悄悄不听一点声息。后来我开门进去，只见星姊正在摇篮旁用手极轻微的摇着睡在里面的小孩子，我一看，突然感觉到母亲伟大而高远的爱的神光，从星姊的两眸子中流射出来，那真是一朵不可思议的灿烂之花！呵，隽妹！我现在能想象你，那温慈的爱欢，正注射着你那可爱的娇儿呢！这真是人间最大慰安吧。无论是怎么痛苦或疲乏的人，只要被母亲的春晖拂照便立刻有了生气，世界上还有比母亲的爱更伟大么。这正是能牺牲自己而爱，爱她们的孩子，并且又是无所为而爱的呵！母亲的爱是怎样的神圣，也正和为不幸而悲哀同样有意味呢！

现在天气冷了，秋风秋雨一阵紧一阵。燕北彤云，雪意必浓，四境的冷涩，不知又使多少贫苦人惊心骇魄。但愿梅姊用悲哀的更大同情，为他们洗涤创污；隽妹以母亲伟大的温情，为他们的孤零嘘拂。

如果是无甚阻碍，明年暑假，我们定可图一晤。敬祝亲爱的朋友为使灵魂的超越而努力呵！

> 你们海角的故人书于凄风冷雨之下